Bibliografische Information der Deutschen Nationalbibliothek:
Die Deutsche Nationalbibliothek verzeichnet diese Publikation
in der Deutschen Nationalbibliografie; detaillierte bibliografische
Daten sind im Internet über http:// dnb.dnb.de abrufbar.

© 2017 Sabine Kalkowski
Herstellung und Verlag:
BoD-Books on Demand, Norderstedt

ISBN: 9783746034935

Sabine Kalkowski

Herrschaft des Eises

Die Eisgöttin

Die Fackeln an den Wänden verströmten ein kaltes, weißes Licht, welches das innerste Heiligtum erhellte, das tief im Tempel verborgen lag. Die Wände aus reinem Eis schimmerten im Licht der Fackeln wie flüssiges Silber. Aus einem Spalt unter der Decke strömte lautlos klares Quellwasser so gleichmäßig in ein in den Boden eingelassenes Becken, dass sich der Altar darin spiegelte. Er war ebenfalls aus Eis, aber das Blut der unzähligen Opfer hatte ihn rot gefärbt. Im Altar eingeschlossen war schemenhaft ein herzförmiger Kristall erkennbar. Er war so alt wie die Zeit selbst. Kein Laut war zu hören. Es herrschte absolute Stille.

Der Kristall begann, schwach zu leuchten. Durch sein pulsierendes Licht wirkte der Altar wie ein schlagendes Herz. Der Takt war langsam und stetig. Ewis, die Göttin des Eises, wanderte durch fremde Welten, auf der Suche nach den schlimmsten Erinnerungen, um sich an ihnen zu ergötzen.

Ewis war uralt. Sie selbst nannte sich nicht Göttin. Das taten die Menschen von Isgorat, die sie verehrten. Sie war Ewis, der Geist des ewigen Eises. Sie war von Mutter Erde an diesen Kristall gebunden worden, als sie drohte, zu mächtig zu werden. Seither befand Ewis sich mit Mutter Erde in stetigem Kampf um das Land, das sie umgab. So sehr sie es in Schnee und Kälte versinken ließ, einmal im Jahr verließen sie ihre Kräfte, sie musste ruhen, sich in den Kristall zurückziehen und zusehen, wie Mutter Erde die Kontrolle über ihr Land übernahm. Hass brodelte in ihr, wenn der Schnee schmolz und die Pflanzen frisch austrieben, gespeist durch die Magie von Mutter Erde. Aber mit jedem Opfer, das ihr von den Priestern und Priesterinnen des Eiskultes dargebracht wurde, mit jeder weiteren furchtbaren Erinnerung, die sie in sich aufsaugen konnte, wurde sie stärker. Irgendwann würde sie sich aus ihrem Gefängnis befreien, ihre Macht über die Grenzen von Isgorat hinaus ausbreiten und die ganze Welt mit Schnee und Eis überziehen. Aber bis dahin war sie in dem Raum gefangen, in dem sich der Kristall befand. Das Einzige, was ihr geblieben war, war die geistige Reise in andere Welten, in die sie durch die Spalten zwischen den Dimensionen schlüpfte. Dort konnte sie sich frei bewegen und angezogen von Schmerz und Qual in die Erinnerungen der Fremden eintauchen. Aber ihre magischen Kräfte waren in Isgorat an den Kristall gebunden. Sie besaß die Macht über den Sturm, die Kälte und das Eis. Sie konnte einen Körper in Besitz nehmen und bevor Mutter Erde sie an den Kristall gefesselt hatte, konnte sie in diesem Körper durch die Spalten zwischen den Dimensionen, die sie zu Toren geweitet hatte, von Welt zu Welt gehen, um dort nicht nur in den dunkelsten Erinnerungen zu wühlen, sondern diese auch zu erschaffen. Aus dem Schmerz, den sie selbst gesät hatte, waren ihre Kräfte am besten gespeist worden. Doch Mutter Erde hatte dem ein Ende gesetzt. Mutter Erde war stark. Noch.

Ewis musste nicht lange suchen, bis sie die Richtige fand. Sie war schon einige Male bei ihr gewesen und hatte Erinnerungen an Verlust, tiefen Schmerz und Trauer gefunden. Wunderbar. Wieder tauchte sie in das Leid ein, sah das Gesicht des Jungen, das mit der tiefen Trauer verknüpft war. Andere Gesichter tauchten auf. Verunsicherung und Sehnsucht nach Liebe waren mit ihnen verflochten. Die Liebe blieb unerfüllt und das schmerzte noch mehr als die Leere, die der Verlust des Jungen verursacht hatte. Ewis schwelgte in diesen Erinnerungen, spürte, wie die Qual sie belebte, bis sie das vertraute Ziehen fühlte, mit dem der Kristall sie nach Isgorat zurückrief. Irgendwann würde auch das Blut, das durch diesen Körper floss und mit dem diese wundervoll quälenden Gedanken verbunden waren, ihr gehören. Das Ziehen wurde stärker und zögernd verließ Ewis das Bewusstsein, das sie durchforscht hatte. Sie würde bald wiederkommen und bald würde diese Person ihr Eigen sein und als Opfer auf dem Altar liegen.

Auch wenn Ewis' eigene Kräfte an den Kristall gebannt waren, so hatte sie doch einen Teil davon an ihren treuen Diener übertragen können. Gestärkt durch ihre Magie, hatte er den Eiskult aufgebaut und sich die Isgorater untertan gemacht. In den Opferzeremonien des Eiskultes brachten ihr Diener und die Priester und Priesterinnen Ewis viele Opfer dar und stillten so ihr unbändiges Verlangen nach Blut und Schmerz. Mit der Hilfe ihres Dieners würde sie bald wieder so mächtig sein wie einst. Mutter Erde hatte sie unterschätzt. Sie war zu allem bereit, sogar dazu, ihre Macht zu teilen, wenn es ihr nutzte. Sie fühlte weder Mitleid noch Liebe. Ihr Wesen war so kalt wie das Eis, mit dem sie sich umgab. Ihr Interesse galt allein dem Blut sowie den negativen Gedanken und Erinnerungen, aus denen sie ihre Lebensenergie zog. Das Schicksal der Menschen scherte sie nicht, sie bemaß sie einzig allein nach ihrem Wert für ihren Hunger nach Energie. Und ihr Diener verstand es, die richtige Wahl zu treffen.

Der Kristall im Altar pulsierte ein letztes Mal und erlosch. Ewis war zur Ruhe gekommen und wartete. Sie schwelgte noch in der Kraft von der Opferung am Ende des letzten Zyklus. Sie hatte lange auf das Blut dieses von ihr ausgewählten Menschen gewartet und schon bald würde sie ein neues Opfer wählen.

Vergangener Schmerz

Mit einem Ruck riss Hanna die Augen auf. Es war noch dunkel. Sie drehte sich auf die Seite, machte das Licht an und griff nach dem Wecker. 4:37 Uhr. Hanna stellte ihn auf den Nachttisch und ließ sich stöhnend zurück auf das Kissen sinken. Sie musste erst in einer guten Stunde aufstehen, wusste aber aus Erfahrung, dass sie nach diesem Traum keinen Schlaf mehr finden würde. Es war merkwürdig. Sie hatte jahrelang nicht mehr von Jens, seinem Unfall und der schlimmen Zeit danach geträumt und jetzt in den letzten zwei Wochen schon das vierte Mal. Sie war sich sicher gewesen, dass sie dieses Unglück endlich verarbeitet hatte, aber irgendetwas wühlte die Erinnerungen wieder auf. Vielleicht litt sie einfach unter zu viel Stress. Die ganze Aufregung mit der neuen Chefin und die bevorstehende Umstrukturierung zerrten schon seit einiger Zeit gewaltig an ihren Nerven. Sie schloss die Augen. Ihr Herz pochte noch heftig. Sie seufzte und stand dann auf. Sie würde sich nur wie gerädert fühlen, wenn sie sich noch eine Stunde hin- und herwälzte. So hatte sie Zeit, in Ruhe einen Kaffee zu trinken und etwas zu essen, ehe die Hektik wieder über sie hereinbrach.

Bevor sie in das winzige Bad ihrer Einraumwohnung schlurfte, setzte sie Kaffee auf. Schon der belebende Duft ließ sie ein wenig wacher werden, sodass sie es diesmal schaffte, sich an der Dusche vorbei zum Waschbecken zu schlängeln, ohne sich, wie meist jeden Morgen, den Ellbogen zu stoßen. Die dunklen Schatten unter ihren Augen, die sie aus dem Spiegel anstarrten, erschreckten sie. Sie sah abgekämpft aus. Nicht, dass sie auch noch krank wurde. Das wäre nur ein weiterer Punkt auf der Minus-Liste ihrer Chefin. Seit Wochen stand die gesamte Belegschaft der New-Fashion-Filiale in der Burgstraße unter ihrer strengen Beobachtung. Hanna nannte sie insgeheim Feldwebel Arschloch. Sie hatte ihre Augen überall und verschoss ihre Anweisungen wie Munition aus einem Gewehr. Einmal die Woche ließ sie die Belegschaft sogar zum Appell antreten, um dann vor versammelter Mannschaft Kritik an den Einzelnen zu üben. Es war furchtbar. Warum die Filialleiterin ausgetauscht wurde, wusste Hanna nur aus der Gerüchteküche. Die Zweigstelle hatte wohl im letzten Jahr Verluste gemacht und die neue Filialleiterin sollte das ändern, oder das Geschäft würde geschlossen werden. Hanna schüttelte unwillig den Kopf und begann, sich den Schlafanzug auszuziehen. Der Stress stand ihr ins Gesicht geschrieben, doch auf gar keinen Fall wollte sie ihren Job verlieren, egal wie schrecklich die neue Chefin war. New-Fashion zahlte im Vergleich zu anderen Bekleidungsketten gute Gehälter und sie brauchte jeden Cent für ihren Traum vom eigenen Laden. Hanna konnte sich ohne Probleme eine größere Wohnung leisten, aber sie sparte fleißig und hatte in den letzten drei Jahren schon einiges beiseitegelegt, aber es war noch lange nicht genug. Außerdem entsprach New-Fashion ganz ihrem Geschmack. Edel, etwas ausgefallen, gute Qualität. Aber es war auch schwierig, bei den Dumpingpreisen anderer Ketten zu bestehen. Hanna seufzte, stieg unter die Dusche und drehte das Wasser an. Dieses Gedankenspiel hatte sie in den letzten Wochen so oft durchdacht. Die Filiale war immer gut besucht, darum konnte sie auch nur vermuten, warum sie Verluste gemacht hatten. Auch darüber hatte sie schon lange gegrübelt, denn es waren Fehler, die sie bei ihrem eigenen Geschäft vermeiden musste. Sie knetete sich Shampoo in ihr langes Haar und benutzte großzügig das Duschgel mit den Peelingperlen. Sie verdrängte die beunruhigenden Gedanken und genoss das warme Wasser auf ihrer Haut. Frisch geduscht und mit geputzten Zähnen fühlte sie sich deutlich besser, als sie sich in Bademantel und Handtuch auf dem Kopf, mit dem dampfenden Kaffee in der Tasse an den Tisch setzte. Während sie den heißen Kaffee schlürfte, glitt ihr Blick durch ihr Zimmer. Das Bett diente gleichzeitig als Sofa und im Moment türmten sich die großen Kissen, die sie als Lehne benutzte, noch auf dem Boden. Geschirr stapelte sich in der Spüle der kleinen Küchenzeile. Auf dem Tisch stand ihre Nähmaschine. Einen Teil der Kleidung, die sie trug, entwarf und nähte sie selbst. Neben ihr auf dem Kuschelsessel lag der angefangene Pullover, den sie gerade strickte. Ein Lächeln glitt über ihr Gesicht, als sie an ihre Oma dachte. Sie hatte viel Zeit bei ihr verbracht, nachdem ihr Bruder Jens bei dem Unfall gestorben war, während ihr Vater sich unter Arbeit begrub und ihre Mutter den Kummer mit Alkohol ertränkte. Doch vor zwei Jahren war ihre Großmutter an Krebs gestorben. Hanna schob auch diese schmerzlichen Gedanken beiseite und zog den Ideen-Ordner, den sie für ihr eigenes Geschäft angelegt hatte, unter den Stoffen, die neben der Nähmaschine gestapelt waren, hervor. Sie blätterte ein wenig in den Informationen zu möglichen Standorten, der Auswahl an Bekleidung, die sie anbieten wollte, Strategien, um Kunden anzulocken, aber auch das hob nicht ihre Laune. Sie legte den Ordner wieder zurück und trank den letzten Schluck Kaffee.

Sie suchte eine Weile in ihrem Kleiderschrank und entschied sich für den dunkelroten Bleistiftrock mit dem dezenten Rankenmuster und eine roséfarbene Bluse mit Stehkragen. Der Frühling hatte Einzug gehalten und es war die letzten Tage schon angenehm warm gewesen. Zufrieden nahm Hanna die Teile aus ihrem übervollen Schrank, suchte noch Unterwäsche und Strumpfhose zusammen und ging dann zurück ins Bad. Ihr Motto war es, nie die gleichen Sachen an zwei Tagen hintereinander zu tragen. Ihr Kleidungsstil hatte ihr von der alten Chefin immer wieder ein Lob eingebracht und die Kunden waren auch bevorzugt zu ihr gekommen, um sich von ihr beraten zu lassen. Nina hatte dieses Gespür nicht, zumindest nicht in dem Maße. Hanna half ihr, wann immer sie neue Kleidung kaufte, aber es war schwer, gegen Ninas eher schrillen Geschmack anzukommen. Hanna schmunzelte, als sie an Nina dachte. Sie war ihre beste Freundin. Sie hatten zusammen die Ausbildung bei New-Fashion gemacht und waren auch beide übernommen worden. Hanna lächelte sich im Spiegel an und achtete darauf, dass das Lächeln auch ihre grauen Augen erreichte. Kunden merkten, wenn man nur so tat. Sie straffte die Schultern, drehte das Gesicht von links nach rechts, um ihre glatte, helle Haut zu begutachten, aber die Pickel, die sie oft bei Stress bekam, blieben noch aus. Also musste sie heute nur die dicken Augenringe kaschieren. Zufrieden nahm sie das Handtuch vom Kopf und kämmte das feuchte Haar. Nina bewunderte immer mit neidischem Seufzer Hannas glattes, honigblondes Haar und verstand nicht im Geringsten, dass Hanna lieber eine Lockenmähne wie sie hätte. Hanna zog die Strähnen beim Föhnen über eine Rundbürste, um wenigstens eine kleine Welle hineinzubekommen. Sie zog sich an, trug ein wenig Make-up auf, dazu den Lippenstift, der gut zu ihrer Bluse passte und begutachtete sich noch einmal zufrieden im Spiegel. Sie wäre gern ein wenig schlanker, aber für mehr Sport als zweimal die Woche joggen zu gehen, hatte sie keine Zeit. Sie zog ihr kleines Bäuchlein ein, streckte die Brust noch weiter raus und zog die Bluse ein letztes Mal straff. Es war schon in Ordnung, entschied sie. Sie zwinkerte sich noch einmal zu und verließ dann das Bad. Ein Blick auf die Uhr sagte ihr, dass sie noch eine Viertelstunde Zeit hatte, bevor sie losmusste. Ihr Blick fiel auf den Stapel Geschirr in der Spüle und wanderte schnell weiter. Das konnte auch bis heute Abend warten. Sie nahm ihr Handy von der Ladestation und ging die Nachrichten durch. Gestern war ein kleiner Junge auf der Burgstraße von einem betrunkenen Autofahrer angefahren und schwer verletzt worden. Hanna setzte sich auf ihren Kuschelsessel. Ihr Traum fiel ihr wieder ein. Jens war zwölf Jahre alt gewesen, als ein ebenfalls alkoholisierter Autofahrer ihm die Vorfahrt genommen und ihn samt Fahrrad überrollt hatte. Jens hatte noch zwei Tage im Koma gelegen, bevor er gestorben war. Tränen schossen in ihre Augen und schnell nahm Hanna ein Taschentuch zur Hand, um sie aufzufangen, damit die Wimperntusche nicht verlief. Es war lange her. Sie steckte das Handy weg, zog ihren beigefarbenen Übergangsmantel an und schloss dann entschlossen die Tür hinter sich. Sie musste sich mit Arbeit ablenken und wenn sie ein wenig eher kam, gab es zur Abwechslung vielleicht einen Pluspunkt.

Die Wächterin

Istra kniete betend vor dem kleinen Altar in ihrer Kammer. Sie hatte sich bereits in das hellblaue Gewand gekleidet und ihre widerspenstigen, blonden Locken waren von ihrer Dienerin zu dem aufwändigen Zopf geflochten worden, den die Priesterinnen während der Zeremonien trugen. Die Hände vor der Brust gekreuzt, verharrte sie schon seit dem Morgengrauen in dieser Stellung und flehte die Eisgöttin Ewis um Kraft für die ihr bevorstehende Aufgabe an. Sie war nur eine einfache Priesterin, von Kindheit an für den Dienst im Eiskult vorbereitet. Sie hatte nie den Ehrgeiz an den Tag gelegt, ein höheres Amt zu erreichen. Sie wollte einzig und allein der Eisgöttin dienen. Darauf war ihr ganzes Sein ausgerichtet. Und dennoch hatte der oberste Priester Ismann ihr vor drei Wochen mitgeteilt, dass sie zur Wächterin erwählt worden war. Sie war sich gar nicht bewusst gewesen, dass sie von Ismann wahrgenommen wurde und doch war sie ihm aufgefallen. Sie konnte es sich nicht erklären, war aber fest entschlossen, ihn und das Vertrauen, das er in sie setzte, nicht zu enttäuschen. Ihre Ergebenheit Ewis gegenüber würde ihr helfen. Istras Aufgabe war es, die Weta mithilfe der Eisgöttin zu finden und sie unter ihre geistige Kontrolle zu bringen. Die Weta war der Körper einer Frau, den der Geist der Eisgöttin bei den Zeremonien füllte. Sie wurde immer aus einer Parallelwelt durch das Tor geholt. Istra hatte dies schon einmal miterlebt, als sie als Novizin die Prozession mit einer Fackel in der Hand anführen durfte. Der Wasserfall im Heiligtum verwandelte sich in ein Tor zu einer anderen Welt, durch das die Weta nach Isgorat gelangte. Die Aufgabe der Wächterin war es, den Geist der Weta zu unterdrücken, sodass ihr Körper Ewis bei den Opferungen zur Verfügung stand.
Heute sollte sie das Suchritual durchführen und dabei würde es sich zeigen, ob sie der Aufgabe würdig war. Sie wollte

nichts anderes, als der Eisgöttin zu dienen. Ihr gehörte ihr Leib, ihr Leben, ihre Seele. Die Wächterin der Weta zu werden, war eine Auszeichnung höchsten Grades und eine der schwersten Aufgaben innerhalb des Eiskultes.

Es klopfte an der Tür. Sie hob die Hände flehend zu dem Herz aus Eis, das auf dem Altar ruhte.

„Bitte, Eisgöttin. Gib mir die Kraft, deiner würdig zu sein!"

Es klopfte erneut.

„Istra, es ist soweit!"

Istra erkannte Ismanns Stimme. Er klang ungeduldig. Rasch stand sie auf. Ismann ließ man nicht warten. Seit sie sich erinnern konnte, war er der oberste Priester. Von den älteren Priestern wusste sie, dass er seit jeher dieses Amt bekleidete. Niemand sprach es offen aus, aber es gab Gerüchte, dass er weit über zweihundert Jahre alt war, dass er als erster Ewis gedient und den Eiskult aufgebaut hatte. Dafür verlieh sie ihm Kräfte, die wider die Natur waren. Es hieß, er könne Gedanken lesen, an mehreren Orten gleichzeitig sein, sich unsichtbar machen und den Schneesturm beherrschen. Istra wusste nicht, was davon der Wahrheit entsprach. Sie glaubte aber, dass Magie fest im Eiskult verankert war. Sie konnte sie bei den Zeremonien spüren. Und heute würde sie ein Teil der Magie werden.

Sie öffnete die Tür und verneigte sich vor Ismann.

„Ich habe zur Eisgöttin gebetet, oberster Priester. Ich bin bereit!"

Ismann nickte ihr ernst zu und schaute ihr tief in die Augen.

„Dann kommt. Es ist alles vorbereitet."

Istra senkte rasch den Blick. Sie fürchtete sich vor Ismann. Immer wenn er ihr in die Augen sah, war sie sich sicher, dass er versuchte, ihre heimlichsten Gedanken zu erkunden, ihre innersten Geheimnisse zu ergründen. Immer wenn er sie anstarrte, füllte sie instinktiv ihren Geist mit einem Gebet an Ewis. Und immer wenn sie das tat, zeigte sich auf seinem Gesicht ein leises, zufriedenes Lächeln. Sie wollte ihn nicht absichtlich täuschen. Genaugenommen hatte sie auch nichts zu verbergen, aber dennoch war ihr der Gedanke unangenehm, dass Ismann sie bis in den kleinsten Winkel kannte. Hin und wieder überkamen sie vage Erinnerungen aus der Zeit, als sie noch nicht im Tempel gelebt hatte. Eigentlich sollten sie nicht mehr da sein und doch sah sie manchmal in ihren Träumen verschwommene Bilder. Sie wollte nicht, dass man ihr diese nahm. Das würde aber geschehen, wenn Ismann davon erfuhr. Diese Bilder waren keine Bedrohung, doch sie waren ein Teil von ihr. Sie erinnerten sie daran, dass sie nur ein kleiner Mensch war, dem die Gnade zuteilwurde, der Eisgöttin zu dienen.

Der Gang, der zum Heiligtum führte, war nicht beleuchtet. Das einzige Licht kam von den Fackeln der Novizen, welche die Prozession anführten. Hinter ihnen ging Islind, die Wächterin der vergangenen Weta. Mit der Opferung der Weta wurde ein Zyklus abgeschlossen. Dies geschah immer dann, wenn der Körper der Weta soweit verfiel, dass er den Anforderungen nicht mehr standhielt. Mit der Opferung der Wächterin würde Istra heute den neuen Zyklus beginnen und den Platz der Wächterin einnehmen. Sie wusste, dass auch ihr, wenn die Zeit der Weta abgelaufen war, dieses Schicksal bevorstand. Ihre letzte Handlung würde die Opferung der Weta sein, die sie lange Zeit bewacht hatte, und dann würde sie selbst zum Opfer werden. Die ultimative Hingabe an die Eisgöttin, das Ziel jeder Priesterin.
Istra sah im Schein der Fackeln, dass Islind mit hoch erhobenem Haupt dahinschritt. Sie fürchtete ihr Schicksal nicht. Sie sah ihm mit Stolz entgegen. Istra kannte sie vom Sehen aus den Zeremonien, war ihr aber sonst noch nie begegnet. Die Wächterin lebte abgeschirmt vom Rest der Priesterschaft zusammen mit der Weta in den Gemächern über dem Heiligtum im Innersten des Tempels. Nur selten hielt

sie sich außerhalb ihrer Räume auf. Allein der oberste Priester und einige ausgewählte Bedienstete hatten regelmäßigen Kontakt zu ihr.

Die Priester stimmten einen düsteren Gesang an und Istra konzentrierte sich auf die Aufgabe, die vor ihr lag. In der Kammer angekommen, streifte Islind ihre Robe und die Schuhe ab und legte sich, bis auf einen Lendenschurz nackt, auf den Altar. Ihr Herz ruhte über einem runden Loch, das bis zum Kristall hinunterführte. Sie schloss die Augen und lag still da. Sie zeigte keine Angst. Ein Lächeln lag auf ihren Lippen, in der Erwartung der Vereinigung mit ihrer Göttin. Istra begab sich an ihren Platz am Altar. Sie atmete tief die kalte, klare Luft ein und nahm dann das Messer aus Obsidian, das der oberste Priester ihr reichte. Die Priester und Priesterinnen, die im Kreis um den Altar standen, stimmten den Opfergesang an. Istra wiegte sich zur Melodie. Die Töne durchströmten sie, ließen ihren Körper vibrieren. Plötzlich drang ein fremdes Bewusstsein in ihren Geist ein. Ohne, dass sie sich wehren konnte, wühlte die fremde Macht in ihren Gedanken und Erinnerungen. Schon verblasste Kindheitserinnerungen wurden an die Oberfläche gezerrt und plötzlich wurde ihr mit ganzer Wucht klar, was sie verloren hatte. Ein scharfer Schmerz durchfuhr sie, als sie zusammen mit dem fremden Bewusstsein die Bilder aus ihren ersten Lebensjahren betrachtete. Die Freunde, mit denen sie gespielt hatte, die Eltern, die sie geliebt hatten, bis sie von den Tempelwachen jäh aus diesem Glück gerissen wurde. Tränen traten in ihre Augen, als sie das Bild von dem Jungen, der ihr bester Freund gewesen war, vor sich sah, wie er verzweifelt schreiend dem Schlitten der Tempelwachen hinterherlief. Dann tauchten die Erinnerungen an die erste Zeit im Tempel auf, die schreckliche Einsamkeit, als sie tagelang bei Brot und Wasser in einer kalten, dunklen Zelle eingesperrt war. Es hatte lange gedauert, bis sie die Kälte, ohne Schmerzen zu fühlen, ertragen konnte und sie letzendlich sogar lieben gelernt hatte. Dann der von Schlägen begleitete Drill, als sie zusammen mit anderen Novizen die Gesänge lernte und sie immer und immer wieder singen musste. Das Auswendiglernen und Verinnerlichen der Lehre von der Reinheit des Eises, bei dem jeder noch so kleiner Fehler mit der Rute hart bestraft wurde. Einige der Narben trug sie noch heute auf dem Rücken. Und schließlich die Reinigung, bei der man, bis man zu ertrinken glaubte, in das eiskalte Wasser der heiligen Quelle getaucht wurde. Dieses Ritual wurde dreimal zu verschiedenen Zeitpunkten der Ausbildung wiederholt und nichts fürchtete Istra mehr, als dass es ein weiteres Mal geschehen würde, wenn Ismann ihre Erinnerungen fand. Istra spürte, wie das Bewusstsein, das nur der Geist der Eisgöttin sein konnte, sich an ihren Schmerzen und an ihrer Furcht ergötzte und sie erkannte, dass es diese schrecklichen Erlebnisse waren, aus denen die Eisgöttin ihre Kraft bezog. Bevor Istra darüber nachdenken konnte, tauchte die Eisgöttin noch einmal in die Schrecken ihrer Entführung ein und das Gesicht des Jungen brannte sich in Istras Gedächtnis. Istra spürte, dass Ewis zufrieden war, mit dem, was sie in ihr gefunden hatte. Dann zog sich Ewis aus ihren Gedanken zurück, doch Istra fühlte, dass sie immer noch in ihrem Bewusstsein war. Noch immer tönte der Opfergesang. Istra sah auf Islind hinab und bemerkte, wie sich ihre Augen hinter den geschlossen Lidern bewegten. Ewis war nun auch in ihr. Sie wollte nicht nur das Töten durch Istra miterleben, sondern auch spüren, wie das Leben aus Islind wich. Jetzt konnte das Opfer dargebracht werden. Istra hob das Messer und stieß es mit aller Kraft durch Islinds Brustkorb. Es durchbohrte ihr Herz und trat am Rücken wieder aus. Islind riss für eine Sekunde die Augen auf, kurz zeigte sich der Schmerz auf ihrem Gesicht, dann entspannte sich ihr Körper und ihre Augen schlossen sich. Istra fühlte, wie ihr ein wohliger Schauer den Rücken hinunterlief, doch ihr war bewusst, dass dies die Empfindung der

19

Eisgöttin war. Ihre Lust am Töten und dem Leid anderer war kaum zu stillen. Eine ungekannte Kraft durchströmte Istra und Erleichterung durchflutete sie. Ewis hatte sie als Wächterin angenommen und ihr die Kraft verliehen, die Weta zu kontrollieren. Istra zog das Messer mit einem Ruck heraus und langsam lief Islinds Blut in den Altar aus Eis zu dem in ihm verborgenen Kristall hinab. Istra hob die Hände und stimmte in den Opfergesang ein. Zunächst kaum merklich, dann immer kräftiger begann der Kristall im Inneren des Altares in weißem Licht zu pulsieren. Der Gesang endete in einem triumphalen Crescendo, das mehrfach von den Wänden widerhallte. Die Eisgöttin hatte das Opfer angenommen. Der oberste Priester trat vor, tauchte zwei Finger in das Blut, das nun auch die Seiten des Altars herunterlief und zeichnete Istra damit ein Herz auf ihr Gesicht. Dann hob er die Hände und rief:

„Eisgöttin, ich rufe zu dir! Nimm diese mit dem Blut des Opfers geweihte Frau als Wächterin an. Zeige ihr die Weta!"
Er ließ die Arme sinken und begab sich wieder an seinen Platz im Kreis. Nun stimmten die Priester einen neuen Gesang an. Er durchdrang Istra, füllte ihre Gedanken und plötzlich sah sie Bilder von einer anderen Welt vor ihrem inneren Auge. Sie war voller Pflanzen und bunten Lichtern, Häusern aus Stein, merkwürdigen Schlitten, die sich ohne Zugtiere fortbewegten und Menschen in seltsamen Kleidern. Sie hatte die Weta gefunden. Istra sah all dies durch ihre Augen. Sie fühlte die Angst der Weta, die nicht wusste, was mit ihr geschah. Bevor die Weta in Panik geriet, zog sich Istra in einen kleinen Winkel ihres Verstandes zurück, krallte sich dort fest, damit sie den Kontakt nicht verlor, und gab ihren Körper wieder frei. Nun würde Istra die Weta ganz unter ihre Kontrolle bringen und sie nach Isgorat in das Reich der Eisgöttin holen. Es war notwendig, dass sie behutsam vorging, wenn sie die Weta nicht in den Wahnsinn treiben wollte. Sie musste sich langsam in ihrem Ver-

stand ausbreiten und sie nach und nach in eine kleine Ecke drängen. Dann konnte sie die Kontrolle über den Körper der Weta übernehmen und ihn der Eisgöttin zur Verfügung stellen.

Istra fiel und wurde von starken Armen aufgefangen. Sie öffnete die Augen und blickte in Ismanns Gesicht. Seine kalten Augen leuchteten und ließen sein Gesicht noch bleicher als sonst wirken.

„Ich habe sie gefunden", flüsterte Istra.

Sie spürte Ewis' Geist nicht mehr in sich, doch sie hatte Istra ihr Zeichen eingebrannt und etwas in ihr hinterlassen, das sie für immer verbinden würde.

Ismann nickte knapp und seine schmalen Lippen verzogen sich kurz zu einem triumphierenden Lächeln.

„Bringt sie in ihre Kammer!", wies er die Priester an und sah dann zu, wie diese Istra aus dem Heiligtum trugen. Es war vollbracht. Zufrieden strich sich Ismann über seinen langen, dünnen Bart. Der neue Zyklus hatte begonnen.

Ewis hatte die neue Wächterin zu der neuen Weta geleitet, nachdem die Macht, einen Körper zu beherrschen, von der alten Wächterin auf Istra übergegangen war. Er hatte in Istras Geist die Welt der Weta gesehen und ihre Gegenwart wahrgenommen. Er fragte sich immer wieder, nach welchen Kriterien die Eisgöttin ihren neuen Körper auswählte. Sie kamen aus verschiedenen Welten. Manche ähnelten Isgorat, andere waren so fremd, wie die, die er gerade gesehen hatte. Die ausgewählten Frauen hatten die unterschiedlichsten Wesen. Manche waren stark und widerspenstig, andere schwach und leicht zu lenken. Aber er hatte es noch nie erlebt, dass sich eine Weta gegen die Überführung nach Isgorat erfolgreich gewehrt hatte. Die meisten sträubten sich zumindest am Anfang gegen den Einfluss der Wächterin. Doch war der Kontakt einmal hergestellt, gab es für die Weta kein Entrinnen. Von der Stärke der Wächterin hing es ab, wie schnell sie sich in ihr Schicksal fügte. Istra und ihre

Ergebenheit der Eisgöttin gegenüber waren stark. Wann immer er in ihre Gedanken blickte, konnte er es sehen. Da war nur die Anbetung für Ewis, kein Ehrgeiz, sich selbst voranzubringen. Istra gehörte ganz der Eisgöttin. Dies war die beste Voraussetzung für eine Wächterin. Er hatte trotz ihrer Ergebenheit immer einen Zweifel gehabt, hatte gespürt, dass sie etwas verbarg. Doch die Eisgöttin hatte sie heute als Wächterin anerkannt, damit konnte es keinen Zweifel mehr geben. Dennoch würde er sie genau im Auge behalten. Hin und wieder waren Wächterinnen dem Druck nicht gewachsen, der auf ihnen lastete, doch das zeigte sich erst mit der Zeit. Ismann würde wachsam sein, denn es standen unruhige Zeiten bevor.

Seit Jahrhunderten existierte der Eiskult nun schon. Er hatte Isgorat erst zu dem gemacht, was es heute war. Ohne ihn wären die Isgorater heute noch ein wilder, in vereinzelten Hütten lebender Haufen von Jägern und Sammlern. Der Eiskult hatte ihnen Kultur und Arbeit gegeben. Unter Ismanns Herrschaft war der Tempelbezirk entstanden und stetig gewachsen. Er hatte den Hafen anlegen lassen und aus den vereinzelten Schiffen, die immer wieder vor der Küste geankert hatten, war ein stetiger Strom an Schiffen geworden. Der Tempelbezirk hatte sich mit dem Hafen langsam zu einem Handelszentrum entwickelt. Mit ihm wuchs die Bevölkerung Isgorats und die Dörfer entstanden. Ohne den Eiskult würde Isgorat wieder in Wildheit versinken. Der Preis dafür waren die Opfer für die Zeremonien, denn die Opfer für die Eisgöttin bezog der Eiskult aus der Bevölkerung Isgorats. Auch die Priester und Priesterinnen, sowie die Tempelwachen holte sich Ismann aus der Bevölkerung Isgorats. In den Anfängen des Kultes hatte er den Eltern noch etwas dafür bezahlt, dass sie ihm ihre Kinder überließen. Doch sobald seine Macht über Isgorat gefestigt war, ließ er die passenden Kinder von den Tempelwachen entführen. Gegenwehr bestrafte er von Anfang an erbarmungslos, um jeglichen Widerstand im Keim zu ersticken. Der Bevölkerung hatte er strenge Regeln auferlegt, bei deren Verletzung eine harte Strafe drohte. Mithilfe der Tempelwachen konnte er diese auch durchsetzen. Es war jedem eine Mahnung, sich an die Regeln zu halten, wenn die Tempelwachen einen Missetäter von der Arbeit abholten oder abends seine Haustür aufbrachen, um ihn vor aller Augen in das Gefängnis im Tempelbezirk zu bringen. Diese Gesetze regelten nicht nur das Verhalten dem Tempel gegenüber, sondern stellten auch Vergehen der Bewohner untereinander unter Strafe. Seinen Spionen entging kaum der kleinste Fehltritt, sodass die Isgorater aus Furcht vor Bestrafung die Regeln ohne Aufzubegehren ertrugen. Dieses Gleichgewicht war nötig, damit er den Strom an Opfern aufrechterhalten konnte, der Ewis' Kraft und damit auch seine Macht stetig wachsen ließ. Dieses Gleichgewicht hatte all die Jahre bestanden, doch in letzter Zeit schien sich die Stimmung unter den Isgoratern zu ändern. Ismanns Spitzel berichteten immer häufiger von offenen Unmutsbekundungen. Die Isgorater ließen sich nicht mehr so leicht von der Präsenz der Tempelwachen einschüchtern. Ismann dachte seit geraumer Zeit darüber nach, die Wachen aufzustocken, um so die Kontrolle zu bewahren und das wankende Gleichgewicht wiederherzustellen.

Hanna

Nina warf ihrer Freundin stirnrunzelnd einen Blick zu und stieß ihr dann unsanft den Ellbogen in die Rippen.

„Hanna, du träumst ja mit offenen Augen!"

Hanna zuckte zusammen. Sie kniff die Augen zu, weil das Sonnenlicht sie plötzlich blendete, und konnte sich nur mit Mühe beherrschen, nicht die Finger in die Ohren zu stopfen, um den auf einmal ohrenbetäubenden Verkehrslärm auszusperren.

„Was?"

Nina verdrehte die Augen und deutete auf den jungen Mann auf der anderen Straßenseite, der, genau wie sie, darauf wartete, dass die Ampel grün wurde.

„Der ist doch total süß, oder?"

Nina starrte ihre Freundin erwartungsvoll an, doch Hanna schüttelte nur verwirrt den Kopf.

„Was? Wer?"

Nina seufzte theatralisch und hakte sich bei Hanna unter, um sie über die Straße zu ziehen. Im Vorbeigehen lächelte sie den jungen Mann breit an, doch der hatte das Handy am Ohr und bemerkte sie gar nicht. Hanna ließ sich von ihr über die Straße führen. Allmählich normalisierten sich ihre Sinne wieder. Die Sonne blendete nicht mehr und die Geräusche hatten sich wieder bei der normalen Lautstärke eingepegelt. Ihr Kopf war noch ganz leicht und hinter den Schläfen fühlte sie ein leichtes Pochen. Was war eben passiert? Für einen Augenblick war es gewesen, als hätte sich jemand in ihren Kopf gedrängt. Sie war einfach in eine dunkle Ecke ihres Verstandes geschoben worden, völlig abgeschnitten von der Außenwelt. Sie hatte nicht mitbekommen, dass Nina etwas gesagt hatte. Für eine kurze Zeit hatte einfach nur vollkommene Dunkelheit und Stille geherrscht. Sie hatte die Gewalt über ihren Körper verloren, hatte ihn nicht einmal mehr gespürt, nur die Empfindungen des Eindringlings wahrgenommen, das Staunen über ihre Welt, die dem Eindringling völlig fremd war. Kurz bevor sie in Panik geriet, war es vorbei und die Welt mit ihrem Licht und Lärm hatte ihre Sinne überflutet. Sie war froh um Ninas Arm, denn für einen Moment war es, als wollten ihre Beine unter ihr nachgeben. Auf der anderen Straßenseite angekommen ließ Nina sie los und fragte:

„Was ist denn los mit dir?" Nina zog ihr Gesicht in besorgte Falten. „Du siehst fürchterlich aus! Ist dir schlecht?"

Hanna schüttelte den Kopf und bereute das sofort. Ihre Kopfschmerzen wurden schnell stärker.

„Ich habe Kopfschmerzen", sagte sie knapp.

„Vorhin war doch noch alles okay?"

Hanna nickte.

„War es auch. Ich weiß auch nicht, woher die auf einmal kommen. Ich habe in letzter Zeit schlecht geschlafen."

Nina sah Hanna mitfühlend an.

„Das erste Eis des Jahres kann auch noch warten. Du siehst wirklich aus, als ob du dich besser auf dein Sofa legen solltest."

Hanna seufzte.

„Ja, das wäre gut. Tut mir leid."

Nina winkte ab und machte dann ein nachdenkliches Gesicht.

„Was mache ich jetzt, wenn wir nicht Eis essen gehen?" Ihr Gesicht hellte sich auf. „Ich glaube ich gehe noch mal zu Susis Boutique."

Hanna zog alarmiert die Augenbrauen hoch.

„Du willst doch nicht etwa doch das rote Kleid kaufen? Ich habe dir gestern schon gesagt, dass du darin wie eine Presswurst aussiehst und bei dem Ausschnitt flutschen dir die Möpse raus, sobald du nur 'nen Schluckauf kriegst!"

Nina zog einen Flunsch, dann setzte sie eine hochmütige Miene auf, stemmte eine Hand in die Hüfte und zeigte mit der anderen anklagend auf Hanna.

„Frau Engler! Ihre Ausdrucksweise ist völlig unange-
bracht!"

Unwillkürlich musste Hanna lachen, auch wenn es ihre
Kopfschmerzen verstärkte. Aber Ninas Imitation von
Feldwebel Arschloch war zu gut.

Nina zog immer noch ein saures Gesicht.

„Och menno, ich find das Kleid aber so geil." Doch dann
erhellten sich ihre Gesichtszüge erneut.

„Nina?"

Hanna versuchte die immer stärker werdenden Kopfschmerzen zu ignorieren.

„Ich habs! Doppelseitiges Klebeband und mehr Sport und
kein Eis." Nina strahlte, dachte noch einmal kurz nach und
sagte: „Zumindest nicht heute."

Bevor Hanna protestieren konnte, umarmte Nina sie.

„Wir sehen uns morgen bei der Arbeit. Ruh dich aus!"

Nina ließ sie an der Ampel stehen und winkte ihr noch zum
Abschied zu. Hanna holte tief Luft, sah ihr einen Moment
verblüfft nach und versuchte das Bild von Nina in dem roten Kleid aus dem Kopf zu schütteln, unterließ dies aber
sofort, als ihr ein stechender Schmerz durch den Schädel
fuhr.

Ihre Wohnung lag nur wenige hundert Meter von der In-
nenstadt entfernt, doch als sie dort ankam, war der Schmerz
in ihrem Kopf noch stärker geworden. Hanna wollte sich
nur noch hinlegen, sich nicht mehr bewegen und die Augen
schließen.

In ihrer Wohnung angekommen, ließ sie ihre Tasche fallen,
streifte die Schuhe ab und legte sich, ohne den Mantel auszuziehen, auf ihr Bett. ‚Nur ein paar Minuten' dachte sie
und schloss die Augen. Die andere Person, die sich eben an
der Ampel in ihr Bewusstsein gedrängt hatte, war noch da.
Sie hatte sich nur in einen kleinen Winkel ihres Verstandes
zurückgezogen. Hanna versuchte, sie zu fassen, in diesen

kleinen Winkel einzudringen, doch es gelang ihr nicht. ‚Verschwinde!' dachte Hanna sehr deutlich, doch es kam keine Reaktion. Sie war sich sicher, dass der Eindringling eine Frau war. Das konnte sie aus der Art und Weise schließen, wie diese durch ihre Augen diese Welt betrachtet hatte. Was wollte sie nur von ihr und woher kam sie überhaupt? Hanna wurde bewusst, wie absurd das Ganze war. Besessenheit gab es nur in Kinofilmen und dennoch kam es ihr so real vor. Angst regte sich leise in ihr. War das vielleicht eine Wahnvorstellung, eine Spätfolge von Jens' Unfall und der schweren Zeit danach? Hanna musste wider Willen lächeln. Wenn dem so wäre, würde sie es nicht als Wahnvorstellung wahrnehmen und sich diese Frage gar nicht stellen. Und dennoch hatte sie das Gefühl, dass etwas nicht stimmte. Diese Träume, die sie seit kurzem wieder heimsuchten, waren ein konkretes Zeichen dafür. War es wirklich nur der Stress? Sie war schon seit einigen Jahren nicht mehr bei ihrer Psychotherapeutin gewesen. Vielleicht sollte sie einfach einen Termin machen und dem Ganzen auf den Grund gehen. Zufrieden mit ihrer Entscheidung fiel Hanna in einen unruhigen Schlaf.

Isgorat

Istra erwachte und fand sich in ihrer Kammer wieder. Ein Hochgefühl überkam sie. Die Prüfung war bestanden. Die Eisgöttin hatte sie für geeignet befunden. Sie konnte die Gegenwart der Weta spüren. Mit dem ersten Kontakt hatte sie sich fest in ihrem Bewusstsein eingenistet und für kurze Zeit die Kontrolle übernommen. Im Moment schlief die Weta und die Schmerzen, die sie noch spürte, würden bald vergehen. Die Weta war stark, noch kämpfte sie gegen Istra an. Nun galt es Stück für Stück ihren Widerstand zu brechen. Istra musste erst noch lernen, einen fremden Körper zu steuern. Aber die anderen Wächterinnen vor ihr hatten diese Aufgabe auch gemeistert. Istra zweifelte nicht daran, dass es ihr ebenfalls gelingen würde. Wenn die Weta erst einmal in Isgorat war, würde sie die Zeit außerhalb der Zeremonien schlafen. Sie war wie eine Puppe, die nur zum Spielen aus dem Schrank geholt wurde. Für einen kurzen Moment spürte Istra Mitleid mit der fremden Frau, Hanna, so hatte ihre Begleiterin sie genannt. Schon bald musste sie den Rest ihres Lebens in totaler Abgeschiedenheit verbringen. Aber Ewis hatte sie auserwählt. Es war ihr Schicksal, die Weta zu sein. Istra setzte sich auf. Solange die Frau schlief, konnte sie ihr ein paar Eindrücke von der Welt geben, die bald ihr Zuhause sein würde. Oder ihr Gefängnis. Sie zog sich die Kapuze ihres Gewandes tief in das Gesicht, als sie ihre Kammer verließ. Schweigend ging sie durch die Gänge, die sie zur Mauer führten, die den Tempel vom Tempelbezirk trennte. Nur am Rande nahm sie wahr, dass sich jeder, der ihr begegnete, tief vor ihr verbeugte. Nun war sie, gleich nach dem obersten Priester, die wichtigste Person im Tempel. Auf einem der überdachten, aber sonst offenen Gänge an der Außenmauer des Tempels angekommen, atmete sie tief die frische Luft ein und schob die Kapuze vom Kopf. Die Welt der Weta war warm, das hatte sie spüren können. Viel zu warm für ihren Geschmack. Istra liebte die Kälte, den Schnee, das Eis. Sie schloss die Augen für einen Moment und spürte, dass die Weta immer noch schlief. Dann ließ sie den Blick über den Tempelbezirk gleiten. Unter ihr lagen die Wohnhäuser und die Werkstätten der Bewohner. Sie versorgten die Priesterschaft und die Tempelwachen mit allem, was benötigt wurde. Obwohl sie aus freien Stücken in den Tempelbezirk gezogen waren, betrachtete Istra sie nicht als freie Bürger, sondern als Bedienstete des Tempels. Manche Familien lebten und arbeiteten schon seit Generationen im Tempelbezirk. Der Tempel ließ niemanden mehr gehen, der einmal die Vorteile des Lebens dort genossen hatte. Dafür verlangte der Tempel unbedingten Gehorsam. Diejenigen, die versucht hatten, sich ihm zu entziehen, hatten es bitter bereut. Ihr Blick fiel auf zwei in einfache, graue Kutten gekleidete Gestalten, die kurz stehen blieben, einige Worte wechselten und dann weitereilten. Die persönlichen Diener der Priester waren Bewohner des Tempelbezirkes. Nicht jeder lernte das Handwerk seiner Eltern und so gab es genug Bewerber, die Diener für die Priesterschaft werden wollten. Bevor sie zum persönlichen Diener eines Priesters oder einer Priesterin werden konnten, wurden die Männer und Frauen einer besonderen Prüfung unterzogen. Sie mussten dem Tempel ewige Treue schwören und sich zur Verschwiegenheit verpflichten. Nicht, dass sie sich daran hielten. Neuigkeiten verbreiteten sich immer in Windeseile und nur selten wurden die Verräter gefasst. ‚Diese geschwätzigen Kreaturen, vielleicht sollte man sie ebenfalls bis zu einem gewissen Grad einer Konditionierung unterziehen.‘ Istra schüttelte missmutig den Kopf, um ihre abschweifenden Gedanken einzufangen, und lenkte ihren Blick wieder auf die Häuser und Straßen unter ihr. Breite Hauptstraßen liefen sternförmig von den Toren ausgehend auf den Tempel zu. Über ihnen schwebten Kugeln aus Eis, die von innen heraus leuchteten und den Tempelbezirk Tag und Nacht in ein weißes Licht tauchten. Es herrschte reges Treiben auf den Straßen, denn der Tempel hatte ein riesiges Verlangen nach Waren und Arbeitskraft. Die Priester wollten großzügig versorgt werden. Wenn auch ihre Lebensweise eher asketisch war, so verlangten sie doch höchste Qualität, was die Bekleidung und die Mahlzeiten anging.

„Ehrwürdige Wächterin!"

Istra zuckte zusammen, als sie aus ihrer Betrachtung gerissen wurde.

„Was ist?" Ihre Stimme klang barscher als beabsichtigt und ihre Dienerin verbeugte sich noch ein Stück tiefer.

„Verzeiht, wenn ich Euch störe, aber der Schneider lässt fragen, ob er Maß nehmen darf, um Eure neuen Roben anzupassen. Und der Schuster möchte ebenfalls Maß nehmen für Schuhe in der Euch zustehenden Farbe."

Die Dienerin verharrte in ihrer gebeugten Stellung und Istra sah auf sie mit einer Mischung von Verachtung und Bedauern herab. Bevor sie zur Wächterin berufen wurde, war ihr Umgang mit der Dienerschaft nicht so förmlich gewesen. An diese Ehrerbietung musste sie sich erst gewöhnen. Die Unterwürfigkeit ihrer Dienerin widerte sie beinahe an. Sie bemühte sich dennoch um einen freundlichen Ton:

„Ich lasse es dich wissen, wenn ich Zeit dazu habe."

Istra fuhr mit der Hand über den Ärmel ihrer Robe und fühlte den glatten, weichen Stoff, der mit dem Schiff aus einem fernen Land kam. Die Roben wurden im Tempelbezirk geschneidert und auch die Schuhe, die sie trug, waren aus feinstem Leder und eigens für sie gefertigt worden.

Die Dienerin nickte und wollte sich zurückziehen.

„Warte, Lifa!"

Die Dienerin zuckte zusammen und verbeugte sich erneut. Istra verzog verächtlich den Mund. Diese Diener waren doch schwache Kreaturen ohne Rückgrat und sobald man ihnen den Rücken zuwendete, zerrissen sie sich das Maul und glaubten, man merkte das nicht. Aber zumindest wussten sie, wo ihr Platz und wer ihre Herren waren.

„Ich wünsche mein Abendmahl in meinem Gemach zu mir zu nehmen. Bring mir etwas Nussbrot und ein Stück gebratenen Fisch. Warte dort auf mich."

Lifa nickte erneut und entfernte sich leise. Istra wandte sich wieder dem Tempelbezirk zu.

Nur die Priester aßen Brot, das Getreide dazu kam ebenfalls mit dem Schiff, ebenso wie die Nüsse, das Gemüse und die Früchte, die in die verschiedenen Brotsorten eingearbeitet waren. Dazu gab es meist etwas Fisch oder Fleisch. Die Isgorater konnten sich diesen Luxus nicht leisten. Istra lief ein Schauer den Rücken herunter, bei dem Gedanken, sich nur von Fleisch und Algen ernähren zu müssen. Ihr Blick fiel auf einen abgesperrten Bereich in der Nähe der Gefängniszellen. Der Tempel war in stetigem Umbau, auch darum herrschte Tag und Nacht emsige Betriebsamkeit. Die Häuser im Tempelbezirk standen dicht zusammen und waren über kleine Brücken und Stege miteinander verbunden. Sie stammten noch aus der Anfangszeit des Eiskultes, als das Klima noch nicht von Misstrauen, Wachsamkeit und Angst vergiftet war. Die Menschen feierten nach getaner Arbeit viele Feste und auf den Brücken herrschte stetiges Kommen und Gehen. Schleichend hatte der Tempel die Regeln, nach denen die Isgorater leben sollten, verschärft und die Feste wurden seltener, die Menschen verschlossener und vorsichtiger. Nun wurden die Brücken kaum noch benutzt und verfielen langsam. Die Menschen gingen mit gesenkten Köpfen ihrer Wege. Müßiggang war nicht gern gesehen und wurde unter Strafe gestellt. Dennoch lebten viele Menschen im Bezirk, denn es ging ihnen materiell besser als den Menschen in den umliegenden Dörfern und sie mussten weder Kinder dem Tempel überlassen noch wurde für Vergehen die Todesstrafe, was gleichbedeutend mit dem Opfertod auf dem Altar war, verhängt. Viele der Handwerker hatten besondere Fähigkeiten und die wollte der Tempel erhalten. Istras schaute noch einen Moment auf die geschäftig herumeilenden Menschen auf den Straßen, dann glitt ihr Blick weiter zu der schneebedeckten Ebene, die südlich an den Tempelbezirk grenzte. Sie sah die zugefrorenen Fischteiche, aus denen die Fischer unermüdlich aus den stetig freigehaltenen Löchern Fische zogen und sie dann weiterverarbeiteten. Um die Teiche herum lagen vereinzelt Dörfer mit kleinen Hütten, in denen die Arbeiter mit ihren Familien wohnten. Tempelhof lag direkt vor den Toren des Tempelbezirkes und am Waldrand, verbunden durch eine Straße, konnte sie Waldruh und Fischgrund ausmachen. Um Kalwafried herum befanden sich die Gehege der dort gezüchteten Kalwas. Sie waren sanftmütige, gedrungene Vierbeiner, die zum Ziehen der Schlitten dienten und vor allem Milch-, Fleisch- und Lederlieferanten waren. Ihre Hörner waren, wie auch das Leder, eine kostbare Handelsware. Im Osten schloss sich an den Tempelbezirk der Hafen an, in dem gepökelter und getrockneter Fisch, Kalwaleder und Robbenpelze in die ganze Welt verschifft wurden. Hinter dem Hafen breitete sich das Eismeer bis zum Horizont aus. Hunderte von Arbeitern hielten die Fahrrinne zum Hafen frei, damit er das ganze Jahr erreichbar war. An der Küste lagen die Dörfer Schiffswacht, Eisküste und Glasgrund. In Glasgrund wurden viele Gegenstände aus Glas und auch die begehrten Glasscheiben für die Fenster der Häuser hergestellt. Vor langer Zeit hatte sich eine Familie, die mit dem Schiff aus dem Süden gekommen war, dort an dem weißen Strand von Glasgrund niedergelassen. Sie hatte das Wissen zur Glasherstellung mitgebracht und als sie die zur Glasherstellung nötigen Rohstoffe in Isgorat fand, mit der Herstellung von Glas begonnen und die Isgorater schnell für das lichtdurchlässigen Material begeistert. Bei dem Gedanken daran, wie die Isgorater mit allen Mitteln die reinigende Kälte aus ihren Häusern fernhielten, verzog Istra verächtlich das Gesicht.

Sie hob den Blick und konnte gerade noch die Inselkette vor der Küste erkennen. Das Eis reichte bis dahin.

Die Eisschicht auf dem Meer war das Werk der Eisgöttin. Für die meiste Zeit des Jahres hatte sie Isgorat in ihren eisigen Krallen. Doch jedes Jahr zog sie sich für etwa zehn Wochen zurück, um dann mit frischer Kraft die Herrschaft des Eises über Isgorat erneut auszubreiten. In diesen Wochen trieben die Pflanzen mit einer Kraft aus, die nicht aus ihnen allein kommen konnte. Hier waren Kräfte am Werk, die Ewis schon lange trotzten. Innerhalb von Tagen schmolz der Schnee und die Bäume und Sträucher wurden grün. Gras wuchs auf den Ebenen und vertrieb auch dort das leuchtende Weiß des Schnees. Nur über das Wasser schien die Kraft von Mutter Erde keine Macht zu haben, denn die Eisschicht schwand nur in geringem Maße und so blieben die Fischteiche und das Meer an der Küste für das ganze Jahr mit Eis bedeckt. Auf den größeren Inseln am Rande des Eises lebten Robben. Sie wurden von den Isgoratern gejagt. Es gab auch eine Reihe von kleineren Inseln, die zum größten Teil im eisfreien Wasser lagen und nur noch mit dem Boot erreicht werden konnten. Dort sammelten die Bewohner Isgorats verschiedene Algen, die neben dem Robben- und Kalwafleisch ihr Hauptnahrungsmittel waren und auch während des Winters als Futter für die Kalwas dienten. Der Fisch war dem Tempel vorbehalten und haupsächlich für den Handel bestimmt. Für die Isgorater war er nahezu unerschwinglich. Um ihr Dasein ertragen zu können, ertränkten die Isgorater ihren Kummer in Pulka, vergorener Kalwamilch und Kannis, den sie aus Pulka brannten. Istra verzog angewidert das Gesicht, bei dem Gedanken daran. Und wie zur Bestätigung drangen laute Stimmen zu ihr hinauf.

„Loslassen!"

Die Stimme des Mannes klang eindeutig betrunken. Istra sah genau hin. Es war einer der Bewohner aus den Dörfern.

Er schien auf seinem Schlitten, Leder zu transportieren, das er in den Tempelbezirk lieferte. Die Wachen hatten ihn vom Schlitten gezogen und beförderten ihn nun in Richtung Gefängnis. Der Mann konnte kaum auf seinen Beinen stehen und so packten sie ihn unter den Armen und schleiften ihn weiter.

„Ihr sollt mich loslassen, ihr Verbrecher!"

Istras Wangen färbten sich bei diesen Worten vor Empörung rot. Wie konnte er es wagen? Mit diesen Worten hatte er sein Todesurteil unterschrieben. Istra sah noch einen Moment zu, wie die Wachen den sich mittlerweile heftig wehrenden Mann durch eine der Türen in der Tempelmauer stießen. Dann atmete sie tief ein, um sich zu sammeln, und fuhr mit ihrer Betrachtung fort. Im Westen und Norden sah sie den schneebedeckten Wald, der sich an die Ebene anschloss. Er war dicht und wild. Nur wenige Tiere lebten dort. Einige verwilderte Kalwas, die sich von der Rinde und den Nadeln der Schwarzkieer, den in Isgorat wachsenden Nadelbäumen, und im kurzen Sommer von den Flechten und Moosen, den frischen Nadeln und den kleinen, saftigen Blättern des Pulusbaumes ernährten. Dazu gab es einige kleine Kaninchen und Mäuse, die sich an den Schwarzkieersamen und den wenigen Insekten, die im Sommer aktiv waren, labten. Einige Wölfe lebten in den Wäldern, aber die Menschen bekamen sie kaum zu Gesicht. In den kleinen Bächen und Teichen lebten Fische, die aber nur schwer zu fangen waren. Istra hasste den Sommer. Dann wurde das erhabene, makellose Weiß durch das fleckige Braungrün der Pflanzen gestört. Hinter den Wäldern im Nordwesten breitete sich das Schneegebirge aus. Seine Ausläufer reichten durch die Wälder bis an den Tempelbezirk heran. Istra verzog geringschätzig das Gesicht, als sie daran dachte, wie die Bewohner Isgorats in den Bergen nach Kohle wühlten, mit der sie ihre Hütten leidlich erwärmten. Sie schätzten die reinigende Wirkung der Kälte nicht, erkannten nicht, was es

für eine Ehre war, der Eisgöttin zu dienen. Ihr Blick richtete sich wieder auf die schneebedeckten Gipfel. Dort lag auch der Sommerpalast der Weta. Dorthin zog sie sich in den wärmeren Sommerwochen zurück. Istra lächelte. Als Wächterin würde sie die Weta begleiten und endlich dem Sommer entkommen. Sie würde dort die Wochen, in denen sich das Grün breitmachte, in Klausur und Meditation verbringen und erst in den Tempel zurückkehren, wenn Eis und Schnee den Sommer besiegt und sich Isgorat zurückerobert hatten. Die Hin- und Rückfahrt waren auch die einzigen Gelegenheiten, bei der die Bevölkerung die Weta zu Gesicht bekam. Eine Erinnerung und Mahnung, wem sie zu dienen hatten.
All diese Bilder ließ Istra in Hannas Geist strömen. Sie übernahm die Kontrolle über ihre Träume. Das war der erste Schritt. Bald würde sich Hanna an ihre Anwesenheit gewöhnt haben und dann konnte sie immer mehr und immer länger die Kontrolle über ihren Körper übernehmen. Das Tor nach Isgorat würde sich in zehn Wochen öffnen. Eine Woche entsprach einem Mondzyklus der sieben Tage dauerte. Bis dahin erwartete die Eisgöttin zehn Opfer: Die Opfer zur Weihung der Weta.

Träume

Hanna erwachte schweißgebadet. Einen Moment schaute sie sich orientierungslos um. Die Sonne war schon untergegangen und es war dunkel in ihrer Wohnung. Sie tastete nach der Lampe neben dem Bett, machte Licht und stand auf. Ein Blick auf die Uhr sagte ihr, dass sie über drei Stunden geschlafen hatte. Die Kopfschmerzen waren verschwunden, aber dennoch fühlte sie sich wie gerädert. Sie zog ihren Mantel aus und hängte ihn an die Garderobe. Dann ging sie ins Bad, um sich eine Handvoll kaltes Wasser ins Gesicht zu spritzen. Im Spiegel bemerkte sie erschrocken ihre fahle Gesichtsfarbe und das fiebrige Glänzen ihrer Augen. Sie sah wirklich nicht gut aus. Rasch nahm sie ein Handtuch, trocknete sich das Gesicht ab und vermied beim Rausgehen den Blick in den Spiegel. Diesen Anblick musste sie sich nicht noch einmal antun. Unschlüssig stand sie einen Moment im Zimmer, als ihr Magen energisch nach Nahrung verlangte. Kein Wunder. Zum Mittag hatte sie nur eine Kleinigkeit gegessen, hatte sie doch vorgehabt, den ersten richtig warmen Tag mit einem großen Eisbecher zu feiern. Sie holte eine Pizza aus dem Tiefkühlfach und als sie die Kälte spürte, erinnerte sie sich an die Bilder, die sie im Schlaf gesehen hatte. Bilder von einer eiskalten, verschneiten Welt. Die Pflanzen hatten kaum Möglichkeit zu wachsen, denn der Winter war die vorherrschende Jahreszeit. Sie klappte die Tür vom Tiefkühlfach zu, schaltete den Herd an und holte die Pizza aus ihrer Verpackung. Obwohl die Kopfschmerzen nicht mehr da waren, fühlte sie sich immer noch leicht benommen, als ob alles um sie herum in dünnen Nebel gehüllt war. Sie lauschte in sich hinein. War sie allein oder hockte die unheimliche Besucherin immer noch in ihrer Ecke? Die Benommenheit steigerte sich kurz zu einem Schwindel und lenkte sie ab. Hanna schüttelte den Kopf. Die Bilder im Traum waren mit Gefühlen untermalt gewesen, die nicht ihre eigenen waren. Denn sie mochte den Winter mit seiner Kälte und grauen Trostlosigkeit nicht. In ihrem Traum aber hatte sie den Winter und die Kälte geliebt. Was geschah bloß mit ihr? Bildete sie sich das alles nur ein? Wenn sie die Pizza gegessen hatte, würde sie heiß duschen und dann ins Bett gehen. Das war das Beste. Vielleicht wurde sie doch krank und fühlte sich deswegen so. Es wäre möglich. Heute hatte sich Niko, der Lehrling aus der Herrenabteilung, krank gemeldet. Ihm war schon seit zwei Tagen die Nase gelaufen und die Abteilungsleiterin hatte ihn gestern Nachmittag zum Arzt geschickt, damit er die Kollegen und die Kunden nicht ansteckte. Wohl zu spät. Hanna legte die Pizza in den Ofen und stellte den Wecker auf zwölf Minuten. Auf dem Weg zum Kuschelsessel hob sie ihre Handtasche auf und legte sie auf den Tisch. Sie nahm das Portemonnaie heraus und suchte darin nach der Visitenkarte ihrer Psychotherapeutin. Nachdenklich betrachtete sie das Stück abgenutzten Karton und steckte das Kärtchen dann wieder ein. Gleich morgen würde sie einen Termin machen. Sie würde der Sache auf den Grund gehen. Sie ließ sich in den Sessel fallen und machte den Fernseher an. Eine Krimiserie lief. Hanna kuschelte sich in das Lammfell, das über dem Sessel lag und wartete darauf, dass der Wecker klingelte.

Faszinierende Bilder

Istra stand immer noch auf dem Wehrgang. Obwohl ein scharfer Wind aufgekommen war, spürte sie die Kälte nicht. Sie lauschte den Gedanken der Weta. Sie hatte in ihrem Bewusstsein einen Raum um ihre Präsenz abgeschirmt und wann immer die Weta nun versuchen würde, sie aufzuspüren, würde sie ein Schwindelgefühl verspüren. Sie hatte es bereits versucht und aufgegeben. Das war ausgezeichnet. Nach und nach würde Istra ihren Platz ausweiten und den der Weta einschränken, bis sie nur noch in einer kleinen Ecke ihres Bewusstseins existierte. Es war leider nicht möglich, sie ganz auszulöschen, denn die Körper konnten ohne die ihr angeborene Seele nicht überleben. Auch die Versuche, eine Weta direkt aus Isgorat zu holen, waren gescheitert. Der Schock, aus der vertrauten Heimat herausgerissen und in eine fremde Welt gebracht zu werden, war nötig, um den Willen der Weta zu brechen und sie unterdrücken zu können. Kam sie aus Isgorat, war sie einfach zu stark, weil sie die Umgebung gewohnt war und dieser alles erschütternde Schock fehlte. Istra war neugierig und beobachtete die Aktivitäten der Weta durch ihre Augen. Sie war aufgestanden und bereitete sich einen mit seltsamen Dingen belegten Brotfladen zu. Jetzt saß sie vor einem Kasten, in dem bewegliche Bilder zu sehen waren. Ob Islind das auch gesehen hatte, als sie zu ihrer Weta Kontakt aufnahm? Istra war fasziniert von dieser Welt, die doch so anders als ihre eigene war. Ja, sie konnte sich sehr gut vorstellen, wie erschreckend und verstörend Isgorat auf die Weta wirken musste. Für die nächsten Tage würde sie nur beobachten, den Körper der Weta kennenlernen und nach und nach, in Momenten, in denen es anderen nicht auffiel, ihren Körper übernehmen. Das war wichtig, denn sie konnte nicht davon ausgehen, dass die Weta freiwillig durch das Tor ging. Wenn es soweit war, musste Istra endgültig die Kontrolle über ihren Körper übernehmen. Sie versuchte von der Weta nicht mehr als menschliches Wesen zu denken. Das war der erste Schritt, den sie gehen musste. Sie durfte weder Mitleid noch Verständnis für die Weta empfinden. Sie durfte sie nicht als Person, als lebendiges Wesen sehen, sondern nur als Gefäß für den Geist der Eisgöttin Ewis.

Die Weta schaltete den Bilderkasten aus und ging zu Bett. Istra lächelte. Für diese Nacht würde sie ohne weitere Bilder schlafen können. Wenn in ein paar Tagen der nächste Vollmond über den Nachthimmel zog, erwartete Ewis das erste Opfer zur Weihung der Weta. Istra würde es durchführen und die Weta würde in ihren Träumen an ihrer Seite sein.

Istra zog die Kapuze über ihren Kopf und begab sich zurück in ihre Kammer. Auf dem Rückweg traf sie Ismann. Sie verneigte sich tief, um den Blick in seine hellblauen Augen zu vermeiden, doch er bedeutete ihr, sich aufzurichten. Sie konnte ihm ansehen, dass er wissen wollte, wie es voranging.

„Die Weta schläft jetzt. Ich konnte den Kontakt zu ihr festigen und mich in ihrem Bewusstsein verbergen. Ich habe bereits die Kontrolle über ihre Träume erlangt und ihr Bilder von unserer Welt gezeigt. Sie wird zum ersten Opfer bereit sein."

Istra schaute Ismann offen an, erinnerte sich an die Zeit auf dem Wehrgang und was sie beobachtet hatte. Dies konnte Ismann sehen. Es bestand keine Gefahr, dass er zu tief in ihren Gedanken grub. Der oberste Priester nickte zufrieden.

„Ihr macht Eure Sache gut, Istra."

Istra neigte den Kopf.

„Das Lob steht mir nicht zu, oberster Priester. Ihr habt mich ausgewählt."

Ismann fasste sie am Kinn und hob ihren Kopf, sodass er ihr direkt in die Augen sehen konnte. Automatisch füllte

Istra ihre Gedanken mit einem Gebet an die Eisgöttin, was sie immer mit einem Gefühl der Verehrung und Hingabe erfüllte.

„Das habe ich und ich wusste, dass Ihr mich nicht enttäuscht. Morgen sind die Gemächer für die Weta vorbereitet. Bei Sonnenaufgang werdet Ihr umziehen."

Ohne noch einmal zurückzublicken, ließ er Istra stehen und setzte seinen Weg fort. Istra verbarg das breite Lächeln unter ihrer Kapuze. Der oberste Priester war zufrieden mit ihr.

In ihrem Zimmer angekommen, schickte sie Lifa zum Schneider und zum Schuster. Dann packte sie die wenigen persönlichen Sachen, die sie besaß, in einen kleinen Beutel. Die Kleidung ließ sie im Schrank. In den Gemächern der Weta würde eine neue Garderobe auf sie warten. Sie konnte davon ausgehen, dass der Schneider die ganze Nacht durcharbeiten und sie morgen Roben in ihrer Größe vorfinden würde. Ab dem morgigen Tag durfte sie sich in das dunkle Rot der Wächterin hüllen. Sie nahm ihr Abendmahl ein und legte sich zum letzten Mal auf ihr schmales Bett. Morgen würde ihr neues Leben endgültig beginnen. Die Abgeschiedenheit, die sie erwartete, störte sie nicht. Sie war jetzt schon einsam. Das gehörte zum Leben einer Priesterin des Eiskultes. Ihr Leben gehörte der Eisgöttin. Mit dem Gedanken an das Opfer, das sie bringen durfte, schlief sie zufrieden ein.

Der oberste Priester

Dreimal tauchte Ismann tief in das eiskalte, klare Wasser in dem Becken in seinem Gemach ein. Es wurde vom Quellwasser gespeist, das aus den Bergen in den Tempelbezirk geleitet wurde. Mit diesem Eintauchen in das Wasser bereitete er sich auf die Begegnung mit Ewis vor. Der Beginn eines Zyklus war eine angespannte Zeit, das Bestehen des Eiskultes hing von seinem Gelingen ab. Ismann stieg aus dem Becken und ließ sich von seinem Diener seine dunkelblaue Robe um die Schultern legen.

„Wenn ich aus dem Tempel zurückkehre, will ich etwas essen. Sorge dafür, dass alles bereitsteht!"

„Sehr wohl, oberster Priester."

Mit einer Verbeugung zog sich der Diener zurück.

Einen Moment stand Ismann reglos da und sammelte seine Gedanken. Dann machte er sich barfuß auf den Weg ins innerste Heiligtum. Die Wände des Ganges leuchteten auf, als er an ihnen vorüberschritt. Hinter ihm wurde es wieder dunkel. Er brauchte keine Fackeln. Er konnte das Eis zum Leuchten bringen. Im innersten Heiligtum angekommen, kniete er vor dem Altar nieder und legte die Stirn auf ihn. Langsam begann der Kristall in seinem Inneren zu glühen und im Rhythmus von Ismanns Herzschlag zu pulsieren. Ismann versenkte sich ganz in den Geist der Eisgöttin, ließ sich von ihrer Kraft durchströmen, um für die kommende Zeit gestärkt zu sein.

Die Jahre zehrten an seinen Kräften. Schon lange diente er Ewis und wenn er mit ihr allein war, füllten Bilder aus den vergangenen Jahren, von den Anfängen und von den unzähligen Opferungen, seinen Geist. Er wusste, dass sie sich von den schlimmsten Erfahrungen ihrer Opfer ernährte, hatte er es doch am eigenen Leib erfahren. Immer wenn er bei ihr war, durchforschte sie seine Erinnerungen aufs Neue und stieß dabei stets wieder auf den Hass, den er noch heute für seinen Stiefvater empfand. Sein Vater war früh gestorben und sein Stiefvater hatte ihm alle Flausen mit dem Gürtel austreiben wollen. Die Erinnerungen an die quälenden Schläge waren immer noch klar. Die Striemen hatten tagelang geschmerzt und ihn nicht schlafen lassen. Doch Ismann hatte sich nicht beugen wollen. Er war anders als seine gehorsamen Geschwister. So wie Ewis seinen Hass und Schmerz erkundete, so erfreute sie sich auch an dem Vergnügen, das er empfunden hatte, als er seine Geschwister geärgert und gedemütigt hatte. Sie schwelgte mit ihm in der Befriedigung, die er verspürt hatte, wenn er die Angst in ihren Augen sah, als er sie zwang zuzusehen, wie er wilde Tiere quälte, die er zuvor gefangen hatte. Ihre flehenden Stimmen, endlich aufzuhören, ließen ihm noch heute einen wohligen Schauer über den Rücken laufen. Seine Geschwister hatten ihn so sehr gefürchtet, dass sie ihrem Vater nichts verraten hatten, sonst hätte ihn dieser sicherlich totgeschlagen. Einmal war es beinahe geschehen. Anstatt nur zwei Fische aus dem kleinen Fischteich zu ziehen, den sein Stiefvater mühsam angelegt hatte, holte Ismann nach und nach alle Fische heraus und sah ihnen beim qualvollen Ersticken zu. Die lustvolle Aufregung, die er empfand, als er ihnen bei ihrem Todeskampf zuschaute, ließ ihn einfach nicht aufhören. Als sein Stiefvater sah, dass er seine jahrelange Arbeit zunichtegemacht hatte, begnügte er sich nicht mit dem Gürtel. Nach dieser Tracht Prügel konnte sich Ismann tagelang kaum rühren. Das Atmen schmerzte sowohl in der gebrochenen Nase als auch in den angebrochenen Rippen. Essen und Trinken war wegen des geschwollenen Gesichtes kaum möglich. Sein Stiefvater hatte ihn geschlagen und getreten, wo er ihn nur treffen konnte und ihn dann liegen gelassen, bis seine Mutter ihn nach einigen Stunden aufgesammelt und so gut sie konnte, versorgt hatte. Er war immer wieder fortgelaufen, aber zurückgekehrt, wenn der Hunger zu groß wurde. Bis ihn sein Weg zu Ewis in ihre Höhle tief in den Bergen geführt hatte. Vielleicht hatte sie ihn auch gerufen. Von da an war alles anders geworden. Sie hatte ihn als Diener angenommen und ihm als Lohn ewiges Leben, magische Kräfte und die Aussicht auf grausame Opferungen und Quälereien anderer Lebewesen gegeben. Dies bereitete Ewis das gleiche Vergnügen wie Ismann, denn sie war eine grausame Göttin. Ebenso wie das Eis kannte sie keine Gnade und Blut war das einzige, das sie besänftigte. Ismann hatte den Kult immer mit unnachgiebiger, grausamer Hand geführt und würde es auch weiterhin so tun. Der nun wachsende Widerstand in der Bevölkerung Isgorats würde das nicht ändern. Er wusste, dass immer wieder Informationen aus dem Tempel in die Dörfer gelangten, obwohl die Bewohner des Tempelbezirkes streng überwacht wurden. Er hatte diesbezüglich einige der Diener und Angestellten unter Verdacht, aber die Bestätigung noch nicht erhalten. All das laugte ihn aus. Doch die Nähe der Eisgöttin gab ihm wieder Kraft und gestärkt verließ er das Heiligtum. Er würde jeden Aufstand im Keim ersticken und seine Macht beweisen. Jeder, der sich ihm in den Weg stellte, war des Todes. Es galt nun die Vorbereitungen für die Überführung der Weta nach Isgorat zu treffen. Das Öffnen des Tores verbrauchte immer einen großen Teil seiner Kraft und schwächte ihn für einige Tage. Dies war die kritischste Zeit. Denn in den Tagen, die er brauchte, um wieder zu Kräften zu kommen, waren die Wächterin und die Weta sich selbst überlassen. Istra musste bis dahin stark genug sein. Er hatte sich bisher noch nie in einer Wächterin getäuscht und auch wenn Istras Hingabe an die Eisgöttin überwältigend war, nagten doch Zweifel an ihm. Doch er konnte nicht genau benennen, was ihn so beunruhigte. Er ging zurück in sein Gemach und aß einen Teller von der klaren Fleischbrühe sowie ein Stück gefrorenes, rohes Fleisch, das er mit einem scharfen Messer in dünne Scheiben schnitt und im Mund auftaute. Dies war seine übliche Nahrung, die er immer zu Beginn eines Zyklus zu sich nahm. Dann ließ er durch seinen Diener den Kommandeur der Tempelwachen rufen. Während er wartete, setzte er sich an seinen Schreibtisch und notierte die äußeren Merkmale, welche die Opfer zur Weihung der Weta aufweisen sollten. Er hatte ein Bild der Weta in Istras Gedanken gesehen. Die zehn Opfer, die bis zur Überführung der Weta der Eisgöttin dargebracht werden sollten, mussten ihr äußerlich so ähnlich wie möglich sein. Er blies gerade die Tinte trocken, als es an der Tür klopfte.

„Tretet ein!"
Der Kommandeur betrat Ismanns Gemach und verbeugte sich.

„Ein neuer Zyklus hat begonnen und die Eisgöttin verlangt nach Opfern. Hier habt Ihr die Beschreibung. Wählt die Opfer sorgsam aus!"
Der Kommandeur richtete sich auf, nahm das Pergament entgegen, das Ismann ihm reichte, und studierte es sorgfältig.

„Ich gehe davon aus, dass Euch die Wichtigkeit, dass diese Anweisungen genau zu befolgen sind, bewusst ist." Ismann sah den Kommandeur scharf an, doch dieser erwiderte gelassen seinen Blick.

„Ja, ehrwürdiger Ismann. Ich werde mich mit Euren Spionen in Verbindung setzen, um die passenden Frauen zu finden. Eure Befehle sollen zu Eurer vollsten Zufriedenheit ausgeführt werden."

„Ich verlasse mich auf Euch, Kommandeur. Die Zeit drängt, beginnt sofort mit der Suche. Das erste Opfer muss beim nächsten Vollmond bereit sein."

„Jawohl, ehrwürdiger Ismann!" Der Kommandeur verbeugte sich erneut und verließ dann Ismanns Gemach.

Freunde fürs Leben

Bendik hörte Valton schon von weitem laut lachen. Das war typisch für ihn. Wahrscheinlich gab er wieder eine seiner Weibergeschichten zum Besten. Bendik verzog säuerlich das Gesicht. Er hatte diese und nächste Woche Spätschicht zum Offenhalten der Eislöcher und war wie immer bis auf die Haut nass. Er musste seine Hose dringend ölen, aber immer wieder kam etwas dazwischen. Er hatte seinen Schlitten noch zu Hause abgestellt, sich aber sofort auf den Weg gemacht, weil er spät dran war. Nun bereute er das, denn ihm war eiskalt. Er hoffte, dass seine Freunde Mikell und Valton zumindest schon ein kleines Feuer gemacht hatten, sodass er seine Hose trocknen und sich etwas aufwärmen konnte. Sie hatten immer ein paar alte, aber trockene Kleidungsstücke im Unterstand, denn Bendiks Freunde arbeiteten wie er an den Fischteichen und waren regelmäßig genauso durchnässt. Bendik hatte die Lichtung mit dem kleinen Teich und ihrem Unterstand fast erreicht, als ihm der Duft von geröstetem Fleisch in die Nase stieg. Seine Stimmung hob sich augenblicklich und er verzieh Valton sein lautes Gelächter. Es wartete nicht nur ein Feuer auf ihn, sondern auch eine kleine Stärkung. Was wollte er mehr? Valton stand auf, als er Bendik auf die Lichtung treten sah, und prostete ihm mit einem Becher zu, in dem Bendik Pulka, vergorene Kalwamilch, vermutete.

„Na, mein Bester, du siehst aus, als ob du eine Aufwärmung vertragen könntest!"

Valton schlug ihm auf die Schulter, grinste ihn an und drückte ihm den Becher in die Hand. Ein scharfer Geruch stieg Bendik in die Nase. Er nahm einen großen Schluck und schloss die Augen, während sich der Alkohol die Speiseröhre hinunterbrannte und eine wohlige Wärme in der Magengegend erzeugte.

„Hast du wieder heimlich schwarzgebrannt?" Bevor Valton ihm den Becher wegnehmen konnte, nahm Bendik noch schnell einen weiteren Schluck. Valton hatte zwar eine große Klappe, aber er brannte aus Pulka den besten Kannis in der Gegend. Zu schade, dass dies offiziell nur dem Schankwirt vorbehalten war, denn der musste auf jeden Schluck Kannis, den er ausschenkte, Steuern an den Tempel zahlen.

„Natürlich hat er das. Er kann ja nichts, außer schwarzbrennen und Röcken hinterherrennen!"
Mikell hatte sich von der kleinen Feuerstelle erhoben, um Bendik ebenfalls zu begrüßen.

„Wir dachten schon, du kommst nicht mehr."
Bendik zog ein missmutiges Gesicht.

„Wäre ich auch beinahe nicht, ich bin völlig erledigt. Amund hatte heute schlechte Laune und hat uns mehr als sonst angetrieben."
Valton grinste schief.

„Kann ich mir vorstellen. Habe ihn mit seiner Frau streiten hören, als ich gestern seiner Tochter einen Besuch abgestattet habe." Er grinste selbstgefällig und schaute Mikell dann erstaunt an, als der die Nase rümpfte. „Was denn?"
Mikell schüttelte nur angewidert den Kopf und warf dann mit missmutiger Miene einen Blick auf Bendiks durchnässte Kleidung.

„Übernächste Woche ist meine Kolonne dran, die Löcher freizuhalten." Er seufzte. „Aber wenigstens in der Frühschicht, da hat man noch was vom Tag."
Valton klopfte Mikell auf die Schulter und drückte ihm den Becher, aus dem er zuvor einen großen Schluck genommen hatte, in die Hand.

„Da, kannst dich schon mal aufwärmen, im Voraus, sozusagen."
Mikell zog die Nase kraus und gab den Becher zurück, ohne einen Schluck zu nehmen. Valton sah ihn skeptisch an.

„Hat Enna dir etwa das Trinken verboten?"
Mikell verdrehte nur die Augen, packte Bendik beim Ärmel und zog ihn zum Unterstand. Er suchte, während Bendik sich seiner nassen Kleidung entledigte, eine trockene Hose aus dem Stapel, reichte sie ihm und hing dann die nassen Kleidungsstücke neben das Feuer in die Wärme.

„Sie hat aus dir ja schon eine richtige Hausfrau gemacht!", zog Valton Mikell auf und grinste breit, als diesem die Röte ins Gesicht stieg.

„Halt die Klappe, du bist ja nur neidisch."
Valton lachte lauthals.

„Ganz bestimmt nicht. Ich brauche meine Freiheit. Mich wird nie ein Drache zum Hausmann machen."

„Dafür wirst du ewig bei Mama wohnen und dich von ihr verhätscheln lassen, du Muttersöhnchen!"
Damit hatte Mikell einen Nerv getroffen und Bendik musste dazwischengehen, damit die beiden nicht anfingen, sich zu prügeln. Mikell wohnte bereits im eigenen Haus und bald, nach der Hochzeit, würde Enna zu ihm ziehen. Bendik hatte zumindest das Baumaterial zusammengesammelt und wollte im Sommer mit dem Bau beginnen. Nur dann gab es genug Moos zu Abdichten der Holzbalken. Valton hatte noch keine Anstrengung in dieser Richtung unternommen. Er gab sein ganzes sauer verdientes Geld für sein Aussehen, seine Kleidung und die beinahe täglichen Schänkenbesuche aus. Er jagte, wo er nur konnte, jedem Rock hinterher und die Frauen waren nicht abgeneigt und schmolzen regelrecht dahin, wenn er ihnen tief in die Augen schaute und seine wohlüberlegten Schmeicheleien anbrachte. Valton sah von ihnen am besten aus, groß, schlank, muskulös mit dunkelblonden Locken und grünen Augen. Mikell war eher klein und schmächtig, hatte wie die meisten hier sandblondes, glattes Haar und trug einen Vollbart. Enna stutzte ihm beides und so sah es auch aus. Er war im Gegensatz zu Valton ruhig und eher wortkarg. Darum hatte Enna ihn wohl aus-

gesucht, denn sie war das genaue Gegenteil und sie ergänzten sich hervorragend. Bendik war der Meinung, dass Mikell es gar nicht so schlecht getroffen hatte. Er hingegen suchte immer noch nach der Richtigen. Valton hatte seinen Becher geleert und teilte das gebratene Fleisch in drei Teile.

„Wir gehen doch noch in die Schänke, oder? Das neue Mädchen, dass der Wirt vor drei Wochen eingestellt hat, möchte ich mir mal näher anschauen." Er blickte verträumt in die Runde und sah Bendik, dessen Gesicht sich missmutig verzogen hatte, dann erstaunt an. „Oder hast du etwa einen Blick auf sie geworfen?"

Man musste Valton zugutehalten, dass seine Freunde immer Vorrang vor seinen Weibergeschichten hatten. Bendik errötete ertappt.

„Daina würde heute so aussehen", sagte er leise.

Mikell und Valton sahen sich alarmiert an.

„Das ist jetzt fast zwanzig Jahre her. Du warst noch ein Kind und hättest ihre Entführung nicht verhindern können. Du kannst froh sein, dass sie dich nicht auch gleich noch mitgenommen haben!", meinte Valton bestimmt und Mikell nickte zustimmend.

Sie wussten, wie sehr diese alte Geschichte ihren Freund belastete. Jeder von ihnen hatte Freunde und Verwandte an den Tempel verloren, aber Bendik war der einzige, der es gesehen hatte. Er hatte es nie verwunden. Daina war nach wie vor in seinen Gedanken. Er war sieben Jahre alt gewesen, als die Tempelwachen sie mitten im Versteckspiel verschleppt hatten. Er war noch hinterhergelaufen, hatte eine der Wachen sogar zu fassen bekommen und von ihr einen heftigen Schlag ins Gesicht erhalten. Die kleine Narbe an der Braue, wo die Haut aufgeplatzt war, hatte er immer noch und sie erinnerte ihn stetig an das Ereignis, wenn er in den Spiegel sah. Er hatte es sich nie verziehen, dass er Daina nicht beschützen konnte, und ihr verzweifeltes Gesicht verfolgte ihn nach wie vor bis in seine Träume. Es half ihm nicht, wenn man ihm sagte, dass er nichts hätte tun können, denn er war anderer Meinung. Er hatte damals versagt. Und immer, wenn er einer Frau näherkam, drängte sich irgendwann Dainas Bild und die Angst, wieder zu versagen, dazwischen. Es machte ihn unendlich wütend, dass er nicht wusste, wie er aus dieser Spirale herauskommen sollte, denn es schien, dass die Zeit diese Wunde nicht heilte. Bendik sprach mit seinen Freunden immer wieder darüber und sie kannten seine Wut ganz genau, auch wenn es ihm gelang sie im Zaum zu halten. Es war gefährlich, sich offen gegen den Tempel aufzulehnen. Valton goss noch einen Schluck Kannis in den Becher und drückte ihn Bendik in die Hand, der ihn in einem Zug leerte.

„Ich habe letzte Nacht von ihr geträumt." Er sah in den leeren Becher und gab ihn dann Valton zurück. „Egal, ja ich habe einen Blick auf sie geworfen!", sagte er bestimmt und musste dann bei Valtons enttäuschtem Blick breit grinsen. „Wenn sie mir einen Korb gibt, kannst du es ja versuchen", meinte er dann großzügig, doch Valton winkte nur beleidigt ab.

„Pah, mach dir um mich keine Sorgen, ich finde schon was anderes."
Mikell schüttelte nur den Kopf.

Kurz darauf machten sie sich auf den Heimweg. Unterwegs lief ihnen Bendiks jüngerer Bruder Ando über den Weg. Er kam gerade von seiner Arbeit beim Metzger und wollte eigentlich nach Hause. Doch er ließ sich überreden, noch auf einen Becher Pulka in die Schänke mitzukommen. Sie traten in die verräucherte Luft der Schänke und suchten sich einen Tisch in der Ecke. Bendik schaute sich um und entdeckte das Mädchen sofort. Er hob den Arm und winkte ihr zu. Sie lächelte, nickte knapp, leerte ihr Tablett auf dem Tisch vor ihr und wich dann auf dem Weg zu ihnen geschickt ein paar

Händen aus, die nach ihr grapschten. Sie lächelte jeden der Reihe nach an und fragte dann:

„Was darf es denn sein?"

Bendik entging dabei nicht, dass ihr Blick einen Augenblick länger auf Valton ruhte. Er hatte noch nicht vor aufzugeben. Er wusste, dass er nicht übel aussah. Seine braunen Augen waren nicht ganz alltäglich in der Gegend und zogen oft die Blicke der Frauen auf sich. Seine dunkelblonden, glatten Haare waren kinnlang, wie in Isgorat üblich, und er ließ sie sich sowie seinen Bart regelmäßig vom Barbier stutzen. Er war groß gewachsen und durch die Arbeit recht muskulös. Er hatte normalerweise keine Probleme, die Aufmerksamkeit einer Frau auf sich zu ziehen, es sei denn Valton war dabei. Der stach mit seinem Lockenkopf und seinem glattrasierten Gesicht immer heraus.

„Ich hätte gerne einen großen Becher Pulka, aber nur wenn du mir deinen Namen verrätst." Bendik lächelte gewinnend und trat Valton gegen das Schienbein, als dieser die Augen verdrehte. Das Mädchen sah Bendik an, lächelte dann ebenfalls. Doch dann wanderte ihr Blick wieder zu Valton.

„Ich bin Liska."

„Du bist neu hier, oder? Du wärst uns sonst schon längst aufgefallen!" Valton sah ihr tief in die Augen. Sie errötete leicht.

„Ich komme aus Schiffswacht, der Wirt ist mein Onkel. Was möchtest du?"

Valton holte tief Luft, beschränkte sich dann, nach einem erneuten Tritt von Bendik auf ein:

„Ich hätte gern auch eine Pulka."

Liska nahm noch die anderen Bestellungen auf und ging dann, nicht ohne Valton noch einmal zuzulächeln. Bendik quittierte das mit einer säuerlichen Miene und meinte dann:

„Ich gebe auf. Solange du dabei bist, mache ich mich doch nur zum Idioten."

Valton sah ihn entschuldigend an.

„Ich konnte einfach nicht widerstehen." Er blickte zu der wohlgeformten Gestalt hinüber und meinte dann zu Bendik: „Aber wenn du willst, dann lege ich ein gutes Wort für dich ein!"

Bendik sah ihn nur entgeistert an. Er wusste Valtons Treue zu schätzen, aber so tief würde er dann doch nicht sinken.

„Lass gut sein, ich weiß, wann ich verloren habe!"

Valton grinste breit und erhob sich dann.

„Dann will ich ihr mal beim Tragen helfen."

Er zwinkerte seinen Freunden zu und schlängelte sich zur Theke, wo Liska die Pulka einschenkte.

Mikell schüttelte nur den Kopf und wandte sich dann an Ando:

„Wie geht es Ilva?"

Ando grinste breit und seine Augen begannen zu strahlen.

„Sie jammert, dass sie zu dick wird und sie dann nicht mehr in ihr Hochzeitskleid passt. Aber wenn ich sie darauf hinweise, wenn sie wieder von der Kalwasalami nascht, muss ich mich ducken, um mir keine einzufangen."

Mikell und Bendik lachten. Ilvas Temperament war bekannt und ihre Liebe für Salami auch.

„Wann wollt ihr heiraten?"

Mikell schaute Ando neugierig an, denn dieses Thema bestimmte im Moment ja auch sein Leben.

„Beim Sommerfest, wie ihr auch, oder?", fragte Ando und Mikell nickte. „Wir haben unsere beiden Zimmer in dem Anbau vom Laden schon fast fertig eingerichtet."

In dem Moment hörten sie Valton an der Theke lachen und sahen, wie er Liska das volle Tablett abnahm. Ando verdrehte die Augen.

„Man sollte meinen, nach dem letzten Schlachtfest in Kalwafried hätte er etwas gelernt. Mit wie vielen gleichzeitig hatte er etwas angefangen? Mit zwei oder dreien?"

„Drei!", grummelte Mikell. „Er hat noch zwei Wochen lang blaue Flecken gehabt, die ihm der Ehemann der einen beigebracht hatte."

„Aber er hat sie mit Stolz getragen!", meinte Bendik trocken und alle drei brachen in schallendes Gelächter aus.

In dem Moment kam Valton mit Liska an den Tisch und stellte das Tablett ab.

„Wieso amüsiert ihr euch ohne mich?"

„Wieso kommst du auf die Idee, dass wir uns ohne dich nicht amüsieren können?", konterte Bendik und zwinkerte Liska zu. Diesmal gehörte ihr Lächeln ihm.

Informationen aus dem Tempelbezirk

Holm hastete die Straße entlang auf das Westtor zu. Er hatte den Kopf zwischen die Schultern gezogen und die Hände tief in die Taschen gestopft. Er war einer der Köche in der Küche des Tempels und einmal in der Woche machte er einen Einkauf beim Metzger Joran in Waldruh. Ein Schlitten stand für ihn am Tor bereit. Er hatte in seinem Bündel eine Decke, in die er sich wickeln würde, sobald er außer Sichtweite der Tempelwachen am Tor war. Von den Bewohnern des Tempelbezirkes wurde erwartet, dass sie der Kälte genauso zugetan waren, wie die Priester. Aber Holm dachte nicht im Traum daran, sich Frostbeulen zu holen. Er schaute nicht nach links und rechts, als er an den zur Straße hin offenen Werkstätten vorbeieilte. An jeder Ecke standen Wachen und beobachteten jeden misstrauisch. Sich umzuschauen oder gar ohne offensichtlichen Grund stehen zu bleiben, war verdächtig und nicht selten näherte sich eine Wache, wenn er doch einmal einige Worte mit einem Bekannten wechselte, um herauszufinden, ob das Gespräch persönlicher oder geschäftlicher Natur war. Er hatte es sich angewöhnt, zu Boden zu schauen, und so taten es die meisten. Es gab andere, unbeobachtete Möglichkeiten zur Unterhaltung und dem Austausch von Neuigkeiten. So präsent die Wachen auch waren, es gab zum Glück immer noch genügend Orte, an denen die Bewohner des Tempelbezirkes unter sich waren. Er hatte oft überlegt, dem Tempel den Rücken zu kehren, sich vielleicht in einer der Kneipen im Hafen eine neue Anstellung zu suchen, aber dann hatte er erlebt, was mit denjenigen geschah, die dies gewagt hatten. Irgendwann landeten sie alle im Gefängnis und damit auf dem Opferaltar. Wer einmal für den Tempel arbeitete, gehörte ihm. Er war beim Tor angekommen und setzte sich umständlich in den kleinen Schlitten. Das Kalwa stand ruhig da und wartete auf sein Kommando. Die Kalwas des Tempelbezirkes waren gut abgerichtet und wohl genährt. Er schnalzte mit der Zunge, berührte das Kalwa mit der Peitsche und schon setzte es sich in Bewegung. Vor dem Tor hielt er beim Pförtner an, hielt ihm den Passierschein vor die Nase und nannte ihm den Grund für seine Fahrt. Robbenfleisch stand regelmäßig auf dem Speiseplan und das gab es nur in den Dörfern. Holm setzte den Schlitten wieder in Bewegung und ließ dann dem Kalwa freien Lauf. Es folgte dem Weg, der an den Fischteichen vorbei zu den Dörfern führte. Nur hin und wieder an einer der Kreuzungen brauchte es einen Ruck an den Zügeln oder eine Berührung mit der Peitsche und das Kalwa trabte weiter in die ihm vorgegebene Richtung.

Holm hing auf dem Weg seinen Gedanken nach. Er fuhr immer zu seinem Vetter Joran. Er war der Metzger in dem Dorf Waldruh, das am Waldrand lag. Jorans Robbenwürstchen waren die besten und so stieß sich niemand daran, dass er sie immer bei ihm holte. Und Holm genoss die kurzen Unterhaltungen mit seinem Vetter. Ihm konnte er, von den Wachen unbeobachtet, sein Herz ausschütten. Joran erwartete freudig die Ankunft seines Verwandten, denn er brachte auch immer ein paar Geschenke wie Tuch und Wolle mit, an die er im Tempelbezirk viel einfacher herankam als die Dorfbewohner. Er schätzte aber auch die Neuigkeiten, die Holm immer zu berichten hatte.

Joran hörte Holm schon, bevor dieser die Tür zur Metzgerei öffnete, denn an den Schlitten des Tempelbezirkes waren Glocken angebracht, die in einem besonderen, unverkennbaren Ton erklangen. Da Holm immer zur gleichen Zeit kam, hatte Joran für ihn schon die besten Stücke zur Seite gelegt. Sobald er den Laden betrat, verstummten die Gespräche und alle Augen folgten ihm, als er an der Schlange vorbei zur Theke ging. Sveja, Jorans Frau, hatte schon nach ihrem Mann gerufen. Der erschien, nahm Holm kurz in den Arm und bemerkte dann sein betrübtes Gesicht.

„Was ist los?", fragte er leise, als er Holm beim Arm nahm und ihn an der Schlange vorbei aus dem Laden führte.

„Ein neuer Zyklus hat begonnen", seufzte der, noch für alle hörbar, bevor die Tür hinter ihnen ins Schloss fiel.

Joran blieb stehen und sah ihn ernst an.

„Bist du sicher?"

Holm nickte düster.

„Leif hat es beim Mittagsimbiss den anderen Dienern in der Gesindeküche erzählt und Caja hörte es, als sie in der Nähe den Herd ausfegte. Leif ist der Leibdiener von Ismann, dem obersten Priester. Er kennt die Anzeichen ganz genau. Er sagte, immer wenn ein alter Zyklus endet und ein neuer beginnt, isst der oberste Priester nur bestimmte Speisen, nimmt vermehrt rituelle Bäder und geht dann allein in das innerste Heiligtum, wo er für Stunden bleibt. Leif dient ihm schon seit langer Zeit und ist ihm treu ergeben. Er muss wohl geglaubt haben, dass Caja ihn nicht hört, sonst hätte er geschwiegen."

Die beiden hatten den Kühlraum erreicht und Joran ließ sich schwer auf eine der Kisten fallen, in denen er das bereits portionierte Fleisch lagerte.

„Das heißt, dass wieder junge Frauen verschwinden werden."

Holm nickt und setzte sich zu ihm.

„Pass gut auf Ilva auf. Dein kleines Mädchen dürfte jetzt in Gefahr sein."

Joran nickte und schüttelte dann verzweifelt den Kopf.

„Du kennst sie. Die Widerspenstigkeit in Person. Sie wird mich schlicht ignorieren, wenn ich ihr sage, dass sie nicht aus dem Haus darf."

Holm lächelte spöttisch.

„Ja, sie ist groß geworden, dein kleines Mädchen. Will sie nicht bald dein Haus ganz verlassen und heiraten?"

Joran knurrte:

„Ja, sie ist mit dem Jungen von Ulfrik, dem Robbenjäger verlobt. Sie ziehen erst mal in den Anbau von der Metzgerei."

Holm lachte und schlug Joran auf die Schulter.

„Ando ist ein guter Junge, sie wird glücklich bei ihm sein."

Joran zuckte mit den Schultern.

„Ich denke schon. Er ist auf jeden Fall nicht faul. Allerdings frage ich mich manchmal, ob er wirklich mit ihr fertig wird."

Joran erhob sich und begann Holms Schlitten mit Fleisch zu beladen.

Als Joran und Holm den Laden verlassen hatten, machte sich eine beklemmende Stille breit. Jeder wusste, was Holms Worte bedeuteten. Sie herrschte immer noch, als Joran mit Holm in den Laden zurückkehrte, um abzurechnen. Die Menschen in der Schlange vor der Theke beäugten Holm misstrauisch und auch erwartungsvoll in der Hoffnung, dass er noch mehr Informationen preisgab. Doch der bezahlte schweigend die Ware und verließ den Laden. In die Stille platzte die alte Agda, die von allen nur Oma genannt wurde, mit ihrem Enkel Mikell hinein.

„Joran, gib mir ein schönes Stück Kalwahüfte, ich will einen Braten machen!", krähte sie mit ihrer brüchigen Stimme in den Laden und schlurfte, fest auf ihren Stock gestützt, an der Schlange vorbei zur Ladentheke. Es störte niemanden, dass Oma sich vordrängelte, denn sie war die Heilerin im Dorf. Sie flickte vor allem die Verletzungen zusammen, die bei der Jagd nach Robben und beim Fischen entstanden. Sie konnte aber auch Erkältungen und das Reißen in den Knochen, das von der Arbeit im kalten Wasser kam, behandeln. Jeder nahm dafür ihr loses Mundwerk und ihr schlechtes Benehmen in Kauf.

„Ich hoffe, mein nichtsnutziger Enkel hat Bescheid gesagt, dass ich ein besonders schönes Stück will!"

Mikell verdrehte nur die Augen. Wenn Oma nicht meckern konnte, war sie nicht glücklich.

„Aber selbstverständlich, ich hole es sofort, Oma!", Joran zwinkerte Mikell zu und verließ das Geschäft. Nun bemerkte Oma die Stille und die gedrückte Stimmung.

„Was ist denn hier los? Auf dem Friedhof ist es fröhlicher!", stellte Oma lautstark fest.

„Ein neuer Zyklus hat begonnen", kam eine leise Stimme aus der Warteschlange.

„Häh? Wie war das?"

„Ein neuer Zyklus hat begonnen!", sagte Mikell sehr laut und deutlich in Omas Ohr.

„Ach je. Das wird wieder ein Schlachtfest", kommentierte Oma ungerührt und wandte sich wieder wartend der Theke zu. Mikell hatte Ando entdeckt, der gerade Wurst in ein Regal räumte, doch bevor er diesen ansprechen konnte, kam Joran wieder herein und Oma fauchte: „Na los, du fauler Bengel, pack das Fleisch in den Beutel, du willst schließlich auch etwas davon essen."

Joran grinste Mikell nur breit an, als der ihm mit einem gequälten Lächeln den Beutel aufhielt. Zweimal pro Woche fuhr er mit Oma einkaufen und jedes Mal war es das gleiche peinliche Theater. Schnell ging er aus dem Laden, um den belustigten Blicken der Wartenden zu entgehen, aber Oma hatte Ando ebenfalls entdeckt und wackelte auf ihn zu. „Na, wie geht es deinem nichtsnutzigen Bruder?", brüllte sie ihn an. „Er ist nicht zum Verbandswechsel gekommen. Wenn es nun doch eitert, braucht er seinen dürren Arsch nicht mehr in meine Hütte zu schleppen!"

„Bendik geht es gut, die Wunde ist sauber abgeheilt!", brüllte Ando Oma noch hinterher, aber die winkte nur beim Hinausgehen ab.

Omas Auftritt hatte das Schweigen gebrochen und die Wartenden schwatzten wieder durcheinander.

Schänkengeflüster

Bendik, Mikell und Valton saßen an diesem Abend noch bei einem Becher Pulka in der Schänke. Valton war schlecht gelaunt, denn Liska hatte ihren freien Abend und die heutige Schankmaid war ihm zu alt, zu dick, zu hässlich, zu klein. Mikell unterbrach seinen Redefluss, um Bendik von Holms Besuch beim Metzger zu berichten. Er war, nachdem er Oma nach Hause gebracht hatte, noch mal zu Joran zurückgekehrt, um Ando noch ein wenig auszuquetschen, hatte aber nicht mehr erfahren.

„Holm sagte, dass ein neuer Zyklus begonnen hat. Mehr konnte ich auch von Ando nicht erfahren. Er hatte den Laden mit Joran schon verlassen, bevor er Einzelheiten erzählte."

Bendik fuhr sich nachdenklich durch den Bart.

„Holm hat sich noch nie geirrt. Alles, was er erzählt hat, hat bis jetzt gestimmt."

Bendik erinnerte sich, dass es Holm war, der berichtet hatte, was mit seinem Onkel Sten geschehen war, nachdem er gefangen genommen wurde, weil er sich gegen die Entführung seines Sohnes Evin gewehrt hatte.

Sten war der Bruder seiner Mutter gewesen und das komplette Gegenteil. Wo er nur konnte, hatte er Stimmung gegen den Tempel gemacht. Seine Eltern hatten ihn früh aus dem Haus geworfen, aus Angst, dass er sie mit seinem großen Mundwerk ins Unglück stürzen würde. Doch das Glück war Onkel Sten hold gewesen – bis die Tempelwachen sich seinen Sohn griffen. Er war mit einem Spieß auf die Männer losgegangen, hatte einen noch schwer verletzt, bevor sie ihn überwältigten. Genutzt hatte das alles nichts, sein Sohn wurde trotzdem mitgenommen. Sten hatte nicht mehr lang genug gelebt, um auf dem Altar zu landen, und seine Frau war allein zurückgeblieben. Sie hatte neu geheiratet und lebte nun in Kalwafried. Manchmal sah Bendik sie noch.

„Bendik?" Mikell riss ihn aus seinen Erinnerungen und er nahm einen großen Schluck aus seinem Becher.

„Ich habe nur gerade an meinen Onkel Sten gedacht. Erinnert ihr euch? Holm hatte erzählt, dass die Tempelwachen ihn zur Strafe für ihren verletzten Kameraden so hart zusammengeschlagen hatten, dass er zwei Nächte darauf gestorben war."

Mikell und Valton nickten ernst.

„Nach Dainas Entführung habe ich mich oft bei Onkel Sten aufgehalten. Unser Cousin Evin war Andos bester Freund. Er hat oft mit ihm gespielt und ich bin mitgegangen."

Es herrschte einen Moment Stille, in der jeder von seiner Pulka trank.

„Ja, ja, dein Onkel Sten war ein richtiger Rebell."

Mikell lächelte Bendik schief an.

„Oma hat immer gesagt, dass er richtig Mumm in den Knochen hatte. Sie spricht immer noch von ihm."

Bendik zog ein mürrisches Gesicht.

„Meine Mutter auch. Aber sie führt ihn immer wieder als schlechtes Beispiel an, wenn ich mal wieder …"

Bendik verstummte und sah sich um. Mikell und Valton zwinkerten ihm wissend zu.

„Das meiste, was ich über den Tempel weiß, habe ich von Onkel Sten. Er schien seine Ohren überall gehabt zu haben." Bendik starrte einen Moment vor sich hin, den Becher fest in der Hand, als ob dieser ihm Wärme spendete. „Er hat mir auch gesagt, dass ich mich nicht mit Dainas Entführung abfinden soll."

Er schaute in den mittlerweile fast leeren Becher und winkte dann der Schankmaid zu, dass sie ihm einen neuen bringen sollte. Er tat so, als ob er die Blicke, die sich seine Freunde zuwarfen, nicht sah. Er wusste, wie sie darüber dachten, aber er war einfach anderer Meinung. Sein frischer Becher

Pulka kam und er wartete bis die Schankmaid außer Hörweite war. Dann meinte er mit gesenkter Stimme zu Mikell:

„Also, wenn ein neuer Zyklus begonnen hat, dann werden sie auch bald anfangen, junge Frauen zu entführen."

Mikell zog ein betrübtes Gesicht.

„Ich weiß, ich habe Enna auch schon gewarnt, aber du weißt ja, wie sie ist."

„Als ob die jemand entführen will!"

Für diese Bemerkung bekam Valton von Mikell einen kräftigen Tritt gegen das Schienbein.

„Halt den Mund!"

Valton grinste Mikell nur frech an, rieb sich das schmerzende Schienbein, warf dann eine Münze auf den Tisch und erhob sich.

„Ich werde mal schauen, was Liska so an ihrem freien Abend treibt. Ihr könnt ja weiter Trübsal blasen!"

Mikell schaute ihm einen Moment sprachlos hinterher und meinte dann zu Bendik:

„Manchmal wünschte ich, du hättest ihn nicht aus dem Teich gezogen, als er in das Loch zum Angeln gerutscht war!"

Bendik schnaubte und knuffte dann Mikell in die Seite. Das war über fünfzehn Jahre her und hatte ihre Freundschaft begründet.

„Stell dir vor, wie trostlos unser Leben dann wäre. Wer sollte uns denn mit spannenden Weibergeschichten unterhalten?"

Bendik lachte, doch Mikell schnaubte nur herablassend.

„Ich mache mich auch auf den Weg und schau noch mal kurz bei Enna vorbei. Wir sehen uns dann morgen."

Bendik nickte ihm zu und leerte seinen Becher. Er schaute kurz zur Schankmaid hinüber und musste Valton insgeheim Recht geben. Sie war wirklich recht dick und alles andere als hübsch. Er entschied sich gegen einen weiteren Becher und verließ die Schänke ebenfalls.

Die Entführungen beginnen

Leise vor sich hin summend stapfte Ilva durch den Schnee. Sie sehnte die Sommerzeit herbei. Noch gut zehn Wochen würde es dauern, bis der Schnee schmolz. Die Pflanzen schienen ebenfalls auf die Sommerwochen zu warten. Die Pulusbäume bekamen bereits die ersten Knospen und innerhalb der ersten Sommertage würden sie ihre Blätter austreiben und in voller Blüte stehen. Ilva hoffte, dass das Sommerfest in Waldruh dieses Jahr am Anfang der Sommerzeit stattfinden würde, sodass sie zur Hochzeit Pulusblüten im Haar tragen konnte. Ein Lächeln machte sich auf ihrem Gesicht breit. Ihr Kleid war schon fertig, Ando würde hingerissen sein. Ihr Blick war suchend auf den Boden gerichtet. Ein paar Kieerzapfen waren noch zu finden, aber man musste die Augen offen halten. Sie eigneten sich gut zum Feuer machen und waren daher bei allen Dorfbewohnern begehrt. Aber es wurde Zeit, dass die Natur für Nachschub sorgte. Dem Himmel sei Dank wuchsen sie immer rasch und zahlreich. Ilva blieb stehen, warf einen Blick in ihren erst halbvollen Korb und seufzte. Sie war schon eine ganze Weile unterwegs und musste sich allmählich auf den Rückweg machen. Sie hatte ihrem Vater versprochen, nur eine Stunde wegzubleiben, hatte aber gleich gewusst, dass sie länger brauchen würde. Er wollte sie zunächst nicht gehen lassen, hatte dann aber nachgegeben, denn auch er mochte eine warme Stube. All dieses Geschwätz über Entführungen. Ilva schüttelte den Kopf. Warum sollte man ausgerechnet sie entführen wollen und im Wald hatte sie noch nie Tempelwachen gesehen, was sollte also dieses Gejammer? Da konnte man ja gleich den Kopf in den Schnee stecken. Sie überlegte, welchen Weg sie gehen sollte, um ihren Korb doch noch voll zu bekommen, als eine Böe ihr blondes Haar, das unter der Mütze hervorschaute, zerzauste. Sie zitterte in dem plötzlichen, eiskalten Windstoß. Sie schaute sich noch ein letztes Mal um und lächelte, als ihr eine Stelle einfiel, an der sie noch suchen konnte.

Sie war erst ein paar Meter weit gekommen, als sie leises Glockengeläut wahrnahm. Glockengeläut bedeutete im Allgemeinen, dass ein Schlitten aus dem Tempelbezirk unterwegs war. Eben hatte sie noch gedacht, dass sie noch nie einen Schlitten des Tempels im Wald gesehen hatte und nun hörte sie das eindeutige Läuten. Ilva zuckte mit den Schultern. Es war weit weg und hatte wahrscheinlich nichts zu bedeuten. Außer ihr war niemand sonst hier, sie müssten schon direkt nach ihr suchen. Sie ging weiter, summte ein Lied vor sich hin und versuchte nicht auf die Glocken zu achten. Aber das Geläut wurde immer lauter. Sie blieb stehen, um zu lauschen, hoffte, dass es wieder leiser werden und sich der Schlitten mit den Tempelwachen wieder entfernen würde, aber es kam näher! Hastig sah sich Ilva nach einem Versteck um, denn nun bekam sie es doch mit der Angst zu tun. Vielleicht konnte sie sich noch verkriechen, bevor der Schlitten sie erreichte. Das Klingen der Glocken kam unerbittlich näher, als ihr Blick auf ein dichtes Gebüsch fiel. Sie rannte darauf zu, blieb dann kurz davor stehen, als ihr bewusst wurde, dass ihre Fußspuren sie verraten würden, egal wohin sie ging. Ihr Atem ging jetzt stoßweise, weil sie keinen Ausweg sah. Sie saß in der Falle. In dem Moment kam der Schlitten in Sicht und hielt direkt auf sie zu. Ilva ließ ihren Korb fallen und rannte auf die dicht zusammenstehenden Bäume abseits des Weges zu, wohin ihr der Schlitten nicht folgen konnte. Es dauerte nur einen Augenblick, dann hielt der Schlitten mit den laut blökenden Kalwas. Trotz ihres keuchenden Atems konnte Ilva die Schritte ihrer Verfolger hören. Sie drehte sich panisch um und sah, dass sie von drei Tempelwachen gejagt wurde. Das konnte kein Zufall sein. Wieso waren die ausgerechnet hinter ihr her? Sie hatte doch nichts getan! Hätte sie doch nur auf ihren Vater gehört. Sie rannte weiter und stolperte über eine im Schnee versteckte Wurzel. Bevor sie sich aufrappeln konnte, waren die Tempelwachen über ihr und zogen sie hoch. Sie wehrte sich mit allen Kräften, strampelte, kratzte und schlug wie wild um sich, aber sie waren einfach zu stark. Die Tempelwachen warfen sie letztlich rücklings auf den Boden und während sie nach Luft schnappte, hielten die Wachen ihre Arme und Beine mit eisernem Griff fest und flößten ihr einen übelschmeckenden Trank ein. Langsam wurde sie ruhiger und müde. Sie kämpfte dagegen an, aber ihre Augen fielen ihr immer wieder zu, bis sie schließlich das Bewusstsein verlor. Sie merkte nicht mehr, wie sie vom Boden aufgehoben und zum Schlitten gebracht wurde.

„Was für ein Wildfang!", meinte die eine Tempelwache zu den anderen. Die nickten nur und gemeinsam wickelten sie Ilva fest in Felle ein, damit sie nicht fror. Sie musste für die Opferung unversehrt und gesund sein. Sie waren ihr schon eine ganze Weile auf der Spur gewesen. Die Spione hatten in den Dörfern unauffällig Ausschau nach geeigneten Frauen gehalten und diese passte perfekt auf die Beschreibung, die sie vom obersten Priester erhalten hatten.

Das erste Opfer

Müde kam Bendik nach Hause. Heute war der letzte Tag seiner Schicht zum Eislochoffenhalten gewesen. Während der nächsten zwei Wochen war seine Kolonne dann wieder für das Einholen der Leinen zuständig. Diese Arbeit war nicht weniger anstrengend, aber man wurde nicht ganz so nass dabei. Er machte sie lieber, als das Ausnehmen und Pökeln der Fische, oder die Wartungsarbeiten an den Teichen. Heute hatten sie sich nicht an ihrem Teich im Wald getroffen, denn Mikell hatte seine Einkaufsrunde mit Oma vor sich und Valton ein Stelldichein bei Liska, so war er gleich nach Hause gefahren. Er schob den Schlitten in den Schuppen und versorgte das Kalwa, bevor er ins Haus ging.

Seine Mutter Elin hatte schon auf ihn gewartet und ihm trockene Kleidung zurechtgelegt. Während er sich umzog, füllte sie heiße Algenbrühe in einen Becher und drückte ihm diesen dann in die Hand. Ächzend ließ er sich auf einen Stuhl fallen und während er die Brühe schlürfte, hängte sie die nasse Kleidung vor die Feuerstelle. Sie sah müde und besorgt aus.

„Was ist los, Mutter? Ist etwas mit Vater passiert?"

Bendiks Vater war Robbenjäger und allzu oft passierten Unfälle. Gerade jetzt, wo die Robben ihre Jungen zur Welt brachten, waren sie besonders angriffslustig, um ihren Nachwuchs zu verteidigen. Nicht selten kamen Jäger mit gebrochenen Knochen oder tiefen Bisswunden nach Hause. Bendiks Mutter schüttelte den Kopf.

„Nein, dein Vater bringt den Fang gerade zum Metzger. Heute Abend gibt es frisches Fleisch." Sie lächelte, doch das Lächeln erreichte ihre Augen nicht.

Bendik runzelte die Stirn. Eigentlich sollte sein kleiner Bruder auch zu Hause sein.

„Wo ist Ando?"

Bendiks Mutter antwortete nicht sofort. Er fasste sie am Arm und wollte noch einmal energisch nachfragen, als die Tür aufging und Ando in die Küche polterte. Sein Gesicht war schmutzig und Tränenspuren waren darauf zu sehen.

Elin machte sich aus Bendiks Griff los und nahm ihren jüngeren Sohn in den Arm. Der schluchzte leise.

„Wir haben sie nicht gefunden. Nur ihr Korb lag neben dem Weg und die Kieerzapfen, die sie gesammelt hatte, waren überall verstreut. Der Schnee war aufgewühlt. Sie hat sich gewehrt, aber …"

Andos Stimme versagte. Bendik wurde kalt. Mikell hatte noch am Anfang der Woche erzählt, dass ein neuer Zyklus begonnen hatte. Bendik hatte den Beginn eines Zyklus schon zweimal erlebt. Das erste Mal kurze Zeit nach Dainas Entführung und dann vor knapp zehn Jahren. Damals verschwand seine Cousine. Mutters Schwester war noch heute traurig darüber. Die entführten Frauen hatten sich auf erschreckende Weise geähnelt und in der Gerüchteküche hieß es damals, dass sie der neuen Weta, die im Zentrum des Kultes stand und alle paar Jahre ersetzt wurde, ähnlich sahen. Man hatte diese Frauen nie wiedergesehen und ging davon aus, dass sie der Eisgöttin geopfert wurden. Bendik wusste nicht, was davon stimmte. Manche Erzählungen erschienen ihm zu grausam, um wahr zu sein. Bei den Gerüchten, die so kursierten, wusste man nie, wo die Wahrheit aufhörte und die Ausschmückungen begannen. Die wenigen Informationen, die aus dem Tempel in die Dörfer gelangten, kamen alle von Leuten wie Holm, die durch Zufall etwas aufgeschnappt hatten. Doch oft waren diese Informationen nicht aus erster Hand. Bendik war sich sicher, dass auch sein Onkel einiges hinzugedichtet hatte, aber er war sich auch sicher, dass der Kern stimmte. Denn es war eine Tatsache, dass immer wieder Dorfbewohner verschwanden. Erwachsene und Kinder. Die Erwachsenen endeten auf dem Altar und die Kinder wurden zu Priestern und Tempelwachen erzogen. Immer wieder erschienen vage bekannte Gesichter unter den Wachen, die im Vergleich zu den Priestern häufig in den Dörfern auftauchten. Aber sie waren dem Tempel treu ergeben und kannten ihre Verwandten nicht mehr, als ob ihre Erinnerungen ausgelöscht worden waren.

Bendik ging zu Ando und legte die Hand auf seine Schulter.

„Bist du sicher, dass die Tempelwachen sie geholt haben?"

Ando nickte.

„Es gab kein Blut und wir haben Schlittenspuren gefunden. Sie hat nicht auf Joran hören wollen. Wenn sie doch nur zu Hause geblieben wäre! Getrocknete Algen eignen sich genauso gut zum Feuer machen wie die Kieerzapfen, auch wenn sie immer etwas anderes behauptet. Warum muss sie manchmal auch so störrisch sein!"Ando zitterte und sein Gesicht verzerrte sich hasserfüllt. „Diese Ungeheuer! Sie bringen nur Elend und Leid. Sie haben kein Recht, uns das anzutun! Eines Tages werde ich ihnen den Garaus machen!"

Elin zog erschrocken die Luft ein und sah sich um.

„Sch. Mein armes Kälbchen. Das darfst du nicht sagen. Sonst kommen sie dich holen. Ich mache dir jetzt einen Tee, von dem kannst du gut schlafen. Das ist jetzt das Beste für dich. Du kannst nichts mehr für Ilva tun."

Sie führte Ando in die kleine Kammer nebenan und er ließ es widerstandslos geschehen.

Bendik ließ sich langsam auf einen Stuhl sinken und trank etwas von der nun schon kalten Brühe. Es geschah wieder. Ilva war nur der Anfang. Es würden noch mehr junge Frauen verschwinden. Es half auch nicht, wenn sie sich versteckten. Die Tempelwachen schienen den jungen Frauen gezielt aufzulauern, als ob sie Informationen direkt aus den Dörfern erhielten. Der Tempel musste seine Spione überall haben. Es nutzte auch nichts, sie nicht allein zu lassen, denn die Tempelwachen waren gut bewaffnet und immer zu zweit oder zu dritt unterwegs. Wenn die Wahl auf eine junge Frau gefallen war, war es nahezu unmöglich, sie vor ihrem Schicksal zu bewahren. Und wer sich auch nur flüsternd darüber beschwerte, musste damit rechnen, in den Kerkern des Tempels zu verschwinden.

Vollmond

Istra ließ sich das dunkelrote Gewand von ihrer Dienerin um die Schultern legen. Durch den langen Schacht in der Decke konnte sie den vollen Mond sehen. Die Nacht war sternenklar und er erhellte den runden Raum, den sie sich bald mit der Weta teilen würde. Sie hatte in den letzten Tagen in den Erinnerungen der Weta gewühlt, um zu erfahren, was für ein Mensch sie war. Sie war nicht annähernd so schwach, wie Istra gehofft hatte. Die Weta hatte einiges durchgemacht und Stärke daraus gewonnen. Istra konnte verstehen, warum sie Ewis Interesse geweckt hatte, aber sie wünschte sich, die Wahl wäre auf eine schwächere Frau gefallen. Die Weta hatte Pläne für ihr Leben und den Willen, diese auch umzusetzen. Mit einer Lehre hatte sie die ersten Schritte in ein selbstständiges Leben gemacht und hatte auch schon den ersten Traum verwirklicht. Istra hatte Erinnerungen an eine Reise in eine noch viel wärmere Welt gefunden, voller beeindruckender Bauwerke. Immer dabei ihre Freundin, die ihr Kraft und Halt gab. Es würde nicht einfach werden, sie zu brechen und unter Kontrolle zu halten. Es klopfte und Ismann trat ein. Istra verneigte sich.
„Wir sind bereit, oberster Priester."
Dann ging sie an ihm vorbei zur Tür hinaus. Sie hatte die Weta heute früh ins Bett geschickt. Obwohl die Weta immer wieder nach ihr in ihrem Bewusstsein suchte, trotz des Unwohlseins, das sie dabei überfiel, hatte sie Istras Befehlen wenig entgegenzusetzen. Dazu fehlte ihr das Wissen. Istra hoffte, dass sie nie einen Weg finden würde, ihr die Stirn zu bieten. Es würde stetig harte Arbeit sein, doch vielleicht war ihre Stärke und Hartnäckigkeit auch von Vorteil. Vielleicht verfiel sie nicht so schnell wie andere Wetas. Es hatte ausreichend Möglichkeiten gegeben, die Kontrolle über den Körper der Weta zu übernehmen, und so hatte Istra sie heute eine Stunde vor ihrer Zeit schlafen lassen, damit sie

für die Zeremonie bereit war. Der Kontakt war stark und stabil. Istra nahm ihren Platz in der Prozession ein. An der Spitze, direkt hinter den Fackelträgern konnte sie das Opfer sehen, in eine Robe aus schwarzem Stoff gekleidet, die Kapuze über dem Kopf. Die junge Frau war kaum bei Bewusstsein und wurde von den Priestern an ihrer Seite mehr getragen, als dass sie allein ging. Die Priesterinnen und Priester stimmten den Gesang an und langsam stiegen sie zum innersten Heiligtum hinab.

Wie immer war Istra tief von der Erhabenheit, die das innerste Heiligtum ausstrahlte, ergriffen. Sie schloss für einen Moment die Augen und holte tief Luft. Sie spürte leichte Vibrationen, als ob der Raum aufgeregt auf das Opfer wartete, das nun ausgekleidet auf den Altar in seiner Mitte gelegt wurde. Istra nahm ihren Platz am Altar ein und schaute auf das Opfer hinab. Die junge Frau hatte die Augen halb geöffnet, war aber nicht richtig wach. Istra verzog für einen Moment abwertend den Mund. Dass diese einfachen Menschen nicht begriffen, was es für eine Ehre war, der Eisgöttin geopfert zu werden. Vor dem Ritual wurde dem erwählten Opfer ein Beruhigungstrunk eingeflößt. Dieser hielt es geradeso bei Bewusstsein, damit Ewis in seine Erinnerungen eintauchen konnte. Doch der Trank machte das Opfer so gefügig, dass es das Ritual geschehen ließ. Istra sah auf die junge Frau hinab. Die langen, blonden Haare waren fächerförmig zu ihrer Seite ausgebreitet. Sie war schlank und durchaus muskulös, wie die meisten der Bewohner im Tal. Die körperliche Arbeit hatte einige Spuren hinterlassen, aber der Körper war jung und straff. Istra war zufrieden. Das Opfer glich der neuen Weta auf erschreckende Weise. Die Häscher hatten gute Arbeit geleistet. Auch die nächsten neun Frauen mussten vom Typ her der Weta ähneln. Das würde die Bindung stärken und es ihr erleichtern, die Weta zu unterdrücken, sodass sie sich in ihre Rolle fügen würde. Istra lächelte und strich dem Opfer mit dem Zeigefinger sachte über die Stirn. Sie war perfekt. Die Weta hatte keine Chance. Istra schloss die Augen und verstärkte ihren Einfluss auf sie. Bis jetzt hatte sie die Weta nur zusehen lassen. Sie war mit ihr den Gang hinuntergegangen und hatte mit ihr zusammen das Opfer betrachtet. Doch die Opferung war ihre Aufgabe. Istra musste den Geist der Weta an ihren eigenen binden, sodass es sich für die Weta anfühlen würde, als ob sie im innersten Heiligtum stünde, das Messer selbst in der Hand hielte und die Opferung selbst durchführen würde. Sie musste sich in gewisser Weise selbst opfern. Es wurde Zeit, dass Istra sie in das innerste Heiligste holte. Nun würde sich auch zeigen, wie stark ihre Kontrolle über die Weta wirklich war. Sie spürte Ismanns Blick auf sich ruhen. Sie fühlte, dass er noch zweifelte, ob sie der Aufgabe wirklich gewachsen war.

Die erste Opferung

Hanna wälzte sich unruhig im Bett hin und her, doch sie konnte sich nicht aus dem Traum befreien, der sie gefangen hielt. Sie ging einen langen, dunklen Gang, der nach unten führte, entlang. Menschen in langen, blauen Mänteln, die Kapuzen tief ins Gesicht gezogen, begleiteten sie. Sie sangen ein unheimliches Lied. Hanna konnte die Worte kaum verstehen, da sie in einem ihr unbekannten Dialekt gesungen wurden, ähnlich dem Plattdeutsch, dass ihre Großmutter immer gesprochen hatte. Doch sie erfasste so viel, dass der Gesang vom Blut handelte, das alles erneuerte, was auch immer das zu bedeuten hatte. Sie spürte die ganze Zeit die Anwesenheit der Anderen. Da sie ihren Namen nicht kannte, nannte Hanna sie nur die Andere. Sie hatte immer wieder nach ihr gesucht, hatte aber aufgegeben, wenn die Übelkeit zu stark wurde. Sie wusste, dass die Andere immer da war und auf eine Gelegenheit lauerte, sich komplett in ihr Bewusstsein zu drängen und sie in eine dunkle Ecke zu stellen. Es gab immer wieder Momente, in denen sie nicht Herr über ihren Körper war, in denen sie nur hilflos zusehen konnte, wie die Andere die Kontrolle übernahm. Sie spürte das Staunen der Anderen und schloss daraus, dass sie nicht von hier kam, wahrscheinlich nicht einmal aus dieser Welt, wie sonst konnte sie sich so in ihren Geist einklinken? Das war wie Zauberei. Diese Gedanken gingen Hanna den ganzen Weg durch den Kopf. Dann erreichten sie den kahlen, eiskalten Raum in dessen Mitte dieser große Block stand, der aussah, als ob er aus rotem Glas sei. Darauf wurde die Frau gelegt, die die ganze Zeit vorneweg gegangen war und als sie zusammen mit der Anderen diese junge Frau betrachtete, bekam Hanna einen riesigen Schreck. In Größe, Statur und Haarfarbe war sie ihr sehr ähnlich. Was sollte das nur? Sie stellte diese Frage an die Andere, bekam jedoch keine Antwort. Die bekam sie nie. Und sie hatte in den letzten

Tagen die Andere oft gefragt, was sie von ihr wollte. Hanna sah, wie ein alter, dürrer Mann in einer dunkelblauen Robe auf sie und die Andere zukam und ihr ein Messer reichte. Plötzlich überkam Hanna eine Ahnung, was gleich geschehen sollte. Sie wollte sich abwenden, wollte das nicht miterleben, doch plötzlich verstärkte die Andere ihren Zugriff auf sie. Sie schob Hanna nicht einfach zur Seite wie sonst, sondern bezog sie in ihr Bewusstsein mit ein. Plötzlich konnte Hanna den glatten Stoff der Robe auf ihrer nackten Haut fühlen. Sie spürte die Kälte in dem Raum und merkte auch, dass die Andere diese mochte. Hanna erhielt für einen Moment einen Einblick in den Geist der Anderen, erfuhr, dass ihr Name Istra lautete, dass sie eine Priesterin des Eiskultes war und der Göttin Ewis diente. Sie entdeckte, dass Istra die Aufgabe der Wächterin innehatte, welche die Weta, eine menschliche Hülle für die Eisgöttin, bewachte und kontrollierte und dass sie, Hanna, als die zukünftige Weta auserkoren war. Dann unterbrach Istra Hannas kurzen Zugriff auf ihre Gedanken. Hanna hatte genug erfahren und versuchte, sich aus Istras Griff zu befreien, doch diese hielt sie nur noch fester. Istra nahm das Messer entgegen. Hanna konnte den glatten, kalten Griff in ihrer Hand spüren. Istra hob das Messer. Hanna wand sich, sie wollte nicht Teil sein, von dem, was gleich geschehen würde. Doch sie hatte keine Chance. In diesem Moment schob sich ein weiteres Bewusstsein in Istras Geist. Es war dunkel und böse und voller Vorfreude auf das Blut, das es gleich kosten würde. Es vertiefte sich zunächst in Hannas und Istras Erinnerungen und Hanna wurde klar, dass dies die Ursache für die Träume von ihrem Bruder war. Sie war mit Istra noch einmal für einen Moment verbunden und erfuhr, dass dieses unheimliche Wesen Ewis, die Eisgöttin war. Dann zog sich Ewis aus ihren Erinnerungen zurück und sie wusste, dass der Zeitpunkt für die Opferung nun gekommen war. Zusammen mit Istra rammte sie das Messer durch die Brust der jungen Frau. Istra hob ihr Gesicht und rief:

„Oh Eisgöttin, nimm das Opfer an. Weihe die Weta! Lass sie dir ein Gefäß in dieser Welt sein!"

Hanna konnte sich gegen die glühende Verehrung, die Istra empfand, nicht wehren. Zusammen mit ihr rief sie diese Worte, wurde eins mit der Wächterin und fühlte Ewis' Vergnügen am Töten und am Sterben des Opfers. Hanna konnte sich nicht dagegen wehren, oder sich verstecken, so sehr sie es auch versuchte. Istra hielt sie fest und zwang sie, alles mitanzusehen und mitzufühlen. Das Entsetzen über diese Mordlust saß tief in ihr und es entsetzte sie umso mehr, dass Istra dies einfach hinnehmen konnte. Als Istra mit einem Ruck das Messer aus dem Körper des Opfers zog, hatte Hanna ihren Widerstand aufgegeben. Gebannt schaute sie zu, wie das Blut des Opfers in den Altar lief und dieser in einem hellen Licht zu pulsieren begann. Das Opfer war geglückt und die Eisgöttin hatte mit Wohlwollen auf die Weta gesehen. Langsam entließ Istra Hanna aus ihrem Griff und ließ sie zurück in den Schlaf gleiten. Hanna würde sich nach dem Erwachen sehr genau daran erinnern, was geschehen war. Sie gehörte nun der Eisgöttin und Istra würde sie nach Hause bringen.

Istra hob den Kopf und ihr Blick suchte Ismann. Sie war sich sicher, dass er sie keine Sekunde aus den Augen gelassen hatte, gesehen und gehört hatte, dass die Weta im Moment des Opfers bei ihnen gewesen war und dass die Eisgöttin sie mit ihrer Gegenwart geehrt hatte. Sie nickte Ismann zu und sah an dem triumphalen Gesichtsausdruck, dass er es wahrgenommen hatte. Istra war zufrieden. Mit erhobenem Kopf schritt sie auf den Ausgang des innersten Heiligtums zu. Die Priester und Priesterinnen verneigten sich vor ihr. Sie war die Wächterin.

Hanna verliert sich

Mit einem erstickten Schrei erwachte Hanna. Ruckartig warf sie die Bettdecke von sich und fuhr mit den Händen über ihren Oberkörper. Langsam wurde ihr klar, dass sie ihren flauschigen Schlafanzug und nicht die glatte Robe spürte, die sie bei dem Opferritual getragen hatte. Es war so kalt in diesem Raum gewesen. Sie zitterte immer noch, obwohl sie sich nicht sicher war, dass es nur von der Kälte herrührte. Sie vergrub ihr Gesicht in ihren Händen. Es war so real gewesen, als ob sie es selbst durchgeführt hatte. Das Messer in ihrer Hand, der Widerstand, den sie gespürt hatte, als sie es in die Brust des Opfers stieß. Die Frau, die ihr so geähnelt hatte, als ob sie sich selbst opfern sollte. Und dann die wilde Freude, die sie verspürt hatte, als das Blut aus dem Opfer geflossen war. Plötzlich wusste sie, dass sie wirklich in diesem Raum gewesen war, dass sie nicht geträumt hatte.

„Raus aus meinem Kopf!", schrie sie in ihr Zimmer. Aber es kam keine Antwort. Sie konnte Istra nur spüren und wie sie ihr zu verstehen gab, dass sie sich damit abfinden sollte, dass sie nun der Eisgöttin gehörte. Hanna sackte in sich zusammen. Sie fühlte sich besudelt, bis auf die Seele beschmutzt. Sie stand auf und zog sich auf dem Weg ins Bad aus. Sie schrubbte sich unter der Dusche mehrfach mit Seife ab, bis ihre Haut glühte. Doch sie wurde dieses fürchterliche Gefühl nicht los, dass Blut an ihren Händen klebte. Sie hatte diese unschuldige Frau geopfert. Sie hatte die Freude Istras gespürt und als ihre eigene empfunden. Und dann war da noch diese tiefe Befriedigung, die zu dem abgrundtief bösen Wesen gehört hatte, das in dem Moment der Opferung ebenfalls in ihren Gedanken gewesen war. Hanna stolperte aus der Dusche und ging weinend auf den kühlen Fliesen in die Knie. Sie fühlte, wie Istra sie kalt und gefühllos beobachtete. ‚Warum?', fragte Hanna immer wieder, aber sie erhielt von Istra keine Antwort, nahm nur ihre Verachtung und Ungeduld wahr.

„Hanna! Träumst du mit offenen Augen?"
Hanna spürte Ninas Ellbogen in ihrer Seite. Sie schreckte zusammen und blickte in Ninas besorgte Augen. Ihr Herz raste und sie spürte deutlich Istra in ihrem Bewusstsein. Sie sah sich um. Der Laden war gut besucht und das Letzte, woran sie sich erinnerte, war, dass sie die Kleidung von der Kleiderstange vor den Umkleidekabinen zurück an ihren Platz sortieren wollte. Nina sah sie immer noch besorgt an.
„Du stehst hier schon seit einer halben Stunde und schaust in der Gegend rum. Der Chefin ist das eben aufgefallen!"
Hanna schluckte. Es war schon wieder passiert. Immer häufiger fehlten ihr Momente. Sie war einfach im Dunkeln, ohne jegliches Gefühl für Zeit und Raum. Nina hatte gerade gesagt, dass es jetzt eine halbe Stunde war. Warum machte diese Priesterin das nur mit ihr, warum ausgerechnet sie? Wenn es nur um die Opferzeremonien in der Nacht ging, konnte Istra sie doch wenigstens tagsüber in Ruhe lassen. Hanna hatte sie immer wieder danach gefragt, aber keine Antwort erhalten. Seit dem ersten Ritual, bei dem sie kurze Zeit Istras Gedanken geteilt hatte, konnte sie ihre Stimmung erahnen und sie fühlte, dass Istra zufrieden war. Doch was bedeutete das für sie?
„Ich muss mit dir reden!", flüsterte Hanna Nina zu, die gerade einen Teil der Kleidung von der Stange nahm.
„Erst müssen wir das hier weghängen, sonst gibt es Ärger!", raunte Nina zurück, mit einem Kopfnicken in Richtung der Chefin, die sie beide mit einem ärgerlichen Stirnrunzeln beobachtete. Hanna nickte.
Dann war so viel zu tun, dass Hanna kaum noch Zeit zum Nachdenken hatte, geschweige denn Zeit, um mit Nina zu reden.

Sie traten gerade aus dem Laden an die frische Luft, als Nina fragte:

„Du wolltest mir doch vorhin etwas erzählen?"

Hanna schüttelte nur den Kopf. Sie war müde und Istra hatte sich gerade wieder so weit verkrochen, dass sie schon glaubte, dass sie sich alles nur einbildete. Vielleicht war sie doch einfach nur zu gestresst und ihre Fantasie spielte ihr Streiche. In zwei Wochen hatte sie Urlaub, dann würde sie ordentlich ausspannen und hoffentlich regelte sich dann alles von selbst. Doch sie glaubte nicht wirklich daran. Die Aussetzer kamen nun immer häufiger und länger. Und dann diese Träume, in denen sie junge Frauen opferte, die ihr selbst so ähnlich sahen. Sie hatte nicht mitgezählt, aber in den letzten zehn Wochen hatte sie mindestens wöchentlich davon geträumt. Und Istras ständige Präsenz. Es fühlte sich alles viel zu real an, als dass es nur Einbildung sein konnte. Hanna fühlte sich so hilflos und ausgeliefert. Sie hatte in der Praxis ihrer Psychiotherapeutin angerufen und erfahren, dass sich diese zur Ruhe gesetzt hatte. Sie hatte einen Termin bei dem neuen Arzt gemacht, obwohl es ihr widerstrebte, alles wieder aufrollen zu müssen. Aber sie brauchte Hilfe, wenn sie nicht den Verstand verlieren wollte. Nur leider war der Psychiater ausgebucht gewesen und sie musste noch mehrere Wochen auf ihren Termin warten. Sie hatte bis jetzt niemandem davon erzählt, doch das Bedürfnis danach wuchs stetig. Allerdings war sie sich nicht sicher, ob Nina die Richtige dafür war. Sie war zwar ihre beste Freundin, aber immer, wenn Hanna über ihre Erinnerungen an ihren Bruder und die schlimme Zeit nach seinem Unfall sprach, hatte sie bemerkt, wie unwohl sich Nina dabei fühlte. Darum vermied sie dieses Thema. Und auch ihre jetzigen Probleme wären für Nina nur verstörend.

Hanna blickte auf und sah in Ninas besorgte Augen. Sie schüttelte müde den Kopf.

„Ich mache mir einfach nur Sorgen wegen der Arbeit. Meinst du, sie hat es auf mich abgesehen?"

Nina nahm sie in die Arme und drückte sie.

„Sie schaut sich jeden genau an. Darum ist es wichtig, dass du nicht ständig mit offenen Augen in der Gegend herumträumst!"

Hanna nickte.

„Ich bin müde und fertig. Der Stress setzt mir ganz schön zu."

Nina nickte ernst.

„Mir auch. Aber wir müssen uns zusammenreißen. Ich habe gehört, dass die Entscheidung in zwei Monaten fallen soll und dass vielleicht doch keiner entlassen werden muss. Ute steht kurz vor der Rente und Lara will wahrscheinlich doch noch ein Studium anfangen. Also gib der Neuen bloß keinen Anlass, dich einfach so rauszukicken, weil die Gelegenheit gerade günstig ist." Nina fasste Hanna an den Schultern und schüttelte sie leicht, um ihren Worten Nachdruck zu verleihen.

„Du hast Recht. Ich werde mich am Wochenende gründlich ausruhen und in zwei Wochen habe ich Urlaub, da werde ich auf andere Gedanken kommen!"

Nina nickte zufrieden.

„Das ist mein Mädchen. So jetzt noch ein Eis. Und was hältst du davon, wenn wir Sonntagnachmittag ins Kino gehen? Da läuft doch der neue Film mit dem süßen Schauspieler, wie hieß der noch gleich?"

Hanna ließ Nina weiterplappern und sich von ihr mitziehen. Kino war vielleicht wirklich keine schlechte Idee, auch wenn Ninas Geschmack, was Filme anging, nicht wirklich ihrem entsprach.

Ando gibt nicht auf

Bendik half seinem Vater Ulfrik, die Robbe, die er an diesem Tag erlegt hatte, zum Metzger zu bringen. Während sein Vater und Joran das Tier zerlegten, nahm Jorans Frau, Sveja, Bendik beiseite.

„Du musst mit Ando reden! Er glaubt immer noch, dass Ilva am Leben ist und sucht nach ihr. Er lungert ständig beim Tempelbezirk herum und horcht die Leute aus. Er fällt auf! Er muss damit aufhören, sonst landet er auch noch auf dem Altar!"

Bendik sah sich um. Ando war nicht da.

„Ist er jetzt auch dort?"

„Wahrscheinlich. Er holt Holz für den Räucherofen, aber er sollte schon vor einer Stunde wieder da sein. Ich weiß nicht, was ich mit ihm machen soll. Er lässt niemanden an sich ran!"

Sveja drückte noch einmal Bendiks Arm und ließ ihn dann stehen. Er verzog besorgt das Gesicht. Sveja hatte Recht, Andos Verhalten war gefährlich, gerade jetzt, da so viele Tempelwachen unterwegs waren. Wut stieg bei diesen Gedanken in Bendik auf. Er dachte schon wie seine Eltern. Unauffällig bleiben und hinnehmen. Seine Mutter hatte seinen Onkel Sten immer als schlechtes Beispiel genannt. Doch Bendik hatte ihn bewundert, auch wenn er an dem Weg, den er gewählt hatte, gescheitert war. Aber er war gescheitert, weil er allein gestanden hatte. Bendik atmete tief durch, um sich zu beruhigen. Der Tempel sollte Ando nicht bekommen. Es musste doch einen anderen Weg geben. Vielleicht war die Zeit allmählich reif, dass sie alle am gleichen Strang zogen.

Die Leute erzählten Bendik viel, ohne dass er etwas dafür tun musste. Vielleicht lag es an seiner besonnenen Art und dass er nicht dazwischenredete, sondern die Leute ausreden ließ. Er wusste, dass mittlerweile zehn Frauen verschwunden waren, somit mussten die Entführungen jetzt erst einmal aufhören. Zwei waren wie Ilva aus seinem Dorf gekommen und mit einer anderen aus Fischgrund hatte er einmal auf einem der Dorffeste getanzt. Auch von Arbeitern aus seiner Kolonne waren zwei Töchter entführt worden. Der Unmut war groß. In zu kurzer Zeit waren zu viele verschwunden, zu viele Löcher in die Familien gerissen worden. Der Tempel wusste das, darum sorgten die Wachen für Ruhe. Im Moment standen alle unter Schock und waren schweigsam. Niemand wagte es öffentlich, sich zu beschweren, es geschah nur heimlich, in vertrautem Kreis. Nur im Flüsterton wurde darüber geredet. Die Spitzel der Priester waren überall und man wusste nie, ob das, was man sagte, an Ohren drang, für die es nicht bestimmt war. Die Angst, die der Tempel verbreitete, war überall spürbar und prägte das Leben in Isgorat. Die Bewohner versuchten, sich mit der ständigen Gefahr, die vom Tempel ausging, zu arrangieren und sich ihre Lebensfreude zu bewahren. Feste wurden gefeiert und man traf sich in den Schänken. Dann flossen die Pulka und der Kannis oft reichlich und in der ausgelassenen Stimmung verlor so manch einer seine Vorsicht und verschwand am nächsten Tag.

Nachdem sie ihren Anteil am Fleisch aufgeladen hatten, fuhren Bendik und sein Vater nach Hause, wo sie das Fleisch abluden. Doch Bendik setzte sich wieder auf den Schlitten und meinte zu seinem Vater:

„Ich habe noch was zu erledigen, es wird eine Weile dauern.

„Was ist denn los?", fragte sein Vater verwundert.

Bendik schaute sich um, doch niemand war in der Nähe.

„Ich gehe Ando suchen."

„Er ist doch schon längst zu Hause." Bendiks Vater war nicht aus der Ruhe zu bringen.

„Nein, ist er nicht", sagte Bendik knapp und sah sich noch einmal um. „Er sucht nach Ilva."

Ulfrik seufzte.

„Dieser störrische Junge. Er weiß doch, dass sie nicht wiederkommt. Warum akzeptiert er das nicht?"

Zorn stieg in Bendik hoch. Diese Gleichgültigkeit, diese abgestumpfte Teilnahmslosigkeit, die sein Vater gerade zeigte, war die Ursache dafür, dass es den Tempel überhaupt noch gab. Sein Groll gegen diese Gleichgültigkeit wuchs von Jahr zu Jahr und immer häufiger gerieten er und Ulfrik deswegen aneinander.

„Warum sollte er es akzeptieren? Niemand hat das Recht, jemanden gegen seinen Willen gefangen zu nehmen. Auch der Tempel nicht. Ich kann verstehen, dass Ando das nicht hinnehmen kann. Es ist traurig, dass du es tust!"

Mit diesen Worten ließ Bendik seinen Vater stehen, wendete den Schlitten und fuhr auf die Straße in Richtung Tempelbezirk.

„Bendik!", Elin war aus dem Haus gekommen, um ihren Mann und ihren Sohn zu begrüßen, und sah ihm nun verwirrt hinterher. „Was ist denn los?", wollte sie von Ulfrik wissen.

Der nahm sie am Ellbogen und schob sie zurück ins Haus.

„Er sucht Ando. Der sucht nach Ilva."

Elin ließ sich auf einen Stuhl sinken und sackte in sich zusammen.

„Sie werden noch auf dem Altar enden, wenn sie so weitermachen. Was können wir nur tun?" Sie sah ihren Mann fragend an, doch der sah aus dem Fenster. Dann schüttelte er den Kopf.

„Ich weiß es nicht, meine Liebe. Wir haben versucht, sie zu besonnenen Menschen zu erziehen. Wenn man dem Tempel nicht in die Quere kommt, kann man gut leben. Und die Entführungen ... Nun, das Leben ist hart, es sterben auch so viele Menschen an Krankheit." Er sah seine

Frau nach Zustimmung heischend an und Elin nickte. Sie hatten sich mit dem Tempel und seiner Herrschaft abgefunden und versuchten, das Beste daraus zu machen. Sie wollten leben. „Sie sind noch jung. Mit der Zeit werden sie auch verstehen, dass es nichts gibt, dass sie tun können. Dass es nur Schwierigkeiten macht, wenn man sich gegen den Tempel auflehnt."

Elin stand auf und ging zu ihrem Mann ans Fenster. Der legte einen Arm um sie.

„Ich hoffe nur, dass sie es rechtzeitig verstehen. Wir haben viel Glück gehabt, dass wir sie beide noch haben."

Elin nickte und legte den Kopf an die Schulter ihres Mannes. Auch wenn Bendik es sich nicht anmerken ließ, wusste sie doch, dass er Daina nie vergessen hatte und dass der Zorn deswegen noch immer in ihm wütete. Eine Mutter spürte so etwas. Und Ando war schon immer der aufbrausendere der zwei gewesen. Er würde Ilvas Verlust noch weniger hinnehmen. So warteten sie auf ihre Söhne.

Kurze Zeit später kam der Schlitten auf den kleinen Hof gefahren und Bendik und Ando stiegen aus. Elin löste sich von Ulfrik und lief ihren Söhnen entgegen, um sie zu umarmen. Nachdem der Schlitten im Schuppen verstaut und das Kalwa versorgt war, kamen sie zurück ins Haus.

„Wo hast du ihn gefunden?"

Ulfriks Frage an Bendik war barsch. Bendik zögerte kurz.

„In der Nähe vom Tor nach Tempelhof." Er warf einen Blick in Andos Richtung, doch dieser schaute zu Boden.

„Du weißt doch …" fing Ulfrik an, wurde aber sofort von Ando unterbrochen.

„Sie lebt noch. Ich weiß das!"

Elin versuchte, ihn in den Arm zu nehmen, doch er machte sich los.

„Allen scheint egal zu sein, was passiert ist. Alle sagen nur, man kann nichts ändern und muss es akzeptieren. Aber wieso? Wer sagt, dass die das dürfen?" Damit rannte er aus der Küche und verschwand in dem kleinen Zimmer, das er sich mit Bendik teilte.

„Mein armes Kälbchen!" Elin standen Tränen in den Augen.

„Er wird sich mit dem Gerede noch umbringen, wenn er so weitermacht!", knurrte Ulfrik.

„Nicht, wenn alle so reden würden!" Bendik sah seine Eltern zornig an und ging dann Ando nach.

„Oh Ulfrik. Was sollen wir nur tun? Wir verlieren sie noch."

„Sie sind beide erwachsen und selbst verantwortlich für das, was sie tun. Ich hole Fleisch, dann kannst du uns etwas zu essen machen, es ist schon spät."

Ulfrik ließ Elin in der Küche stehen und verschwand durch die Tür. Elin schluckte, fuhr sich mit einer Hand über die Augen und begann, Topf und Teller aus dem Schrank zu nehmen. Ulfrik hatte Recht. Die Jungen waren erwachsen. Dennoch wusste sie nicht, ob sie es verkraften würde, auch nur einen von ihnen zu verlieren.

Bendik fand Ando auf seinem Bett liegend. Er starrte an die Decke und sah Bendik nicht an, als sich dieser zu ihm setzte.

„Es ist nicht allen egal. Sie sagen es nur nicht laut, damit sie nicht gefangen genommen werden. Die Tempelwachen sind überall."

„Und warum tun sie dann nichts?" Ando richtete seine roten, verquollenen Augen auf seinen Bruder.

„Sie haben Angst. Die ist größer als ihre Wut."

Ando wendete seinen Blick wieder ab.

„Es wird sich nie etwas ändern, oder? Wir werden weiter unser Leben leben und wenn einer aus unserer Mitte gerissen wird, uns schütteln, dumm gucken und weitermachen, so wie die Kalwas in Kalwafried." Andos Stimme war bitter vor Enttäuschung.

„Wahrscheinlich. Aber vielleicht ist das Maß auch irgendwann voll."

Ando gab ein Schnauben von sich.

„Das glaubst du doch selbst nicht. Schau dir doch nur
unsere Eltern an. Schütteln, abhaken, weitermachen. Vielleicht wachen sie auf, wenn sie mich fangen. Ich werde jedenfalls nicht aufgeben."

Damit drehte er sich zur Wand und Bendik den Rücken zu.

Istras Zweifel

Istra nahm die Schmerzen in ihren Knien kaum wahr. Seit Stunden verharrte sie betend vor dem Altar der Eisgöttin, welcher der Mittelpunkt der Räume der Weta war. Sie hatte kaum schlafen können und war bereits vor der Dämmerung aufgestanden, um die Eisgöttin um Stärke und Beistand anzuflehen. Heute sollte die Weta aus ihrer Welt geholt werden. Die uralte Magie, die Grundlage des Eiskultes, würde heute ihre ganze Macht entfalten und es würde sich zeigen, ob Istra ihrer Aufgabe wirklich gewachsen war. Selbstzweifel hatten sie in den wenigen Stunden ihres unruhigen Schlafes geplagt. Was wäre, wenn sie so kurz vor dem Ziel doch versagte? Seit Tagen hatte sie nichts mehr gegessen, nur noch das klare Wasser der heiligen Quelle getrunken, die den Wasserfall speiste, der das Tor zwischen den Welten bildete. Sie hatte sich gereinigt und ihren Geist auf das kommende Ritual vorbereitet. Sie war bereit, doch die Zweifel blieben. Die Weta war stark. Immer wieder musste Istra sich ermahnen, in ihr nur das Instrument, das Gefäß für den Geist der Eisgöttin zu sehen und nicht die junge Frau Hanna, die bei jeder Gelegenheit in ihrem Bewusstsein nach ihr forschte und Fragen stellte. Istra gab nie Antwort, doch Hanna hatte noch nicht aufgegeben, obwohl Istra langsam eine Resignation feststellen konnte. Sie fragte sich, ob die anderen Wächterinnen ebenfalls an diesen Zweifeln gelitten hatten. Doch darauf würde sie nie eine Antwort erhalten. Sie begann nur langsam zu begreifen, welches Opfer ihr diese Aufgabe abverlangen würde.

„Ich flehe dich an, Eisgöttin. Gib mir Stärke, dass ich nicht versage. Ich will dir dienen. Dir gehört mein Leben und meine Seele." Istra verbeugte sich mit vor der Brust verkreuzten Armen vor dem Altar. Langsam wurde sie ruhiger. Beten gab ihr immer Kraft und half ihr, sich zu konzentrieren. Sie besann sich auf den Kern des Eiskultes, die

Kälte. Sie nahm diese in sich auf, ließ sie ihre Gefühle zur Ruhe bringen und einfrieren. Allmählich verschwanden die Zweifel. An die Weta verschwendete sie nun keinen Gedanken mehr. Sie fühlte kein Mitleid mit der jungen Frau, die sie aus ihrer Umgebung reißen wollte, um sie für den Rest ihres Daseins in ein Gefängnis zu sperren. Sie würde sich mit ihrem Schicksal abfinden und ihr bisheriges Leben vergessen. So wie Istra es vor langer Zeit getan hatte. Während des Gebetes verblassten auch die Erinnerungen, die Ewis in ihr hervorgeholt hatte und die Istra seitdem immer wieder quälten. Jene bruchstückhaften Bilder von einer Frau, die sie liebevoll umarmte und von einem Jungen, mit dem sie Fangen spielte. Diese Erinnerungen wurden von einem Gefühl der Wärme, Geborgenheit und Freude begleitet. Diese Gefühle gehörten aber nicht mehr zu ihr, sie hatten keinen Platz im Eiskult. Hier galt es kalt, demütig und gehorsam zu sein. Anbetung galt allein Ewis. Für Liebe, Mitgefühl und Freude war kein Raum. Diese zerrten nur an ihrem inneren Gleichgewicht und störten ihre Konzentration, die ganz auf die Anbetung der Eisgöttin gerichtet sein sollte. Vor dem Altar fand sie immer zu ihrer kalten Ausgeglichenheit zurück. Der Tempel war ihr Zuhause. Nur wer ein Herz aus Eis hatte, konnte der Eisgöttin mit Leib und Seele dienen. Und das war es, was Istra wollte.

Es klopfte an der Tür und Ismann betrat den Raum, ohne auf Antwort zu warten. Istra erhob sich schweigend und verbeugte sich vor ihm.

„Alles ist vorbereitet. Das Ritual kann beginnen!", sagte Ismann. Istra richtete sich auf und nickte.

„Wir sind bereit!"

Istra schritt an Ismann vorbei zur Tür hinaus. Schweigend begab sie sich an den Kopf der Prozession. Nur zwei Novizinnen mit Fackeln in der Hand gingen vor ihr, um den Weg zu erleuchten. Auf dem Weg in das innerste Heiligtum nahm Istra Kontakt zur Weta auf. Sie ließ sie ins Freie gehen und ließ es dabei aussehen, als ob dies ihr eigener Wunsch war. Sie wollte sie ohne Gegenwehr zum Tor bringen. Um das Tor zu öffnen, musste sich die Weta auf einer freien Fläche befinden. Aus ihren Erinnerungen wusste Istra, wo ein solcher Ort zu finden war, und so schickte sie die Weta auf einen Spaziergang in den Park. So wie Istra sich langsam dem innersten Heiligtum näherte, steuerte die Weta auf den kleinen Bach im Park zu. Sie ahnte nicht, welches Schicksal ihr bevorstand. Sie genoss die Sonne und die Wärme, die sie brachte. Istra war zufrieden. Sie hatte ihre Fähigkeiten in den letzten Wochen soweit verfeinert, dass sie von der Weta unbemerkt bleiben und sie steuern konnte, ohne, dass sie einen Verdacht hegte. So würde Istra sie im entscheidenen Moment endgültig in ihre Gewalt bringen.

Schneegestöber

Es war Samstagnachmittag. Die Sonne schien und Hanna beschloss, einen Spaziergang in den Park zu machen. Sie machte das gern, sofern das Wetter entsprechend war. Man konnte an dem kleinen Bach entlanggehen, die Füße darin baumeln lassen und im Sommer, wenn es richtig warm war, auf der Wiese liegen, ein Buch lesen, die Leute beobachten oder einfach die Sonne genießen. Sie überlegte nicht lange, nahm die leichte rote Jacke vom Haken, steckte sich Handy, Portemonnaie und den Schlüssel in die Tasche und machte sich auf den Weg. Der Park war nur wenige Minuten von ihrer Wohnung entfernt. Hanna nahm einen kleinen Umweg durch die ruhigeren Straßen, abseits der Hauptstraße mit ihrem Lärm und Gestank. Die Priesterin Istra hatte sich zurückgezogen und sie seit gestern in Ruhe gelassen. Hanna begann wirklich zu glauben, dass sie mit ihrer Theorie Recht hatte, dass die Ursache einfach nur Stress war und ein wenig Entspannung alles wieder einrenken würde. Vielleicht sollte sie wieder anfangen, Briefe an Jens zu schreiben, sich den Stress sozusagen von der Seele zu schreiben. So hatte sie seinen Tod damals verkraftet. Sie hatte die Briefe immer noch und las manchmal in ihnen. Dann war Jens wieder bei ihr. Hanna musste bei diesem Gedanken lächeln. Sie horchte nochmals in sich hinein und spürte nichts. Istra war nicht da. Hanna atmete erleichtert auf und streckte ihr Gesicht der Sonne entgegen. Die warmen Strahlen auf ihrer Haut fühlten sich wunderbar an und die Luft im Park war klar und duftete nach frisch gemähtem Gras. Gedankenverloren spazierte Hanna den Weg am Bach entlang, beobachtete die kleinen Fische, die sich in dem klaren Wasser zwischen den Steinen tummelten und fühlte sich zum ersten Mal seit Wochen frei und gelassen. Sie überlegte gerade, wie kalt wohl das Wasser sei und ob sie sich ans Ufer setzen und die Füße im Wasser baumeln lassen sollte, als ein kalter Wind aufkam. Hanna zog die Jacke enger um sich und schaute sich um. Sie war allein. Es war kurz nach Mittag und die meisten Leute lagen wohl noch bei einem Nickerchen auf dem Sofa oder im Garten. Der Wind wurde stärker und kälter. Hanna begann zu zittern. Der Wetterbericht hatte doch für heute den ganzen Tag Sonnenschein angesagt, also was sollte das? Um sie herum trudelten erst vereinzelt, dann dichter weiße Flocken zu Boden. Hanna fing eine auf und sah verblüfft zu, wie sie auf ihrer Handfläche schmolz. Das war Schnee! Wo kam der denn auf einmal her? Sie blickte zum Himmel und stellte fest, dass es sich bezogen hatte, und der Himmel nun mit dicken, grauen Wolken bedeckt war. Doch es waren keine normalen Wolken. Sie rotierten im Kreis, dessen Zentrum über dem Park lag. Sie wurden stetig dunkler und schluckten das Sonnenlicht. Der Schnee fiel dichter und es wurde immer kälter. Hanna konnte ihr Zähneklappern nicht mehr unterdrücken. Entfernt hörte sie das Hupen der Autos, die wie sie von dem Schneesturm überrascht wurden. Sie sollte schleunigst nach Hause gehen, bevor sie sich noch etwas weghohlte. Ihr Blick fiel auf den Bach und sie sah fassungslos zu, wie er langsam zufror. Es begann am Ufer und schnell wurde die Eisschicht breiter, bis sie den ganzen Bach bedeckte. Das konnte doch nicht wahr sein! Es war Ende Mai. Die Schneeflocken wirbelten immer dichter umher und legten sich auf das Gras und die Blumen, die sich der Sonne entgegengereckt hatten. Schnell wurde die Schicht dicker und bedeckte alles Grün. Hanna spürte ihre Füße und Finger vor Kälte kaum noch. Sie ging ein paar Schritte in die Richtung, aus der sie das Hupen hörte. Dort musste die Straße sein, wo der Verkehr im Chaos versank, denn durch die dicht umherwirbelnden Schneeflocken konnte sie kaum noch etwas sehen. Doch mit jedem Schritt den sie tat, wurden die Geräusche leiser, versanken wie die Landschaft um sie herum im Schnee.

Uralte Magie

Im innersten Heiligtum stellten sich die Priester und Priesterinnen in einem Halbkreis um den Wasserfall auf. Alle Fackeln waren gelöscht. Doch es war nicht dunkel. Der Wasserfall leuchtete von innen heraus und tauchte das Heiligtum in ein magisches Licht, das immer heller wurde. Heute würde es kein Opfer geben. Der Gesang, mit dem das Tor geöffnet wurde, stammte aus den Anfängen des Eiskultes. Er erzählte davon, wie die Eisgöttin den ersten Priester erwählte, wie sie den Tempel erschufen und weitere Priester und Priesterinnen um sich scharrten, wie sie die erste Weta nach Isgorat holten und ihren Körper als Gefäß für Ewis benutzten, um den Glauben an das ewige Eis in die Welt zu tragen.

Der Gesang wurde angestimmt und Istra merkte schnell, wie er seine magische Wirkung entfaltete. Der ganze Raum vibrierte unter der Spannung, die in der Luft lag. Ihr Herz schlug schneller und Euphorie ergriff sie. Die Göttin war gekommen, sie konnte ihre Präsenz im ganzen Raum spüren und sie war ihr wohlgesonnen. Sie bemerkte wie der Sturm, der immer mit dem Öffnen des Tores einherging, aufzog. Er war kraftvoll und mächtig. Istra sog seine Kraft in sich auf und stimmte in den Gesang ein. Sie hob die Arme und sah, wie das Tor sich zu öffnen begann. Langsam wurde das Wasser des Wasserfalls klarer, durchsichtiger und gab allmählich den Blick auf die Welt der Weta frei. Sie sah durch die Augen der Weta, wie ihre Welt langsam im Schnee versank. Auch in ihrer Welt tobte der Sturm, der das Öffnen des Tores immer begleitete. Sie merkte, dass die Weta erkannte, was auf sie zukam. Sie versuchte, sich abzuwenden, gegen Istras Steuerung anzukämpfen. Doch das konnte Istra nicht zulassen. Die Zeit war gekommen. Entschlossen drängte sie die Weta in eine kleine Ecke ihres Bewusstseins und übernahm endgültig die Kontrolle über ihren Körper. Im Körper der Weta schritt sie durch das Tor und stand in dem Becken im innersten Heiligtum. Sie sah sich selbst mit erhobenen Armen vor dem Becken stehen. Mit den letzten Klängen des Gesanges verschloss Ismann das Tor. Es war vollbracht. Die nun eintretende Stille war vollkommen. Der herzförmige Kristall im Inneren des Altares leuchtete hell auf, als die Göttin die Weta begrüßte.

Das Tor

Plötzlich sah Hanna durch das Schneegestöber ein schwaches Leuchten. Es schien sie zu rufen. Ohne es zu wollen, ging sie darauf zu. Ihr Verstand befahl ihr, nicht weiterzugehen, aber sie war wie hypnotisiert. Mit jedem Schritt wurde das Leuchten heller. Hanna fühlte, dass Istra sich in ihrem Geist regte und sich breiter machte. Mit jedem Schritt verlor Hanna ein Stück der Kontrolle über sich selbst. Die Priesterin übernahm wieder die Herrschaft über sie und drängte sie in die kleine, dunkle Ecke ihres Bewusstseins. Sie konnte sich nicht wehren, so sehr sie es auch versuchte, Istra war zu stark. Sie spürte Istras Entschlossenheit und erkannte, dass alles, was in den letzten Wochen geschehen war, nur die Vorbereitung für dieses Ereignis gewesen war. Schließlich umschloss das Leuchten sie, aber Hanna nahm nichts mehr davon wahr, sie war eingesperrt und alles was ihr blieb, waren ihre Gedanken, ihre Ängste und ihre Wut in der Dunkelheit ihres Verstandes.

Istra sah zu und nahm gleichzeitig selbst wahr, wie die Weta von den Kleidern ihrer alten Welt befreit und ihr eine schneeweiße Robe um die Schultern gelegt wurde. Istra spürte wie sich der Geist der Weta in ihrem Gefängnis bewegte, wie sie mit den Fäusten an die Wände schlug und ihre Wut hinausschrie. Aber auf dem Gesicht der Weta war von alldem nichts zu sehen, es war vollkommen ruhig. Istra hatte den Körper der Weta fest unter ihrer Kontrolle und würde diese nicht mehr abgeben, egal wie sehr die Weta dagegen ankämpfte. Ewis zog sich in den Kristall zurück und das Leuchten im Wasserfall erlosch. Die Fackeln wurden wieder entzündet und Istra nahm mit der Weta ihren Platz an der Spitze der Prozession ein. Langsam setzte sie sich in Bewegung und brachte Istra und die Weta in ihre Gemächer. Istra war erschöpft, aber unendlich glücklich. Sie hatte es geschafft. Sie hatte nicht versagt. Die Weta ging neben ihr und sie hatte sie perfekt in ihrer Gewalt. Das Fortbestehen des Kultes war gesichert und sie würde ihren innigsten Wunsch, ihr Leben ganz der Eisgöttin zu widmen, erfüllen können.

Dunkles Gefängnis

Hanna tastete immer wieder verzweifelt die Wände ihres Gefängnisses ab. Sie wusste, dass es kein greifbares Gefängnis war, sondern nur ein kleiner Teil ihres Bewusstseins, aber sie stellte es sich als Raum vor. Sie schlug mit den Fäusten gegen die Wände dieses Raumes, rief nach der Priesterin Istra, flehte um Gnade, doch es kam keine Antwort. Sie spürte Istras Erschöpfung, aber auch ihr tiefe Zufriedenheit. Verzweiflung übermannte Hanna und sie weinte bitterlich. Doch schnell verwandelte sich ihre Verzweiflung in Trotz. Sie hatte noch nie so leicht aufgegeben. Sie stellte sich ihr Gefängnis nicht ohne Grund als Raum vor, denn aus einem Raum gab es einen Ausgang. Und diesen zu finden, war ihr Ziel. Sie brauchte ein Ziel, um nicht aufzugeben. Sie wusste, dass ihre ständige Gegenwehr Istra ärgerte und erschöpfte. Das hatte sie schon bemerkt, bevor Istra ihren Körper gestohlen und sie eingesperrt hatte. Sie würde ihr keinen Moment Ruhe gönnen, sie würde wachsam sein und jede Möglichkeit nutzen, um zumindest ein Stück ihres Bewusstseins oder gar ihren Körper zurückzuerobern. Sie würde kämpfen. Dieser Entschluss gab ihr neue Kraft und Hanna begann erneut, gegen die Wände ihres Gefängnisses zu schlagen.

Ein Sturm zieht auf

Es donnerte in der Ferne. Bendik richtete sich auf und sah in die Richtung, aus der der Donner gekommen war. Über dem Tempelbezirk braute sich ein Sturm zusammen. Bendik stützte sich auf die Hacke, mit der er das Wasserloch offen gehalten hatte. Seine Schicht hatte gerade erst begonnen und die Frühschicht packte noch ihre Sachen zusammen. Er konnte ihre Scherze und das Gerede über die wohlverdiente Feierabendpulka hören. Er schaute zum Himmel. Graue und schwarze Wolken formten sich langsam zu einem Wirbel, dessen Zentrum über dem Tempel lag. Es war wieder soweit. Das Tor, durch das die Weta geholt wurde, öffnete sich.

Vor etwa zwanzig Jahren hatte er das Gleiche beobachtet. Er und Ando waren gerade bei ihrem Onkel Sten gewesen, als sich der Sturm zusammengebraut hatte. Bendik hatte ihm fasziniert zugehört, wie er von dem Tor und dem geheimen Ritual im innersten Heiligtum erzählte, während er am Fenster stand und in den Schneesturm hinausschaute. Er hatte sich immer wieder gewundert, woher Onkel Sten das alles wusste und sich gefragt, ob er sich das nicht nur ausdachte. Doch nun geschah es wieder. Immer schneller drehten sich die Wolken und aus ihnen drang ein bedrohliches Leuchten. Erste Blitze durchzuckten die wirbelnden Wolkenmassen, die einen dunklen Schatten weit über Isgorat warfen. Der Anblick des Sturmes erfüllte Bendik aber auch mit einer gewissen Erleichterung. Nun würden die Entführungen erst einmal aufhören. Sein kleiner Bruder hatte das Verschwinden seiner Verlobten Ilva immer noch nicht verwunden und er hatte alle Mühe, ihn soweit zu beruhigen, dass er nichts Unüberlegtes anstellte. Im Moment trieb er sich wahrscheinlich wieder in der Nähe des Tempelbezirkes herum, um nach Informationen zu forschen. Er hoffte immer noch, dass Ilva lebte und er sie finden würde.

Doch der Sturm sagte Bendik jetzt, dass Ilva tot war. Sie war mit Sicherheit für die neue Weta geopfert worden. Wind kam auf und vereinzelte Schneeflocken fielen, während sich die Wolken immer schneller über das Land um den Tempelbezirk ausbreiteten. Es wurde zunehmend dunkler. Bendik schaute sich um. Sein Vorarbeiter winkte ihn und alle anderen Arbeiter aus seiner Kolonne zu sich. Bendik schulterte seine Hacke und ging zu ihm.

„Machen wir Schluss für heute, Amund? Der Sturm scheint gewaltig zu werden."

Sein Vorarbeiter nickte.

„Genau das machen wir, Bendik. Macht, dass ihr nach Hause kommt, Leute. Geht nicht im Schnee verloren!"

Das ließen sich Bendik und die anderen nicht zweimal sagen. Als sie die Hacken im Schuppen verstauten, setzte dichter Schneefall ein. Mikell und Valton warteten bereits auf Bendik. Mikell hatte heute in der Frühschicht Fische ausgenommen und Valton war mit Bendik zusammen zur Spätschicht gefahren. Er hätte heute Angelleinen einholen sollen, aber sein Vorarbeiter hatte ihn ebenfalls wieder nach Hause geschickt. Der Schlitten war schon abfahrbereit und so musste Bendik nur zu ihm auf den Schlitten springen. Sie machten sich schleunigst auf den Weg nach Hause. Mikell folgte ihnen. Der Schnee fiel immer dichter und Valton hatte Mühe, den Schlitten auf dem Weg zu halten.

„Dieser Sturm ist verrückt! Ist schon Ewigkeiten her, dass ich so etwas erlebt habe!", schrie Valton Bendik durch das Tosen des Windes zu, das immer stärker wurde.

„Sie holen eine neue Weta!", brüllte Bendik zurück.

„Woher willst du das wissen?", fragte Valton.

„Onkel Sten hat mir das erzählt. Ich war bei ihm, als wir einmal einen solchen Sturm erlebt haben."

Valton nickte.

„Stimmt, ich erinnere mich. Damals sind auch so viele junge Frauen verschwunden."

Sie schwiegen, da der Wind ihnen die Worte abschnitt und sie nichts mehr außer dem Heulen des Sturmes hörten. Damals war Valtons große Schwester entführt worden. Man hatte nie wieder etwas von ihr gehört.

Sie erreichten Bendiks Elternhaus als erstes und weil der Sturm bereits zu heftig tobte, brachten sie schnell die Kalwas in den Stall und gingen gemeinsam ins Haus. Im Flur klopften sie sich den Schnee von den Mänteln und Bendiks Mutter kam ihnen entgegen. Sie nahm Bendik kurz in den Arm.

„Dem Himmel sei Dank, du bist da. Ich hatte schon befürchtet, dass du im Sturm verloren gehst." Sie sah Valton und Mikell an. „Ihr bleibt besser hier, auch wenn eure Familien sich Sorgen machen."

Mikell nickte.

„Ja, der Sturm ist schon zu heftig, wir würden keinen Meter weit kommen."

„Dann kommt. Ich habe Wasser für eine heiße Brühe aufgesetzt."

Sie folgten ihr in die Wohnstube, wo Bendiks Vater vor dem Kamin saß und Ando aus dem Fenster starrte. Bendik ging zu seinem Bruder und legte ihm die Hand auf die Schulter, während Mikell und Valton es sich am Tisch bequem machten.

„Sie ist irgendwo da draußen, Bendik. Ich weiß es!"

Bendik schaute zu seinem Vater, der seufzend seinen Blick erwiderte. Bendik sagte nichts. Es gab keine Hilfe mehr für Ilva, in diesem Punkt war er mit seinem Vater einer Meinung. Er drückte nur Andos Schulter und schaute mit ihm aus dem Fenster. Der Schnee fiel so dicht, dass man kaum einen Meter weit sehen konnte. Wenn es nicht bald aufhörte, würden sie Mühe haben, aus dem Haus zu kommen. Bendiks Mutter kam mit einem dampfenden Topf in den Raum und stellte ihn auf dem Tisch ab.

„Komm Ando", sagte Bendik. „Du kannst auch eine Tasse Brühe vertragen."

Ando ließ sich von Bendik zum Tisch dirigieren und schweigend schlürften sie ihre Brühe. Jeder hing seinen eigenen Gedanken nach, während sich vor dem Haus der Schnee auftürmte. Nach einer Ewigkeit sagte Bendik in die bedrückende Stille:

„Schaut, der Schneefall lässt nach!"

Sie standen auf und drängten sich ans Fenster. Es fielen nur noch vereinzelte Flocken. Der Schnee lag fast bis zur Unterkante des Fensters und die Schlitten waren unter einem Schneehaufen verborgen. Das ganze Dorf war in eine dicke Schneedecke gehüllt.

„Oh Mann, seht euch das an", stöhnte Mikell. „Am besten machen wir uns gleich an die Arbeit, sonst kommen wir heute gar nicht mehr nach Hause! Oma kocht heute Abend und wenn ich nicht auftauche, macht sie mir die nächsten Wochen das Leben zur Hölle!"

Bendik und Valton lachten, aber Bendiks Mutter meinte:

„Sie wird schon verstehen, wenn du heute nicht kommst. Ich meine, sie hat doch Augen im Kopf und sieht, was draußen los ist, oder?"

Mikell schüttelte nur den Kopf.

„Du kennst doch Oma. Wenn sie etwas erwartet, muss man zur Verfügung stehen. Eine Ausrede gibt es nicht, außer den Tod vielleicht. Wahrscheinlich erwartet sie, dass ich jetzt auftauche und ihr Haus freiräume. Sie wird jetzt schon schimpfen und nachher eine fürchterliche Laune haben."

Bendik und Valton lachten nur noch lauter und klopften Mikell auf die Schulter.

„Na, dann wollen wir uns mal an die Arbeit machen. Oma sollte man wirklich nicht warten lassen."

Bendik, Mikell und Valton kletterten aus dem Fenster und Bendiks Vater reichte ihnen die Schneeschieber hinaus. Im Winter fiel häufig so viel Schnee, sodass es für sie nichts

Neues war, bis zur Hüfte im Schnee zu stehen. Sie legten erst die Eingangstür frei und arbeiteten sich dann zu den Schlitten vor. Während sie schufteten, warf Bendik immer wieder einen Blick zum Haus und sah Ando traurig am Fenster stehen. Bendik erinnerte sich plötzlich an Daina, an ihr fröhliches Lachen und die blonden Locken, die nie im Zopf bleiben wollten. Er vermisste sie heute noch. Er hoffte, dass Ando seinen Verlust besser verkraften würde als er. Vielleicht heilte bei ihm die Zeit die tiefe Wunde, die der Tempel geschlagen hatte. Aber er wusste, dass Ando sich die gleichen Vorwürfe machte, die auch ihn heute noch quälten. Er hatte Ilva nicht beschützen können. Plötzlich durchströmte ihn glühender Hass. Seine Augen suchten den Tempelbezirk, der erhöht auf einem Hügel über dem Dorf thronte. All das Leid, das er verbreitete. Gleichzeitig fühlte er sich hilflos. Was konnte er nur tun?

„He, Bendik! Träumst du? Schau, die Straßen werden schon freigeräumt."

Bendik atmete tief durch und schaufelte weiter. Die Schlitten hatten sie bereits vom Schnee befreit und jetzt mussten sie noch einen Weg zur Straße und zur Scheune bahnen. Der große Schneepflug, der über ein spezielles Geschirr von zwölf Kalwas geschoben wurde, verschwand gerade hinter der Kurve. Mit ihm wurden regelmäßig die zwei großen Straßen des Dorfes und der Weg zu den Fischteichen vom Schnee befreit. An sich eine tolle Sache, aber nun lag ein riesiger Berg Schnee, der eben noch auf der Straße gelegen hatte auf ihrem Grundstück. Bendik seufzte. Es war doch immer das Gleiche.

Breaking News

Nina starrte fassungslos aus dem Fenster. Ein Schneesturm im Mai, das durfte doch nicht wahr sein! Auf der Straße unter ihrem Wohnzimmerfenster war gerade ein Unfall passiert, weil mehrere Autos wegen des plötzlichen, starken Schneefalles ineinander gefahren waren. Und es schien nicht der einzige Unfall zu sein. Durch das geschlossene Fenster hindurch konnte sie das Hupkonzert hören, das von der Hauptstraße herübertönte. Sie wandte sich vom Fenster ab und schaltete den Fernseher ein. Das Schneechaos war schon in den Nachrichten. Die Übertragung war wegen des Sturmes gestört, immer wieder blieb das Bild stehen. Mit Handykameras aufgenommene Filme wurden gezeigt, die bereits durch das Internet kursierten, und man rätselte darüber, was eigentlich geschah. Nina griff zum Smartphone und wählte Hannas Nummer. Doch nur die Mailbox ging ran.

„Wo steckst du, Hanna? Melde dich doch bitte!"

Nina versuchte es auf dem Festnetz, doch Hanna hob nicht ab. Nina schaute bei WhatsApp, ob Hanna überhaupt online war. War sie nicht. Das war sehr merkwürdig. Hanna war immer online. Nina ging wieder zum Fenster und schaute hinaus. Nach geraumer Zeit ließ der Schneefall nach und innerhalb einer Viertelstunde schien die Sonne wieder, als ob nichts geschehen war. Das Fernsehbild war wieder stabil und der Nachrichtensender, der mittlerweile einen Reporter vor Ort hatte, berichtete nun, was Nina selber sah. Der Sturm war so schnell vorbei, wie er gekommen war. Das Ganze hatte keine zwei Stunden gedauert. Die Welt war noch in Weiß getaucht, aber der Schnee schmolz bereits. Die Nachrichten berichteten nun von dem Chaos auf den Straßen, das der Schneesturm angerichtet hatte, aber bis jetzt gab es nur einige Verletzte. Nina versuchte erneut Hanna telefonisch zu erreichen, aber es meldete sich wieder nur die Mailbox. Kurz entschlossen nahm sich Nina eine Jacke und machte sich auf den Weg zu Hannas Wohnung. Unterwegs versuchte sie immer wieder, sie zu erreichen. Sie machte sich allmählich wirklich Sorgen. Hanna ging immer ans Telefon. Immer! Einmal hatte Nina sie mitten in der Nacht angerufen, weil sie ihr unbedingt noch etwas erzählen musste, und Hanna war ans Telefon gegangen. Nicht, dass sie wieder einen dieser merkwürdigen Aussetzer hatte, wie so oft in letzter Zeit, und ihr etwas passiert war. Bei Hanna angekommen, klingelte Nina an der Tür, aber Hanna machte nicht auf. Sie klingelte bei einem Nachbarn, der ihr öffnete und ihr erzählte, wie er gesehen hatte, dass Hanna vor dem Sturm aus dem Haus gegangen war. Ninas Sorgen wurden größer. Sie wusste, dass Hanna gerne mal in den Park ging, und machte sich auf den Weg dorthin. Immer wieder versuchte sie, Hanna zu erreichen, und sprach ihr eine weitere Nachricht auf die Mailbox. Im Park ging sie die Wege ab, fragte die wenigen Leute, die dort unterwegs waren, ob sie Hanna gesehen hätten. Aber niemand konnte ihr helfen. Der Park schien das Zentrum des Sturmes gewesen zu sein, erfuhr Nina aus den Nachrichten, die sie auf ihrem Smartphone las. Sie erfuhr auch, dass alle den Park verlassen hatten, bevor der Sturm richtig losging, und dass niemand, wie durch ein Wunder, zu Schaden gekommen war. Wo war Hanna? Wo war sie hingegangen und wieso meldete sie sich nicht?

Nina fragte sich, was sie tun sollte. Sollte sie zur Polizei gehen oder noch abwarten? Sie sah einen Polizeiwagen bei einem der Unfälle stehen. Die Unfallwagen fuhren gerade weg und auch die Polizisten waren zur Abfahrt bereit. Nina entschloss sich, einen der Polizisten anzusprechen:

„Entschuldigen Sie bitte."

Der Polizist klappte den Kofferraum zu.

„Ja, bitte?"

„Ich suche meine Freundin. Sie geht nicht ans Telefon. Sie geht immer ans Telefon und der Nachbar hat gesagt, dass sie vor dem Sturm das Haus verlassen hat. Ich glaube, ihr ist etwas zugestoßen."

Nina war den Tränen nah und blinzelte.

„Beruhigen Sie sich bitte", sagte der Polizist sachlich. „Bis jetzt ist niemand durch den Sturm ernsthaft zu Schaden gekommen. Nur bei den Unfällen hat es ein paar leicht Verletzte gegeben. Ihre Freundin hat wahrscheinlich rechtzeitig einen Unterschlupf gefunden und möglicherweise ist ihr Handyakku leer." Nina nickte nicht sehr überzeugt. Der Polizist sah es ihr an. „Wenn Sie ihre Freundin bis morgen früh nicht erreichen, geben Sie im Revier eine Vermisstenanzeige auf. Im Moment ist jeder Polizist im Einsatz und wenn irgendwo jemand verletzt ist, finden wir ihn."

Die Bestimmtheit in der Stimme des Polizisten beruhigte Nina und sie bedankte sich. Ein leerer Akku wäre zwar das erste Mal, aber es gab für alles ein erstes Mal.

Am nächsten Morgen sagte Nina auf der Arbeit Bescheid, dass sie zur Polizei ginge, um Hanna vermisst zu melden. Sie hatte es die ganze Nacht bei Hanna zu Hause versucht. Sie war von Hannas Eltern angerufen worden, weil diese wissen wollten, wo ihre Tochter war. Hanna hatte ihnen schon vor langer Zeit Ninas Nummer für alle Fälle gegeben. Hanna blieb verschwunden.

Sommerpalast

Istra packte für sich ein paar persönliche Sachen zusammen. Sie brauchte nicht viel. Im Sommerpalast befanden sich ebenfalls voll eingerichtete Gemächer für die Weta und ihre Wächterin. Und die Weta brauchte keine persönlichen Dinge. Istra hielt inne und schaute auf die schlafende Frau, die entspannt auf der Liege lag. Immer wieder bewegte sich ihr Gesicht kaum merkbar. Nur diese fast unsichtbaren Zeichen deuteten auf den Kampf hin, den die Weta mit Istra um ihren Körper focht. Istra wandte sich wieder ihrer Tasche zu. Die Weta war kurz vor dem Sommer zu ihnen gekommen. Eigentlich hätten sie schon vor einer Woche in den Sommerpalast aufbrechen sollen. Er lag höher in den Bergen, wo es kühler war. In der warmen Zeit zog ein Teil der Priesterschaft dorthin. Es war eine Zeit der Läuterung und des Gebetes. In dieser Zeit fanden auch keine Opferungen statt. Niemand wusste warum sich die Eisgöttin in dieser Zeit zurückzog. Es hatte Zeiten gegeben, in denen trotzdem Opfer dargebracht wurden, aber Ewis war nicht erschienen, der Kristall im Altar hatte nicht gestrahlt. Man war dann dazu übergegangen, die Opferungen in dieser Zeit ruhen zu lassen. Sobald es kälter wurde, war der Zeitpunkt gekommen, wieder mit den Zeremonien zu beginnen.
Istra hatte sich ihre Gedanken dazu gemacht. Vielleicht musste sich auch die Eisgöttin in all ihrer Stärke der Natur beugen und ihr, wenn auch nur kurz, Zeit zum Erwachen zugestehen. Aber es waren nur Vermutungen und sie zu äußern, war Frevel, denn es würde ja bedeuten, dass die Göttin nicht allmächtig war. Ja, das auch nur zu denken, war verboten. Istra würde die Zeit nutzen, um ihre Bindung zur Weta weiter zu festigen. Sie versuchte stetig, aus dem kleinen Gefängnis in ihrem Verstand auszubrechen. Istra fand das beunruhigend und anstrengend. Sie fragte sich immer wieder, ob es den anderen Wächterinnen auch so ergangen

war und ob das jemals aufhören würde. Vielleicht war es normal, dass es ein stetiger Kampf um den Körper der Weta bleiben würde, aber es hieß auch, dass bei der kleinsten Unachtsamkeit, dem kleinsten Fehler sie die Kontrolle über den Körper der Weta verlieren und diese ihr Bewusstsein wiedererlangen konnte. Nach der Sommerklausur würde die Weta ihr erstes Opfer der Eisgöttin darbringen. Das war eine der wenigen Gelegenheiten, wo Istra und die Weta gemeinsam auftraten. Dann würde zum ersten Mal die Eisgöttin Besitz vom Körper der Weta ergreifen. Vielleicht brach das ihren Widerstand. Istra schloss die Tasche und sah wieder zum Bett, auf dem die Weta lag. In dem Moment klopfte es an der Tür und auf Istras „Herein!" trat ihre Leibdienerin in den Raum und verbeugte sich.

„Der Schlitten steht bereit, ehrwürdige Wächterin."
Istra nickte ihr zu und deutete dann mit dem Kopf auf ihre Tasche.

„Wir sind soweit, du kannst uns mit dem Gepäck folgen."
Istra schloss die Augen und konzentrierte sich. Langsam öffneten sich die Augen der Weta und sie erhob sich vom Bett. Istra atmete tief durch und gemeinsam verließen sie das Zimmer, gefolgt von der Dienerin, und schritten den Gang hinunter auf den Ausgang zu. Istra nahm nur am Rande wahr, wie sich ihnen entgegenkommende Priester und Priesterinnen tief verneigten. Sie konzentrierte sich ganz darauf, die Weta zu steuern, ohne selbst zu stolpern. Als sie im Schlitten saßen, ließ Istra die Weta aufatmend wieder in einen traumlosen Schlaf gleiten. Ihr Gepäck wurde in einem der Lastschlitten verstaut und ihre Dienerin kletterte in einen der Schlitten, welche die Priester und Priesterinnen samt Personal in den Sommerpalast brachten. Dann setzte sich der Tross in Bewegung. Istra zog den Vorhang zurück, um sich die frische Luft ins Gesicht wehen zu lassen. Der Schnee von dem mächtigen Sturm türmte sich immer noch am Straßenrand und verhinderte, dass das

Grün sich zeigte. Die Menschen sprangen hastig zur Seite, als sie durch die Dörfer fuhren. Istra hatte keinen Blick für sie. Sie gehörte nicht mehr zu ihnen. Sie dankte in einem stillen Gebet der Eisgöttin dafür, dass sie sie auserwählt hatte, ihr zu dienen. Als sie die Augen wieder öffnete, fiel ihr Blick auf drei Burschen am Straßenrand. Auch sie machten einige Schritte zur Seite, um den Schlitten Platz zu machen, aber einer von ihnen verbeugte sich nicht, so wie die anderen es taten. Was für eine Unverschämtheit! Die Schlitten waren deutlich als Schlitten des Tempels gekennzeichnet und jeder hatte sich zu verbeugen, wenn diese vorbeifuhren. Aber der junge Mann tat es nicht, sondern starrte sie mit offenem Mund an.

„Daina!", rief er, als ihr Schlitten neben ihm war.

Daina

Bendik ging mit Valton und Mikell scherzend, die Angelruten auf der Schulter die Straße entlang. Heute war ein arbeitsfreier Tag und für gewöhnlich verbrachten sie ihn damit, zu ihrem Teich im Wald zu gehen, ein Loch in die Eisdecke zu schlagen, zu angeln und anschließend ihren Fang in der Dorfschänke zu begießen. Das war auch heute der Plan, vielleicht fingen sie ja tatsächlich etwas. Und wenn nicht, würden sie trotzdem in die Schänke einkehren. Es gab nicht viele Fische in den kleinen Gewässern im Wald, außerdem waren sie auch nicht sehr groß. Wollte man Fisch essen, musste man ihn teuer von den wenigen selbstständigen Fischern am Hafen kaufen, denn der meiste Fisch wurde gesalzen, getrocknet und per Schiff in den Süden verfrachtet. Die andere Möglichkeit war, Fisch aus den Zuchtteichen des Tempels zu stehlen. Wurde man aber erwischt, drohte die Todesstrafe. Man verschwand im Gefängnis und landete auf dem Opferaltar der Eisgöttin. Auch Bendik hatte schon das ein oder andere Mal einen Fisch mit nach Hause gebracht, wenn der Vater bei der Robbenjagd zu lange erfolglos geblieben war. Er war der Meinung, der Tempel stahl von ihnen, also konnte er auch ihm etwas nehmen, das wertvoll für ihn war. Elin hatte jedes Mal geschimpft und gesagt, dass sie lieber für den Rest ihres Lebens Seetang essen würde, als dass er sein Leben für einen Fisch riskierte. Aber gegessen hatte sie ihn dann doch.

Als sie das Klingeln von vielen Schlitten hinter sich hörten, traten sie zur Seite, denn der Klang der Glocken verriet, dass sie zum Tempel gehörten, und denen stand man besser nicht im Weg. Mikell und Valton verbeugten sich, als die Schlitten einer nach dem anderen an ihnen vorbeifuhren, doch Bendik konnte nichts anderes tun, als auf das Gesicht zu starren, das aus einem der Schlittenfenster schaute. Das war Daina, da war er sich ganz sicher. Die wilden, blonden

Locken, die auch jetzt nicht im Zopf bleiben wollten, die kleine Stupsnase, die seit damals nicht größer geworden zu sein schien, die vollen Lippen, die sie immer zu einem so süßen Schmollmund verzogen hatte. Wenn sie das getan hatte, hatte er ihr nichts abschlagen können. Er war für sie in die Gipfel der Schwarzkieer geklettert, um die letzten Kieerzapfen herunterzuholen, hatte für sie den größten Schneemann gebaut und sie stundenlang auf dem Schlitten die Straße rauf und runter gezogen. Jetzt starrten ihre strahlend blauen Augen ihn wütend an.

„Daina!", rief er, als der Schlitten an ihm vorbeifuhr und sie sah noch einmal zu ihm zurück, bevor ihr Gesicht im Schlitten verschwand.

„Bendik, was macht du denn?"
Mikell hatte ihn am Arm gepackt und zog ihn ein Stück von der Straße weg. Bendik starrte dem Schlitten hinterher, der als letzter des Trosses die Straße entlangglitt.

„Das war Daina! Ich bin mir ganz sicher. Das ist sie gewesen. Ich hätte nicht gedacht, dass sie noch lebt. Aber das war sie und ich glaube, sie hat mich erkannt!"
Bendik atmete schwer und versuchte, das gerade Geschehene zu begreifen. Er starrte immer noch dem Schlitten hinterher, der gerade hinter einer Kurve verschwand.
Mikell schüttelte ihn heftig.

„Und wenn schon. Sie ist jetzt nicht mehr Daina. Was auch immer sie aus ihr gemacht haben, Daina ist längst verschwunden. Du musst sie vergessen!"
Mikell schaute sich um, ob jemand das Ganze mitbekommen hatte, während er auf Bendik einredete. Bendik machte sich los.

„Nein, das glaube ich nicht. Sie hat mich auch erkannt. Sie hat mich nicht vergessen."

„Du landest noch im Gefängnis, wenn du so weiterredest. Sie ist eine Priesterin. Du hättest sie nicht einmal ansehen dürfen!"

Auch Valton war angespannt. Niemand hatte den Zwischenfall zur Kenntnis genommen und Valton und Mikell zogen Bendik mit sich.

Daina lebte. Und sie hatte sich an ihn erinnert, dessen war er sich sicher. Sein Herz klopfte wild in seiner Brust und er konnte kaum einen klaren Gedanken fassen. Er hatte sich immer gefragt, wie sie wohl heute aussehen würde.

„Bendik, nun komm schon!"

Die besorgte Stimme seines Freundes riss ihn aus seinen Gedanken. Schweigend schlugen sie den Weg zum Teich ein. Bendik spürte die prüfenden Blicke. Sie alle hatten schon Freunde und Verwandte an den Tempel verloren. Sie kannten den Schmerz, der ihn gerade aufwühlte. Was sollte er nur tun? Er konnte Daina nicht einfach vergessen, jetzt wo er wusste, dass sie lebte. Er musste sie wiedersehen, musste mit ihr reden, musste herausfinden, ob sie wirklich noch da war, oder ob er sich getäuscht hatte.

Erinnerungen

Daina! Dieses Wort durchfuhr Istra wie ein Blitz. Diesen Namen hatte sie schon lange nicht mehr gehört. Sie beugte sich mit heftig klopfendem Herz aus dem Fenster, um noch einmal einen Blick auf den jungen Mann zu werfen, der ihr immer noch hinterherstarrte. Dann wurde er von seinen Freunden am Arm gepackt und weggezogen.

Sie lehnte sich schwer atmend in die Polster des Schlittens und zog die Vorhänge zu. Daina. Das war ihr Name vor langer, langer Zeit gewesen. Eine Zeit, die längst aus ihrem Gedächtnis gelöscht sein sollte. Aber Ewis hatte sie wieder an die Oberfläche geholt. Bei jeder Opferung ergötzte sich Ewis an diesen Erinnerungen, an den Schmerzen sowie den Zweifeln, die sie Istra verursachten. Istra hasste sie dafür, fürchtete sich aber gleichzeitig, sie zu hassen, denn sie sollte Ewis verehren, sie mehr als sich selbst lieben. Ewis schien nicht zu merken, dass diese Erinnerungen und die damit einhergehenden Zweifel Istras Konzentration schwächten und so ihre Aufgabe, die Weta zu kontrollieren, erschwerten. Nur langsam begriff Istra, dass die Eisgöttin kein rational denkendes Wesen war. Sie war allein gelenkt von ihren Bedürfnissen und ihrem Verlangen. Und nun diese Begegnung. Erinnerungen erschienen vor Istras innerem Auge, Erinnerungen an fröhliches Gelächter und glückliche Tage. Und an einen Jungen mit glatten, dunkelblonden Haaren, mit dem sie viel Zeit verbracht hatte. Er hatte ihr jeden Wunsch von den Augen abgelesen, war für sie auf Bäume geklettert, hatte sie mit dem Schlitten gezogen und hatte sie zum Lachen gebracht, wenn sie traurig war. Istra presste sich schwer atmend ihre kühlen Hände auf ihr glühendes Gesicht. Bendik war sein Name und er war ihr bester Freund gewesen. Sie erkannte die Ähnlichkeit, die Haare, seine großen, braunen Augen und die kleine, hakenförmige Narbe am Haaransatz, die er bei einer Rauferei mit anderen

Jungen aus dem Dorf erhalten hatte, als er sie vor ihren Hänseleien beschützte. Jeden Tag hatten sie Zeit miteinander verbracht. Sie hatte noch sein entsetztes Gesicht vor Augen, als die Häscher des Tempels sie in den Schlitten zerrten, wie er versuchte, sie zurückzuholen, wie er mit den Tempelwachen kämpfte, diese ihn aber nur lachend am langen Arm hielten, ihm die Faust ins Gesicht schlugen, dass die Haut an der Augenbraue aufplatzte und ihn dann kopfüber in eine Schneewehe warfen. Bevor die Tempelwachen sie betäubten, hatte sie seinen Namen gerufen, als er sich aus der Schneewehe kämpfte und dem Schlitten hinterherstolperte, während ihm das Blut ins Auge lief. Sie war im Tempel aufgewacht und alles war anders geworden. Mit der strengen Erziehung waren die Erinnerungen an ihre Kindheit verblasst und Bendiks Gesicht im Nebel des Vergessens versunken.

Neben ihr begann die Weta, sich zu regen, und schreckte Istra auf. Sie atmete tief durch, versuchte, ihr aufgewühltes Inneres zu ordnen, und konzentrierte sich auf die Weta, bis diese wieder entspannt schlief. Das Gesicht des jungen Mannes kam ihr wieder in den Sinn. Bendik. Istra schüttelte den Kopf und begann, zur Eisgöttin um Kraft zu beten. Sie durfte sich nicht ablenken lassen. Diese Erinnerungen dürften gar nicht mehr in ihrem Kopf sein. Sie musste sie vergessen. Sie war Istra, die Wächterin. Daina war tot. Langsam beruhigte Istra sich wieder und fand zu ihrer üblichen Ausgeglichenheit zurück. Bendiks Gesicht verblasste. Istra spürte nichts dabei, sie gehörte ganz der Eisgöttin.

Hannas Kampf

Plötzlich durchdrang Istras gedanklicher Aufschrei die Dunkelheit von Hannas Gefängnis. Sie war sofort hellwach. Immer wenn die Priesterin Istra ihren Körper in Schlaf versetzte, wurde sie unachtsam. Hanna spürte dann, wie sie sich entspannte und ihren Griff auf Hannas Verstand lockerte. Sie schien tatsächlich zu glauben, dass auch Hannas Geist schlief, wenn sie Hannas Köper schlafen ließ. Hanna ließ sie in dem Glauben. Dann konnte sie Istras Gedanken lauschen. Anfangs hatte sie nur wenig verstanden, aber gerade in den letzten Tagen, seit sie nach Isgorat entführt worden war und Istra sich nicht mehr vor ihr versteckte, konnte sie die Worte immer besser verstehen. Und Istra führte viele Zwiegespräche. Ihr schien nicht bewusst zu sein, dass Hanna ihre Gedanken hören konnte. Sie konnte das seit der ersten Opferung, zu der die Priesterin sie gezwungen hatte, und mit jeder weiteren Opferung hörte Hanna mehr. Es hing mit dem Erscheinen dieser Göttin zusammen. Immer wenn sie sich in ihr Bewusstsein drängte und in ihren Erinnerungen wühlte, kettete sie Istra und Hanna enger zusammen. Hanna sah dies als Vorteil und gedachte ihn zu nutzen. Sie hoffte, dass sie doch noch einen Ausweg finden konnte, hoffte Istras Schwächen zu entdecken und diese gegen sie verwenden zu können. Sie hatte schon einiges über Istra erfahren, ihre Zweifel an sich selbst, die Erinnerungen, die sie nicht mehr haben durfte, ihre Angst vor dem Priester Ismann, dass er herausfinden könnte, dass sie vor ihm Geheimnisse hatte. Die Furcht vor dem, was geschehen würde, wenn er doch von ihren Erinnerungen erfuhr. Das Lauschen und Sammeln von Informationen half Hanna, ihren Verstand nicht zu verlieren oder aufzugeben. Sie wusste, dass sie den direkten Kampf mit Istra nicht gewinnen konnte, dazu war die Priesterin zu stark. Und Ewis half ihr dabei. Hanna erinnerte sich mit einem Schaudern an die Göttin, wie sie bei den Opferungen ihren Körper füllte. Istra war ihr hörig und ihr Glaube gab ihr Kraft. Aber sie hatte eine direkte Verbindung zur Eisgöttin und bezog einen Teil der Kraft direkt von ihr. Istra war sich dessen nicht bewusst, sie war der Meinung, dass sie allein Hanna unter Kontrolle hielt, wenn auch mit Fähigkeiten, die sie von Ewis erhalten hatte. Sie glaubte, dass der Geist der Eisgöttin nur während den Zeremonien und ihren intensiven Gebeten bei ihr war. Sie dachte, dass sie nur dann erschien, wenn sie gerufen wurde. Aber die Eisgöttin war immer da, Hanna konnte ihre Präsenz spüren, wieso konnte Istra es nicht? Hanna wunderte sich immer wieder über Istras Kindlichkeit und Naivität. Sie schien wirklich nicht zu merken, dass sie nie allein war und dass nicht nur Hanna, sondern auch die Eisgöttin selbst ihren Gedanken lauschte. Und ihre Gedanken offenbarten ihre Unsicherheit und ihre Geheimnisse. An diesen war Hanna ganz besonders interessiert, denn sie störten Istras Konzentration. Hanna hoffte, dass sie in ihnen doch noch den Schlüssel zu ihrer Freiheit finden würde. Immer, wenn Istra ihren Körper schlafen schickte oder sie abgelenkt war und ihr weniger Aufmerksamkeit schenkte, tastete Hanna Wände, Boden und Decke ihres Gefängnisses ab. Sie wusste aus Istras Gedanken, dass diese das spürte und sich darüber wunderte, wie Hanna dies überhaupt möglich war. Istra besaß nicht viel Fantasie und war sich der Macht der Vorstellungskraft nicht bewusst, wie Hanna mit Genugtuung festgestellt hatte. Sie hatte gestern tatsächlich eine unregelmäßige Stelle gefunden. Wenn es einen Ausgang gab, dann hier. Und nun zeichnete sich plötzlich ein schmaler, heller Streifen an genau dieser Stelle ab. Hanna drückte mit aller Kraft dagegen. Sie erkannte, dass Istra gerade mit ihrer Fassung rang, die sie zu verlieren drohte. Hanna stemmte sich stärker gegen die Tür und der helle Streifen wurde ein Stück breiter, aber noch hielt Istra dagegen. Hanna fing das Bild von einem

Gesicht auf. Das Gesicht eines jungen Mannes. Sie fühlte Istras Aufgewühltheit, die mit diesem Bild einherging, und erkannte, dass dieser Mann der Junge aus ihren Erinnerungen war und die Hauptursache für ihre Schwäche. Hanna prägte sich das Bild ein, brannte es in ihren Verstand und stopfte es in den schmalen Spalt, damit sich der Ausgang aus ihrem Gefängnis nicht wieder ganz verschloss. Sie trat zurück, lauschte und spürte ganz schwach, wie ihr Herz heftig klopfte. Ein Glücksgefühl durchströmte sie, denn für einen Moment konnte sie ihren Körper spüren, hatte wieder Verbindung zu ihm. Dann merkte Hanna, wie Istra ihre kalte Ausgeglichenheit zurückgewann. Hanna zog sich ein wenig weiter vom Ausgang zurück und verhielt sich ruhig. Sie wollte Istra nicht auf ihr Tun aufmerksam machen, wollte verhindern, dass sie den schmalen Spalt bemerkte und den Ausgang wieder komplett verschloss. Hanna behielt das Gesicht im Blick, dass sie wie einen Keil in den Spalt geschoben hatte. Sie hoffte, dass es seine Wirkung auf Istra beibehielt. Die Priesterin wurde ruhiger, ihre Konzentration nahm ihre alte Stärke an. Der Spalt wurde schmaler, aber er blieb. Hanna atmete auf und ließ sich auf dem Boden ihres Gefängnisses nieder, den schmalen, hellen Streifen fest im Blick. Ein kleines Licht in der Dunkelheit. Istra hatte versucht, die Tür wieder ganz zu schließen, es aber nicht geschafft. Ihre eigene Vergangenheit holte sie gerade ein und solange sie diese nicht komplett aus ihrem Gedächtnis löschte, gab es für Hanna eine Chance.

Sommerklausur

Der Schlitten kam mit einem Ruck zum Halt und kurz danach wurde die Tür geöffnet. Kalte Luft strömte in das Innere der Schlittenkabine und Istra atmete tief ein. Sie hatte sich beruhigt, ihre Erinnerungen ganz weit weggeschlossen und sah der Tempelwache nun gefasst ins Gesicht. Die Männer mussten den Zwischenfall mitbekommen haben, auch wenn ihr Gesichtsausdruck nichts verriet. Istra blickte der Wache fest in die Augen und erkannte darin eine Wachsamkeit, die sie vorher nicht gesehen hatte. Sie musste jeden Zweifel an ihrer Stärke zerstreuen und den Wachen klarmachen, dass der Vorfall im Dorf bedeutungslos war. Sie ignorierte die ausgestreckte Hand, stieg aus dem Schlitten und ließ es die Weta ebenso tun. Diese hatte sich in dem Moment von Istras Schwäche geregt und sich gegen ihr Gefängnis gestemmt. Aber Istra hatte trotz ihrer kurzzeitigen Verwirrung dagegengehalten und die Weta hatte aufgegeben. Istra holte noch einmal tief Luft, ermahnte sich, die notwendige Distanz zu halten, die ihr ihre Aufgabe leichter machte. Die anderen Schlitten aus dem Tross wurden gerade entladen und Istra schaute einen Moment dem Treiben zu.

„Ehrwürdige Wächterin?"
Istra schaute zur Tempelwache auf, die sie angesprochen hatte.

„Ich weise Euch den Weg zu Euren Gemächern."
Die Wache verbeugte sich leicht und machte Anstalten ihr vorrauszugehen. Istra hielt den Mann zurück.

„Ich kenne den Weg, kümmere dich um den Schlitten."
Die Wache verbeugte sich erneut, jedoch nicht ohne ihr einen scharfen Blick zuzuwerfen. Istra ignorierte es und schritt zusammen mit der Weta geradewegs durch das hektische Treiben im Vertrauen darauf, dass man ihr Platz machte. Sie war zwar noch nie hier gewesen, hatte sich aber im

Voraus den Weg beschreiben lassen. So fand sie jetzt ohne Mühe die Räume für die Weta und sich selbst. Ihre Dienerin hatte ihr Gepäck bereits in ihre Gemächer gebracht und sich zurückgezogen. Auf dem Tisch standen zwei Becher mit klarem Quellwasser sowie eine Stärkung. Istra widerstand der Versuchung, die Weta gleich schlafen zu schicken, und setzte sich an den Tisch. Zu ihren Aufgaben gehörte es auch, den Körper der Weta in gutem Zustand zu halten, was unter anderem hieß, die Weta essen zu lassen, sie zu baden und ihren Körper ausreichend zu bewegen, damit die Muskeln nicht verkümmerten. Sie ließ die Weta zunächst ihre Mahlzeit zu sich nehmen und ließ sie sich dann auf der Liege, die neben dem Tisch stand, hinlegen und wegdämmern. Istra atmete auf und entspannte sich ein wenig. Wenn der Körper der Weta ruhte, schien auch ihr Geist zu schlafen und Istra hatte ein wenig Ruhe, um nachzudenken und zu beten. Sie versuchte nicht mehr, an den Gedanken der Weta teilzuhaben, denn was gab es da jetzt noch zu erfahren, außer der Verzweiflung, die sie fühlte. Istra verstand zwar nicht, wie sie es schaffte, in der Dunkelheit, die sie umgab, Anhaltspunkte zu finden, aber sie wollte sich auch nicht näher damit beschäftigen, um es herauszufinden. Sie hatte Angst, der Weta näher zu kommen und Mitgefühl zu entwickeln, was sie wieder schwächen würde. Nein, es war besser, die Weta einfach wegzusperren, sie von jeglichem Kontakt auszuschließen und in ihr nur noch den Körper für die Eisgöttin zu sehen. Istra wandte sich ihrer Mahlzeit zu und spürte plötzlich, wie hungrig und müde sie war. Nach dem Essen legte sie sich hin und schlief sofort ein. Sie träumte von Bendik, nicht von dem Jungen aus ihrer Kindheit, sondern sie sah sein Gesicht vor sich, als er vorhin ihren Namen rief. Freude erfüllte sie bei der Erkenntnis, dass er sie nach all den Jahren nicht vergessen hatte. Istra schreckte hoch. Sie musste ihn vergessen. Sie schaute zur Weta hinüber, die immer noch schlief. Ihr Gesicht war ruhig und entspannt. Sie war von Istras Träumen nicht aufgeweckt worden, hatte sie nicht zum Widerstand genutzt. Es schien, dass es nicht mehr lange dauern würde, bis sie sich vollends in ihr Schicksal ergeben würde. Bald würde es egal sein, wenn Istras Konzentration schwanken sollte. Istra verzog verächtlich ihr Gesicht. Die Weta würde dann wirklich wie eine Puppe sein, die nur dann herausgeholt würde, wenn man mit ihr spielen wollte. Istra wartete, bis ihr Herzschlag sich beruhigt hatte, trank noch ein Glas Wasser und kniete sich dann vor den kleinen Altar, der auch im Sommerpalast ein Bestandteil ihrer Räume war. Sie vertiefte sich in ihr Gebet. Ihr Traum verblasste und mit ihm Bendiks Gesicht. In ihrem Leben gab es keinen Platz für ihn, sie musste und wollte ihn vergessen und jegliches Gefühl, das sie noch für ihn hegte, auslöschen. Ihre Liebe galt allein der Eisgöttin. Sie durfte nicht zulassen, dass sich jemand dazwischen drängte. Istra versank in ihr Gebet an die Eisgöttin, die sie mit ihrer Gegenwart ehrte, als sie nach ihr rief. So bemerkte Istra nicht, dass Hanna sich regte.

Beunruhigende Nachrichten

Ismann kniete vor dem Altar im innersten Heiligtum. Der Kristall im Altar pulsierte schwach im Rhythmus seines Herzschlages. In dem kurzen Sommer war er der einzige, der zu Ewis in das innerste Heiligtum durfte. Sie musste ruhen, denn Mächte, die noch größer waren als sie, hatten es so bestimmt. Noch war sie nicht stark genug, um ihnen zu trotzen, aber ihre Kraft wuchs. Jedes Jahr wurde der Sommer um einige Minuten kürzer und sie beendete ihre Ruhezeit einige Minuten früher, wodurch ihre Macht schleichend wuchs. Irgendwann würde der Sommer ausbleiben, dann würde Mutter Erde keine Macht mehr über sie haben, dann würde es nur noch Eis geben. Sie war unruhig in ihrer erzwungenen Pause und wartete mit Ungeduld auf das Ende des Sommers und das erste Opfer, an dessen Blut und Erinnerungen sie sich laben konnte. Ismann tankte in dieser Zeit neue Kräfte, denn während er vor dem Altar kniete, den freien Oberkörper auf das von Blut rot gefärbte Eis gelegt, durchströmte die Kraft der Eisgöttin ihn und erneuerte ihre Verbindung, die nun schon so lange anhielt. Und wie jedes Mal, wenn er hier war, durchforschte sie seine dunkelsten Erinnerungen und Gefühle und hielt sie wach und allgegenwärtig. Manchmal kam ihm der Gedanke, wie schön es wäre, diese Erinnerungen endlich in die Vergessenheit sinken zu lassen, aber es war der Preis, den Ewis forderte. Er war erschöpft und er spürte sein Alter mehr als je zuvor. Diesmal brauchte er die Kraft der Eisgöttin nötiger denn je. Er spürte, dass er mit der Wahl von Istra einen Fehler begangen hatte, konnte aber immer noch nicht genau benennen, warum er das glaubte. Diese Gedanken nagten an ihm und raubten seine Kraft. Er hatte eine Kandidatin nie ohne die Zustimmung der Eisgöttin erwählt, aber sie schenkte nie nur einem Mädchen ihr Wohlwollen, er hätte eine andere Wahl treffen können. Die Eisgöttin forschte immer in den Gedanken der Mädchen, wenn an ihnen im Heiligtum das Reinigungsritual durchgeführt wurde und sie fand stets darin ähnlich schreckliche Erinnerungen an die Erziehung im Tempel, die Ismann bewusst grausam gestaltete, um der Eisgöttin Nahrung zu geben. Manche der Mädchen empfanden die Erziehung schlimmer als andere und aus diesen wählte Ismann für gewöhnlich die Wächterin. Istra war ihm in ihrer Bescheidenheit und ihrer Ergebenheit der Eisgöttin gegenüber als die Geeignetste erschienen und die Eisgöttin hatte sie ja auch angenommen. Also was war es, dass ihn störte und beunruhigte? Plötzlich flammte der Kristall kurz auf und erhellte den Raum. Ismann empfand für einen Bruchteil einer Sekunde Istras Schrecken, sah ein Gesicht vor seinem inneren Auge aufblitzen und bemerkte Istras Erkennen. Bevor das Geschehen Ismann richtig bewusst wurde, war es schon wieder vorbei. Er fühlte die Unruhe der Eisgöttin und langsam dämmerte ihm, was er schon die ganze Zeit gespürt hatte. Istra hatte Erinnerungen an ihre Zeit vor dem Tempel behalten, sie waren nicht komplett gelöscht worden. Jetzt holte ihre Vergangenheit sie ein und brachte sie aus dem Gleichgewicht. Wie hatte sie das nur vor ihm verbergen können? Ismann verstand nun, warum die Eisgöttin so großes Interesse an Istra zeigte. Mit ihren Erinnerungen musste sie interessanter als die anderen Novizinnen gewesen sein. Immer wieder hatte Ismann Schwierigkeiten, Ewis' Beweggründe zu begreifen. Sie war kein rational denkendes Wesen, das war ihm schon vor langer Zeit bewusst geworden. Aber um den Tempel und damit den stetigen Opferstrom aufrechtzuerhalten, war Rationalität nötig. Ewis interessierte das alles nicht. Sie hatte keine Vorstellung davon, wie gefährlich Istras Wahl zur Wächterin war. Sie verlangte von Ismann, ihre Bedürfnisse zu stillen. Ismann war ratlos. Das war eine äußerst gefährliche Situation. Wenn Istra die Kontrolle über die Weta verlöre, würde der Zyklus unterbrochen. Alles, was er mithilfe der

Eisgöttin aufgebaut hatte, würde zerstört werden und er müsste von vorne anfangen. Das musste er unbedingt verhindern. Den Ablauf eines Zyklus hatte er über lange Zeit hinweg entwickelt. Zunächst brachte er Ewis nur Tiere dar, während sie in seinen Gedanken deren Opferung miterlebte, doch das war ihr bald nicht mehr genug. Ismann zog mit dem Kristall, an den Ewis gebunden war, nach Isgorat. Er scharrte mithilfe seiner Kräfte einige Menschen um sich, die ihn unterstützten. Dort begann er, Ewis Menschenopfer darzubringen. Doch auch das reichte ihr bald nicht mehr. Sie wollte wieder selber töten, wie in den Zeiten, als sie noch frei gewesen war. Sie konnte in der Nähe des Kristalls nach wie vor Körper besetzen und lenken, doch verlangte ihr das große Kraft ab, dazu konnte sie nicht durch fremde Welten reisen, wenn ihr Geist in Isgorat an einen Körper gebunden war. Anfangs besetzte sie für jede Opferung den Körper einer willigen Priesterin und gab ihn dann wieder frei. Doch ihre durch die Opferungen erlangten Kräfte schwanden schneller, als sie wuchsen, so hatte Ismann eine andere Möglichkeit ersonnen. Es hatte ihn viel Zeit und Nerven gekostet, Ewis davon zu überzeugen, ihre Kraft, einen Körper zu besetzen, zu teilen. Er hatte dies nicht ganz uneigennützig getan, denn in dem Maße wie Ewis' Kräfte schwanden, schwanden auch seine. Und er wollte weiter herrschen und nicht verlieren, was er bis dahin aufgebaut hatte. Der Tempel war gewachsen. Er hatte begonnen, den Bewohnern ihre Kinder abzukaufen und selbst zu gehorsamen Priestern zu erziehen. Sein Einfluss auf die Isgorater wuchs beständig und füllte ihn mit einem Hochgefühl, das er nicht verlieren wollte. Ewis hatte nach langem Zureden zugestimmt und die erste Wächterin war geschaffen. Auch die ersten Wetas kamen aus den Reihen der Priesterinnen. Doch durch ihre Erziehung zu totalem Gehorsam und dem unbedingten Willen Ewis zu dienen, verkümmerte ihr Bewusstsein und mit ihm ihr Körper nach nur wenigen Mona-

ten. Ismann konnte nicht schnell genug Nachwuchs heran-
ziehen. Der Versuch, Isgoraterinnen als Weta zu benutzen,
schlug ebenfalls fehl, denn sie wehrten sich so stark gegen
die Unterdrückung, dass die Wächterin stets Gefahr lief, die
Kontrolle über die Weta zu verlieren und so den Zyklus zu
unterbrechen. Ismann brauchte etwas dazwischen. So kam
er auf die Idee, die Wetas aus anderen Welten zu holen. Der
Schock, aus ihrer Welt gerissen zu werden, brach ihren Willen soweit, dass die Wächterin sie unter Kontrolle halten
konnte. Doch es blieb noch soviel Kraft in der Weta, dass
sie nicht zu schnell verfiel. Ewis ließ sich rasch überzeugen,
die Macht zum Öffnen eines Tores zwischen den Welten
mit Ismann zu teilen, denn es gefiel ihr, die Weta selbst aus-
zusuchen. So wuchs und gedieh der Kult und Isgorat mit
ihm. Nun konnte Ismann sich nach und nach die Bevölkerung Isgorats untertan machen. Doch all dies schien jetzt in
Gefahr zu sein.

Er blieb noch eine geraume Zeit im innersten Heiligtum, bis
sich seine Aufregung gelegt und er gründlich über die Situation nachgedacht hatte. Dann begab er sich ins Archiv, um
nach den Unterlagen zu suchen, die seinen Verdacht bestätigen konnten. Über jede Entführung wurde ausführlich
Buch geführt. Die Kandidaten wurden nicht willkürlich
ausgewählt, sondern vorab gründlich ausspioniert und ge-
prüft. Aber dennoch war es nicht ausgeschlossen, dass Fehler passierten und ungeeignete Kinder in den Tempel geholt
wurden. Er suchte die Kinder für die Priesterschaft nicht
nur nach ihrem Aussehen aus. Sie sollten dem Eis entspre-
chen. Je heller die Haut und Haare waren, desto wertvoller
waren sie und ihre Augen mussten blau wie altes Eis sein.
Doch sie durften ein bestimmtes Alter nicht überschreiten,
sonst gelang die Konditionierung nicht vollständig. Später,
als er in seinem Gemach das Istra betreffende Dokument
studierte, ließ er nach den Tempelwachen rufen, die Istra
und die Weta zum Sommerpalast gebracht hatten. Er las

gerade den Bericht über Istras erstes Reinigungsritual, als es an der Tür klopfte.

„Herein!" Ismanns Stimme klang gereizt.

Sein Leibdiener betrat den Raum und verbeugte sich.

„Die Tempelwachen, nach denen Ihr verlangt habt, sind da, ehrwürdiger Ismann."

Ismann gab ihm einen Wink, sie hereinzuführen und dann zu verschwinden. Die zwei Männer betraten den Raum und verbeugten sich ebenfalls. Dann richteten sie sich auf und sahen Ismann abwartend mit einer Gelassenheit an, die alle Tempelwachen besaßen. Ismann las den Bericht noch zu Ende, bevor er das Wort an sie richtete.

„Erzählt mir von der Fahrt zum Sommerpalast. Wie mir zu Ohren gekommen ist, hat es einen Zwischenfall gegeben." Er stützte die Ellbogen auf, verschränkte die Hände ineinander und sah die Männer wartend an.

„Die Fahrt verlief bis zum Dorf Waldruh ohne Probleme, ehrwürdiger Ismann. In Waldruh liefen uns drei Burschen über den Weg. Sie machten Platz, zwei von ihnen verbeugten sich, wie es sich gehört. Aber der Dritte tat es nicht, starrte unverschämt dem Schlitten der Weta hinterher und rief einen Namen."

Ismann wartete einen Moment. Doch die Wache schwieg.

„Welchen Namen?"

Die Wache, die gesprochen hatte, sah ihren Kameraden an, der das Gesicht in nachdenkliche Falten gelegt hatte.

„Ich denke, es war Daina, ehrwürdiger Ismann."

Ismann nickte langsam, blätterte Istras Unterlagen zum Anfang und starrte auf den Namen, der dort eingetragen war. Daina war Istras Geburtsname.

„Wie hat die Wächterin reagiert? Was hat sie für einen Eindruck auf euch gemacht?"

Die Wachen schauten sich an und es war der Ältere, der antwortete:

„Sie schien völlig ruhig und gefasst zu sein, ehrwürdiger Ismann. Wir hatten den Eindruck, dass dieses Ereignis sie nicht berührt hatte."

„Und die Weta?"

„Ebenso. Ihr Gesicht war ruhig und sie ist mit der Wächterin zusammen aus dem Schlitten gestiegen. Wir haben nichts Ungewöhnliches bemerkt, ehrwürdiger Ismann."

Ismann klopfte sich nachdenklich an die Nase.

„Die drei Männer, beschreibt sie mir!"

Der Ältere hob entschuldigend die Schultern.

„Wir haben sie nur kurz gesehen, es war nichts Auffälliges an ihnen.

„Einer von ihnen hatte dunkle Locken und war glattrasiert", meldete sich der Jüngere zu Wort.

Ismann war mitnichten zufrieden und nickte den beiden säuerlich zu.

„Ihr dürft euch entfernen."

Sie verbeugten sich und Ismann starrte noch eine Weile auf die Tür, die sie hinter sich schlossen.

Die Wächterin hatte also keine Anzeichen von Aufregung gezeigt. Ismann schöpfte Hoffnung. Vielleicht steckte in Istra ja doch die Stärke, die er in ihr gesehen hatte, als seine Wahl auf sie gefallen war. Wenn sie ihre Erinnerungen meistern konnte, dann konnte sie auch ihre Aufgabe erfüllen. Dennoch, er musste wachsam sein und jedes noch so kleine Anzeichen von Schwäche rechtzeitig bemerken. Immerhin hatte sie es geschafft, ihn zu täuschen und ihre Gedanken vor ihm zu verbergen. Das war vor ihr noch keinem gelungen. Er wandte sich wieder dem Pergament zu, das vor ihm lag. Istra. Dabei hatte der Zyklus so gut angefangen. Ismann schob das Pergament zur Seite und fuhr sich müde mit den Händen über das Gesicht. Er musste für einen Augenblick gegen das Verlangen, einfach den Kopf auf den Tisch zu legen und zu schlafen, ankämpfen. Er richtete den Blick auf den kleinen Altar in seinem Raum und schickte ein stilles Gebet zur Eisgöttin, dass sie Istra mit all ihrer Kraft beistehen möge. Und diese drei Burschen, er musste sie finden. Er machte sich eine Notiz mit den dürftigen Informationen, die er erhalten hatte. Er würde sie an seinen Informanten in Waldruh weiterleiten. Sie mussten beobachtet und wenn möglich aus dem Verkehr gezogen werden. Dann wandte er sich anderen Papieren zu. Es waren Unterlagen über Kinder, die als Novizen und als Tempelwachen infrage kamen. Er studierte sie eingehend und traf seine Wahl. Es war an der Zeit, mit der Ausbildung der neuen Novizen zu beginnen. Er war sich wohl bewusst, dass es so kurz nach dem Beginn eines Zyklus zu erneuter Unruhe in der Bevölkerung kommen konnte, wenn nun auch noch Kinder in den Tempel geholt wurden. Von seinen Informanten wusste er, dass sich die Stimmung in der Bevölkerung Isgorats nur langsam beruhigte, die Wut aber unter der Oberfläche immer noch brodelte. Gerade die jungen Leute waren nicht mehr so angepasst wie die Alten. Sie nahmen die Entführungen nicht mehr so gleichmütig hin. Noch war die Krise nicht vorbei. Aber er konnte und wollte nicht ein Jahr lang mit der Ausbildung neuer Novizen aussetzen. Stattdessen würde er die Präsenz der Tempelwachen in den Dörfern verstärken. Das hatte bis jetzt immer gereicht, um die Bevölkerung in ihre Schranken zu weisen.

Tumult auf dem Sommerfest

Bendik fasste noch einmal kurz nach der Hand seiner Mutter, ließ sich von ihr umarmen und machte sich dann auf die Suche nach Valton und Mikell. Er fand sie vor dem Brautzelt. Mikell hatte bereits seinen einfachen Anzug an, der ihn einen ganzen Monatslohn gekostet hatte, wie er Bendik mit betrübter Miene berichtete. Ein kleiner Kieerzweig steckte im obersten Knopfloch. Bendik schaute Valton an und schüttelte dann den Kopf. Wenn man die beiden verglich, konnte man meinen, dass Valton der Bräutigam sei und nicht Mikell.

„Wo ist Ando?", fragte Mikell und sah an Bendik vorbei auf den geschmückten Platz vor dem Wirtshaus, der sich langsam füllte. Bendik seufzte.

„Er bleibt heute zu Hause. Er hat sich erkältet und keine Lust zum Feiern."

Die Freunde sahen sich betreten an, denn Ando hatte heute zusammen mit Mikell Hochzeit feiern wollen. Valton verzog zornig das Gesicht.

„Eine Schande ist das, wenn ihr mich fragt."

„Halt den Mund!" Mikell schaute sich um. „Irgendwann bringt dich dein loses Mundwerk noch auf den Opferaltar."

Valton lachte.

„Ach was, heute wird gefeiert. Keine trüben Gedanken mehr!"

Valton wandte sich dem Zelt zu, trat ein Stück näher und stöhnte genervt.

„Sie diskutieren immer noch, ob sie ihr Kieerzweige oder doch lieber Puluszweige ins Haar stecken. Warum nehmen sie nicht einfach beides? Wenn das so weiter geht, wird das nichts mit der Hochzeit."

Bevor Bendik und Mikell ihn aufhalten konnten, verschwand Valton im Zelt, nur um Sekunden später unter großem Gezeter von Ennas Mutter und Oma wieder hinausgejagt zu werden.

Er keuchte und hielt Mikell einen Puluszweig hin.

„Da, du solltest dich umschmücken. Enna sieht wie ein Pulusbaum aus." Er ließ den Blick über den mittlerweile vollen Platz schweifen, dann breitete sich ein freches Grinsen auf seinem Gesicht aus. „Entschuldigt mich, ich sehe gerade Liska."

Damit ließ er die beiden stehen und drängelte sich zu der Bewirtungsfläche durch, wo Liska gerade Krüge auf einem Tisch abstellte.

„Die Zeremonie fängt doch gleich an, du kannst jetzt nicht weg!", rief Bendik ihm noch hinterher.

Valton ignorierte ihn und schob sich weiter durch die Menschenmasse. Mikell starrte ihm mit offenem Mund hinterher, fing sich dann und steckte den Puluszweig zu dem Kieerzweig an seiner Jacke.

„Er wird sich nie ändern", meinte er ärgerlich.

„Wer wird sich nie ändern?" Enna war aus dem Zelt gekommen und sah Mikell fragend an. Der starrte sie einen Moment verblüffte an, denn Valton hatte nicht übertrieben.

„Äh, Valton. Er jagt gerade wieder einem Rock hinterher." Mit einem Blick auf den Busch auf ihrem Kopf, meinte er: „Du siehst wunderschön aus, meine Liebste!" dann wollte er ihr einen Kuss geben, bekam aber von Oma, die ebenfalls aus dem Zelt gekommen war, einen Ellbogen in die Rippen.

„Benimm dich, du Tölpel. Wenn du sie jetzt abschleckst, machst du unsere ganze Mühe zunichte!" Dann knuffte sie Bendik ebenfalls in die Seite. „Na los, du Taugenichts. Mach dich nützlich und bring deinen Freund zum Ortsvorsteher!" Sie zeigte auf den Metzger, der bereits hinter dem geschmückten Pult stand und auf die Brautleute wartete. In dem Moment kam Valton zurück, mit einem roten Handabdruck auf der Wange.

„Liska war wohl nicht erfreut, dich zu sehen", stellte Bendik trocken fest und erntete von Valton einen bösen Blick, während Mikell sich mühsam ein Grinsen verkniff.

„Na los, wird's bald!" Oma machte wieder von ihrem knochigen Ellbogen Gebrauch. Valton und Bendik packten Mikell an den Armen und bugsierten ihn zum Podest. Oma und Ennas Mutter folgten ihnen kurz danach mit der Braut. Die Kapelle spielte einen Tusch und die Menge kam zur Ruhe, um der Hochzeitszeremonie zu lauschen, mit der das Sommerfest immer eröffnet wurde. Dieses Jahr gab es nur ein Hochzeitspaar, aber allen war bewusst, dass zwei Paare vor ihnen stehen sollten. Bendik sah die Tränen in Jorans Augen, aber seine Stimme zitterte nicht, als er Mikell und Enna ihr Eheversprechen abnahm. Nach der Zeremonie küsste Mikell seine Braut innig und Enna warf ihren Kranz aus Puluszweigen in die Menge hinter sich. Damit war das Fest eröffnet und die Menschen bewegten sich schwatzend und lachend zu den verschiedenen Ständen, die um den Festplatz vor der Schänke herum angeordnet waren. Es gab Gebratenes in verschiedenen Sorten und unterschiedliche Gerichte aus Algen. Ein Teil des Platzes war mit Bänken und Tischen belegt, auf denen man sich zum Essen niederlassen konnte. Es gab auch Stände, an denen Haushaltswaren aus Holz, Ton und Glas angeboten wurden. Für die Kinder wurden Spiele veranstaltet, sodass sich die Erwachsenen ungestört anderen Dingen zuwenden konnten. Die Pulka und der Kannis flossen in Strömen. Die Stimmung war ausgelassen und fröhlich und die Besucher erfreuten sich an der Sonne, die die klare Luft erwärmte. Die Kapelle spielte zum Tanz auf und schnell füllte sich die freie Fläche vor der Bühne mit ausgelassenen Tanzpaaren, die dem traditionellen Rati, einem schnellen Paartanz mit vielen Drehungen, frönten. Das Brautpaar wurde herumgereicht, denn es brachte Glück, mit der Braut oder dem Bräutigam zu tanzen. Valton hatte sich bereits mit Ersatz für Liska versorgt und Bendik hielt gerade Ausschau nach einer Tanzpartnerin, als die fröhliche Stimmung jäh unterbrochen wurde. Mehrere Schlitten des Tempels kreisten den Festplatz ein. Die Tempelwachen mischten sich unter die Menge und Unruhe brach aus. Mit einem schiefen Ton hörte die Kapelle auf zu spielen. Plötzlich entstand mitten auf dem Platz ein Tumult. Die verzweifelten Schreie eines kleinen Mädchens und das Gebrüll eines Mannes waren zu hören. Bendik kämpfte sich durch die dicht gedrängten Leute und erkannte Askil, einen Arbeiter aus seiner Kolonne, dessen älteste Tochter vor zwei Monaten entführt worden war. Nun hatten sich die Tempelwachen seine Jüngste gegriffen. Sie wehrte sich verzweifelt, rief nach Vater und Mutter. Askil hatte sein langes Messer gezogen und rang mit einer der Wachen, während seine Frau versuchte, das Mädchen der anderen Wache zu entreißen, doch die war zu stark und stieß sie mit voller Wucht in die Menge, direkt in Bendiks Arme, sodass beide zu Boden stürzten. In diesem Moment überwältigte die Wache Askil, stieß ihr Schwert durch seinen Körper und ließ ihn liegen. Seine Frau rappelte sich von Bendik hoch und nahm schreiend ihren sterbenden Mann in die Arme. Dann wollte sie sich erneut auf die Wachen stürzen, doch Bendik hielt sie fest, denn die Wachen bahnten sich mit gezogenen Schwertern den Weg zum Schlitten, das kleine, weinende Mädchen fest in ihrem Griff. Askils Frau sackte weinend in Bendiks Armen zusammen. Helfende Hände griffen nach ihr und schoben ihr ihren Sohn in die Arme. Jemand drückte kurz Bendiks Schulter und nickte ihm ernst zu. Bendik schaute sich um. Die Menschen waren mittlerweile in Panik geraten und drängten vom Platz herunter. Er konnte sehen, dass die Tempelwachen sich nicht nur das kleine Mädchen gegriffen hatten, sondern auch versuchten, zwei Jungen zu ihren Schlitten zu bringen. Manche der Tempelwachen waren in Rangeleien mit einigen Männern verwickelt, die versuchten, die Entführungen zu verhindern. Das Gemenge war dicht und Bendik konnte in dem Tumult niemanden erkennen. Er drängte sich durch die ihm entgegenkommenden Menschen, die vom Platz herunter wollten.

„Lass ihn los, du dreckiger Schuft!"

Omas Stimme war unverkennbar. Bendik hatte die kämpfenden Männer fast erreicht, als er zu seinem Entsetzen sah, dass Oma die Tempelwache, die einen Jungen unter den Arm geklemmt hatte, mit ihrem offensichtlich mit harten Gegenständen gefüllten Beutel verprügelte und dabei aus voller Lunge keifte. Bendik erkannte den Sohn von Mikells Cousine. Mikell war Oma zu Hilfe geeilt, denn eine andere Tempelwache war mit gezogenem Schwert hinzugekommen. Mikell versuchte gleichzeitig, Oma von der einen Tempelwache fernzuhalten und sich zwischen ihr und die andere zu schieben, und bekam dabei selbst etwas mit dem Beutel ab. Bendik schob mit aller Kraft die ihm entgegenkommenden Menschen zur Seite, um seinem Freund beizustehen, der sich gleichzeitig gegen Omas Beutel und die bewaffnete Tempelwache wehren musste. Bendik entdeckte auf dem Boden das Schwert, das die Wache mit dem Jungen unter dem Arm wohl unter Omas Attacke fallen gelassen hatte. Er schnappte es sich gerade noch rechtzeitig, um den Hieb der anderen Wache abzufangen, der für Mikell bestimmt war. Bendik drängte die Wache zurück, während Mikell und Enna Oma endlich einfingen und ihr den Beutel wegnahmen. Schwer atmend sah Bendik den Wachen hinterher, die den Jungen wegbrachten. Er wusste, dass seine Gegenwehr ihm wahrscheinlich Schwierigkeiten, wenn nicht sogar Gefängnis einbrachte. In den Schlitten saßen mehrere Leute, nicht nur Kinder, aber Bendik konnte nicht erkennen, wen die Wachen noch mitgenommen hatten. Oma zeterte immer noch und beschimpfte die beiden. Sie hatte gar nicht bemerkt, dass Bendik und Mikell ihr das Leben gerettet hatten.

„Diese elenden Bastarde!", vernahm Bendik neben sich, er drehte sich um und sah in Jorans verbittertes Gesicht. „Sie haben die Kinder mitgenommen und für unsere Gegenwehr und die Verletzungen, die sie davongetragen haben, werden sie uns noch büßen lassen."

Bendik nickte und sah auf das Schwert hinab, dass er immer noch in der Hand hielt.

„Wen haben sie außer Askil noch umgebracht?"

Jorans Miene verfinsterte sich weiter.

„Keinen, sie haben ein paar Leute verletzt, aber sie haben den Bruder vom kleinen Aengus mitgenommen, er hatte eine der Wachen verwundet. Jetzt hat die Familie zwei Kinder auf einen Schlag verloren." Er wandte sich Oma zu. „Würdest du die Verletzten versorgen? Sie sind im Wirtshaus."

Oma kniff die Augen zusammen, als ob sie um den Preis, den die Behandlung kosten würde, feilschen wollte, aber dann nickte sie nur. Sie riss Mikell ihren Beutel aus der Hand und fauchte ihn an:

„Geh meine Arzneitasche holen!" Dann wandte sie sich deutlich freundlicher an Enna: „Komm, mein Kind, wir schauen schon mal, wer sich da hat aufschlitzen lassen. Die haben wenigstens tapfer gekämpft!"

Damit ließ sie Mikell, Bendik und Joran stehen. Enna warf ihrem Mann noch einen beschwichtigenden Blick zu, bevor sie sich von Oma mitziehen ließ. Mikell zog ein mürrisches Gesicht.

„Ich bin gleich wieder da."

Bendik umarmte seinen Freund kurz und wandte sich dann an Joran:

„So offen sind sie noch nie vorgegangen. Was haben sie denn erwartet, was passiert, wenn sie auf diese Weise in ein Fest hineinplatzen? Dass wir alle zur Seite gehen und ihnen noch eine Pulka anbieten?"

„Der Tempel wird immer dreister. Wenn das so weiter-
geht, ist das Maß bald voll." Joran schüttelte den Kopf.
„Wie sie Askil einfach abgestochen haben."

„Meinst du im Ernst, dass auch nur einer sich auflehnt? In
ein paar Tagen sind sie wieder in ihre alte Gleichgültigkeit
übergegangen. Egal, wie sehr der Tempel uns auch bluten
lässt. Die Abhängigkeit von ihm lässt jeden Widerstand
doch umgehend verstummen."

Joran sah sich um und flüsterte dann Bendik zu:

„Ich weiß nicht, du kommst doch selbst oft genug in die
Schänke, um zu wissen, was geredet wird. In den anderen
Dörfern ist es nicht anders."

„Reden ist nicht gleich handeln", erwiderte Bendik leise.
„Ich bringe meine Eltern nach Hause und komme dann
wieder."

Joran nickte und deutete dann auf das Schwert.

„Sie zu, dass du dieses Ding los wirst. Du möchtest nicht
damit erwischt werden."

Bendik lächelte nur düster.

„Siehst du? Und schon fangen wir wieder an, uns wegzu-
ducken."

Er steckte das Schwert in den Gürtel und machte sich auf
die Suche nach seinen Eltern. Seine Mutter half Oma und
Enna, die Verletzten zu versorgen, also nahmen er und sein
Vater den Schmuck ab und räumten den Platz auf. Valton
half ihnen. Er hatte sich, kurz bevor der Tumult begann,
mit seiner Tanzpartnerin verdrückt, um sich näher kennen-
zulernen, wie er sagte. Er war erst dazugekommen, als die
Wachen bereits abzogen. So ewig das Ganze Bendik auch
vorgekommen war, hatte es doch nur wenige Minuten gedauert. Er hielt beim Aufräumen die Ohren offen. Die
meisten Menschen waren nach Hause gegangen und dort
geblieben. Aber einige waren zurückgekehrt, um ebenfalls
beim Aufräumen zu helfen. Bendik hörte das wütende Ge-
tuschel. Niemand sprach laut, aber die Stimmung war seit

Bendik denken konnte noch nie so voller Wut gewesen. Vielleicht war das Maß nun tatsächlich voll und die Leute würden mehr tun, als nur reden. Doch was konnten sie machen, wie konnten sie gegen den Tempel vorgehen? Bendik blieb noch eine Weile in der Schänke, nachdem alle Verwundeten versorgt und nach Hause gebracht waren. Zusammen mit Mikell, Valton und Joran saß er an einem Tisch in der Ecke. Das Schwert hatte er neben sich an die Bank gelehnt.

„Was wirst du damit machen?", fragte Mikell mit einem Blick auf die Waffe. Bendik sah ebenfalls darauf und zuckte mit den Schultern.

„Vater meint, ich soll es ins Meer werfen." Bendik kaute nachdenklich auf seiner Unterlippe. „Aber ich denke, ich werde es unter der losen Diele im Schuppen verstecken. Vielleicht brauche ich es noch."

Er sah die anderen auffordernd an, aber es kamen keine Widerworte. Keiner versuchte, es ihm auszureden, obwohl, es ihn ins Gefängnis brächte, wenn es bei ihm gefunden würde, denn das Tragen von Waffen war ein Privileg der Tempelwachen.

Ungestüme Tempelwachen

Ismann saß am Schreibtisch und studierte die Berichte seiner Spione. Wut hatte seine sonst so bleichen Wangen rot gefärbt. Er las von den Tumulten auf mehreren Dorffesten. Gerade auf diesen Festen in dem gerade mal zehn Wochen andauernden Sommer legte sich so mancher Groll gegen den Tempel, wenn die Menschen ausgelassen feierten und für eine Weile ihre Ängste und Sorgen vergaßen. Die Bewohner der Dörfer mischten sich untereinander, neue Bekanntschaften wurden geknüpft, Ehen geschlossen und alte Freundschaften erneuert. Für die Menschen in Isgorat war der Sommer eine wichtige Zeit. Ismann hatte für den Frohsinn nichts übrig, erkannte aber den Vorteil für sich und seine Herrschaft, wenn sich die Gemüter bei reichlich Pulka und Tanz beruhigten und die Wut auf den Tempel schrumpfte.

Die Wachen hatten dies empfindlich gestört. Wieso hatten sie nur so auffällig gehandelt? Das war doch sonst nicht ihre übliche Vorgehensweise. Die Berichte erzählten von Unruhe in der Bevölkerung, noch redeten die Menschen nur, aber die Wut legte sich nicht. Sie hielt sich hartnäckig. Ismann warf die Papiere angewidert auf den Tisch und schickte nach dem Kommandeur der Tempelwachen. Als dieser mit einer Verbeugung in den Raum trat, nahm Ismann das Pergament wieder zur Hand.

„Die Tempelwachen kreisten den Festplatz ein, bahnten sich ihren Weg mit gezogenen Schwertern durch die Menge und nahmen die für den Tempeldienst geeigneten Kinder mit. Dabei wurde ein Mann getötet, der sich energisch gegen die Entführung seines Kindes wehrte. Auch andere Besucher des Festes versuchten die Entführungen zu verhindern und wurden von den Tempelwachen verletzt."

Ismann sah auf und den Kommandeur zornig an. Dieser erwiderte seinen Blick ohne Regung, doch auf seiner Stirn war ein leichter Schweißfilm zu erkennen.

„Es wird auch davon berichtet, dass die Dorfbewohner immer noch in Aufruhr sind. Was habt Ihr Euch nur dabei gedacht, derart auffällig vorzugehen? Und das nicht nur auf einem Fest, sondern gleich auf fünf! Die Bevölkerung war gerade dabei, sich nach den Entführungen für den Beginn des neuen Zyklus zu beruhigen und Ihr habt dies alles zunichte gemacht!"

Ismann hatte sich vom Tisch erhoben und starrte dem Kommandeur nun wütend in die Augen. Der schluckte nervös, versuchte aber, es sich nicht anmerken zu lassen. Seine Stimme war gefasst, als er sagte:

„Mit Verlaub, ehrwürdiger Ismann, aber ich hatte den Eindruck, dass es Euch eilig war und Ihr mit der Ausbildung der Kinder schnellstmöglich beginnen wolltet. Die Feste waren die einfachste Möglichkeit, die Kinder zu holen, denn da waren alle beisammen. Wir konnten so innerhalb kürzester Zeit alle Kinder auf der Liste in den Tempel bringen."

Der Kommandeur straffte die Schultern und richtete seinen Blick geradeaus. Ismann sank sprachlos auf seinen Stuhl. Nun rächte es sich, dass die Tempelwachen zu bedingungslosem Gehorsam erzogen wurden. Er erinnerte sich an seine Worte, mit denen er dem Kommandeur den Befehl für die Entführungen erteilt hatte. Der Mann hatte seinen Befehl exakt ausgeführt. So sehr Ismann ihn auch bestrafen wollte, er brauchte ihn jetzt als Führer der Tempelwachen, denn mögliche Nachfolger waren noch nicht soweit, das Kommando zu übernehmen.

„Ihr werdet ab sofort rund um die Uhr in den Dörfern patrouillieren. Versammlungen werden aufgelöst, mögliche Aufrührer festgenommen. So werden wir die Situation wieder unter Kontrolle bringen."

Der Kommandeur verbeugte sich.

„Ich erwarte von Euch, dass Ihr in Eurer Position mehr Feingefühl für die Folgen Eures Handelns zeigt, auch wenn ich Euch das nicht explizit sage. Ein weiteres Fehlverhalten werde ich nicht dulden."

Ismann sah den Kommandeur scharf an und dieser erwiderte starr seinen Blick.

„Jawohl, ehrwürdiger Ismann."

„Ihr dürft Euch entfernen!"

Der Kommandeur verbeugte sich und verließ ohne ein weiteres Wort den Raum.

Ismann starrte noch einige Sekunden auf die geschlossene Tür, schob dann die Pergamente zusammen und verstaute sie in einer Schublade. Unruhig stand er auf und ging im Raum auf und ab. Seine Gedanken drehten sich im Kreis. Die Patrouillen würden wieder Ruhe in die Bevölkerung bringen, dessen war er sich sicher. Zumindest oberflächlich. Aber würde das reichen? Die Berichte seiner Spione waren alarmierend. Die Stimmung war so aufgeheizt wie noch nie in der gesamten Geschichte des Tempels. Sollte tatsächlich eine Rebellion bevorstehen? Seine Tempelwachen war zwar kampferprobt, doch konnten sie gegen die Bevölkerung Isgorats standhalten? Ismann blieb vor seinem Tisch stehen und schlug mit der Faust darauf. Es durfte zu keiner Rebellion kommen. Sie musste im Keim erstickt werden. Die Spione mussten ihre Anstrengungen verstärken und die Patrouillen mussten für lange Zeit gemacht werden. Jeder Verdächtige musste gefangen genommen und ausführlich befragt werden. Ismann strich sich über seinen Bart und ein grausames Lächeln glitt über seine Lippen. Er hatte schon lange keine Befragung mehr durchgeführt. Vielleicht konnte er aus dieser kritischen Situation sogar noch etwas Vergnügen gewinnen.

Ein Fisch zuviel

Lautlos huschte Bendik über das Eis. In seiner weißen Kleidung war er kaum auszumachen. Er hatte eine kleine Hacke und eine Angelschnur dabei und war auf dem Weg zu einem der Löcher in dem Fischteich, der seinem Dorf am nächsten lag. Es war ein Streit mit seinem Vater vorausgegangen. Bendik war zuvor von der Arbeit gekommen und hatte berichtet, was die anderen Arbeiter erzählten. Auch auf anderen Festen hatten die Tempelwachen brutal die Kinder aus der Mitte der Feiernden geholt. Es hatte ebenfalls Verletzte und zwei weitere Tote gegeben. Der Unmut war groß und der Hass auf den Tempel wuchs. Doch sein Vater hatte wie immer die Meinung vertreten, dass man ruhig bleiben musste und die Übergriffe des Tempels ertragen sollte, denn sie waren der Preis für das gute Leben, das sie führten. Bendik hatte die Angepasstheit seiner Eltern nicht mehr ertragen können und war regelrecht aus dem Haus geflohen. Joran hatte in dem Punkt Recht, dass in den Schänken heimlich über die Vorkommnisse geredet wurde, aber außer Gerede passierte nichts. Seine Eltern waren das beste Beispiel. Der Tempel sorgte für die Bevölkerung und die musste den Preis tragen, der dafür verlangt wurde. Ando war nicht zu Hause gewesen und hatte die Auseinandersetzung nicht mitbekommen. Er vermisste Ilva schrecklich, hielt sich oft bei ihren Eltern auf und arbeitete bis spät, um nicht mit seinen Gedanken und seiner Wut alleine zu sein. Er hatte aufgehört, am Tempel herumzulungern, und letztendlich akzeptiert, was ihm alle sagten, dass Ilva tot war und nicht zurückkommen würde. Aber das Gesicht, das er immer zog, wenn seine Eltern auf das Thema zu sprechen kamen und ihre üblichen Floskeln anbrachten, sprach Bände. Er hatte sich mit Ilvas Verschwinden nicht abgefunden und hielt im Moment einfach nur still. Bendik war sich sicher, dass Ando regelmäßig in der Schänke war und am Gerede über den

Tempel teilnahm. Das war seine Art und Weise, mit der Situation umzugehen und sich aufzulehnen. Bendik hingegen ging immer Fische stehlen, wenn die Ohnmacht, die er dem Tempel gegenüber empfand, unerträglich wurde. Das war seine Art zu rebellieren. Der Tempel stahl ihre Angehörigen, also stahl er des Tempels wertvolle Fische. Bendik war sich zwar bewusst, dass es nicht mehr als eine Trotzreaktion war, doch es gab ihm das Gefühl, zumindest etwas zu tun und dem Tempel Schaden zuzufügen.

Er hatte eins der Wasserlöcher erreicht. Rasch vergrößerte er das Loch, das jetzt nach Ende des Sommers wieder schnell zufror und am Morgen ganz geschlossen sein würde. Er ließ die Angelleine in das Wasser hinab und wartete. Er brauchte nicht lange auszuharren, als ein Rucken an der Leine ihm zu verstehen gab, dass ein Fisch angebissen hatte. Er schaute sich noch einmal um, als es leise am Rand des Sees knackte, aber es war nichts und niemand zu sehen. Langsam holte er die Leine ein. Nacheinander zog er zwei stattliche Fische auf das Eis und betäubte sie schnell mit einem Schlag auf den Kopf. Ein schöner, schneller Fang. Er hatte schon einmal zwei Stunden lang kniend in der Kälte warten müssen. Und je länger man sich hier in der Dunkelheit aufhielt, umso größer war die Gefahr, entdeckt zu werden. Aber heute würde alles gut gehen und morgen würde es gebratenen Fisch geben. Ihm lief schon das Wasser im Mund zusammen, als er sich das morgige Mahl ausmalte. Auch wenn der Tempel es wahrscheinlich nie erfahren würde, so tat dieser mit den Fischen ihm und seiner Familie zur Abwechslung mal was Gutes. Er rollte die Leine ein und steckte sie in seinen Beutel. Als er nach den Fischen griff, fühlte er, wie kalter Stahl auf seine rechte Schulter gelegt wurde. Eine tiefe Stimme sagte:

„Haben wir dich endlich, Bursche. Wir haben dich schon seit einiger Zeit im Auge. Eine falsche Bewegung und ich schlage dir den Kopf ab!"

Bendik wurde erst heiß, dann kalt. Man hatte ihn letztendlich erwischt. Er hatte immer gedacht, dass er vorsichtig genug sei. Er hatte nur seinen Freunden davon erzählt, aber nie, wann und an welchem der Teiche er seine Raubzüge unternahm. Vielleicht war ihm in der Schänke nach einer Pulka zuviel etwas herausgerutscht und dann zu jenen Ohren gelangt, für die es nicht bestimmt war. Sie waren auch mit den Resten immer vorsichtig gewesen, sodass sich Nachbarn nicht über den plötzlichen Fischreichtum wundern konnten. Aber jemand musste den Tempelwachen etwas verraten haben. Sie mussten einigen Aufwand betrieben haben, um ihm aufzulauern. Das war recht ungewöhnlich, meistens wurden die Fischdiebe von den Teichwächtern gefangen, die nachts regelmäßige Runden drehten. Aber es waren keine Teichwächter in der Nähe gewesen, dessen war sich Bendik sicher. Er streckte die Arme aus, um zu signalisieren, dass er unbewaffnet war und sich nicht wehren würde. Seine Arme wurden unsanft auf den Rücken gedreht und die Hände fest zusammengebunden. Er wurde grob am Kragen in die Höhe gezogen und mit einem Stoß in die Richtung dirigiert, in die er gehen sollte. Er schaute sich vorsichtig um und sah, dass er tatsächlich von Tempelwachen gefangen genommen worden war. Er erkannte außerdem die Wache, der er auf dem Fest mit dem Schwert entgegengetreten war. Das bestätigte ihm seinen Verdacht, dass seine Gefangennahme kein Zufall war. Hatten sie ihn die ganze Zeit schon beobachtet? Hatte es wirklich nur mit dem Fest zu tun oder steckte noch mehr dahinter? Daina kam ihm wieder in den Sinn. Hatte das Ganze vielleicht mit ihr zu tun? Es gab Regeln, wie man sich gegenüber Priestern und Priesterinnen zu verhalten hatte, und Fehlverhalten wurde wie alles hart bestraft. Aber warum hatten sie dann bis jetzt gewartet? Als sie den Rand des Sees erreichten, wartete eine kleine Gestalt auf sie. Bendik erkannte Geret, einen Cousin von Mikell. Geret hielt den Kopf gesenkt und schaute Bendik nicht in die Augen.

„Hier, dein Lohn!"

Ihm wurden die zwei Fische in die Hand gedrückt, die Bendik zuvor gefangen hatte.

„Hoffentlich erstickst du dran!", knurrte Bendik leise und Geret zuckte zusammen.

„Los, weiter!"

Wieder bekam Bendik einen Stoß in den Rücken und er setzte sich in Bewegung. Er wusste, welches Schicksal ihn erwartete. Er würde für eine Zeit lang in einer der eisigen Zellen im Tempel schmachten und dann auf dem Altar als Opfer für die Eisgöttin landen. Er wurde in einen bereitstehenden Schlitten verfrachtet und schnell näherten sie sich auf dem festgefahrenen Schnee der Straße dem Tempelbezirk. Am Tor angekommen, wurde er unsanft vom Schlitten gezerrt. Er hatte nur einen Moment Zeit, sich umzuschauen. Das Tor war auch in der Nacht schwer bewacht. Hier kam niemand unbemerkt rein oder raus. Allerdings schienen auf dem Wehrgang, der die Außenmauer krönte, keine Wachen unterwegs zu sein. Ein Stoß in den Rücken unterbrach seine Betrachtungen und bedeutete ihm, sich vorwärts zu bewegen. Zu Fuß betraten sie den Tempelbezirk. Auf dem Weg zum Tempel hielt Bendik die Augen offen und prägte sich den Weg, den sie nahmen, genau ein. Der Tempelbezirk war nachts hell erleuchtet und der weiße, das Licht reflektierende Schnee verstärkte die Helligkeit noch einmal. Bendik war noch nie innerhalb des Tempelbezirkes gewesen und kam aus dem Staunen gar nicht heraus. Die Häuser der Angestellten waren Paläste im Vergleich zu den einfachen Hütten, in denen die Dorfbewohner lebten. Alle Häuser waren durch Brücken und Stege miteinander verbunden, als seien sie ein einziges, riesiges Gebäude. Staunend stellte Bendik fest, dass man sich durch den ganzen Tempelbezirk bewegen konnte, ohne einen Fuß auf die Straße setzen zu müssen. Aber diese Verbindungen zwischen den Häusern schienen kaum genutzt zu werden. Obwohl es mitten in der Nacht war, tummelten sich auf den Straßen des Tempelbezirkes erstaunlich viele Leute, die Brücken hingegen zeigten deutliche Spuren von Zerfall. Ihm fiel auch die gedrückte Stimmung auf. Niemand blieb stehen, um sich zu grüßen oder gar zu unterhalten. Alle schauten zu Boden und eilten hektisch ihrer Wege. Bendik bekam immer wieder einen Stoß in den Rücken, der ihn ermahnte, weiterzugehen, wenn er mit offenem Mund stehen geblieben war, aber die Neugier ließ ihn immer wieder innehalten. So wie Bendik es sah, konnte man von den Dächern auf die Mauer gelangen und von dort in den an der Mauer aufgetürmten Schnee springen, ohne sich dabei ernsthaft zu verletzen. Ein erneuter Stoß in den Rücken holte ihn wieder aus seinen Gedanken und führte ihm vor Augen, dass er erst einmal aus dem Gefängnis, das unerbittlich näher kam, entkommen musste, um überhaupt auf die Dächer gelangen zu können. Das Gefängnis schien mitten im Herzen des Tempelbezirkes zu liegen. Mitten in diesem Gewusel aus Priestern, die mit tief in die Gesichter gezogenen Kapuzen einzeln oder in einer Prozession schweigend durch die Straßen schritten und den Bediensteten und anderen Angestellten, die mit eiligen Aufträgen versehen, um die Priester herumhasteten, bemerkte Bendik plötzlich ein bekanntes Gesicht. Es war schon vorbei, als ihm einfiel, dass es der Koch war, der hin und wieder persönlich zum Metzger ins Dorf kam. Er schaute zurück, um noch einen Blick auf ihn zu erhaschen, aber er war schon in der Menge verschwunden.

„Los weiter! Hör auf, in der Gegend rumzuglotzen!"
Wieder bekam Bendik einen Stoß in die bereits wunde Stelle am Rücken. Kurz darauf hatten sie das Zentrum des Tempelbezirkes erreicht. Bendik und die Wachen machten Halt vor einer kleinen, mit Eisen beschlagenen Tür, vor der zwei

Wachen standen. Die eine Wache grinste hämisch, als sie die Tür öffnete.

„Wie ich sehe, hat sich das Fischen gelohnt!"

Bendiks Bewacher lachten dröhnend und stießen ihn in den nur spärlich beleuchteten Flur, der hinter der Tür lag. Von dem Gang führten nach einigen Metern Wege nach links und rechts ab und Bendik wurde unsanft nach rechts dirigiert. Ein eisiger Hauch wehte durch die Gänge und ließ ihn bis ins Mark erzittern. Durch die kleinen Fenster in den Türen konnte er sehen, dass die Zellen direkt an der Außenwand des Gebäudes lagen. Er wurde in eine Zelle gestoßen und schlug hart auf dem Boden auf. Bevor er sich aufgerappelt hatte, fiel die Tür hinter ihm ins Schloß und man ließ ihn allein zurück. Mühsam kam Bendik auf die Beine und schaute sich um. Wände und Boden waren mit Eis bezogen. An der Wand stand ein Brett auf vier Beinen, auf dem eine schmutzige Matratze lag, darauf einige zerschlissene Decken. Zitternd nahm sich Bendik eine davon und wickelte sich darin ein. Es war eisig in der Zelle und schnell entdeckte er den Grund dafür. Vor dem Fenster waren keine Scheiben, nur Gitterstäbe aus Eis. Stetig fuhr ein kalter Wind durch das Fenster hinein und zog durch die Öffnung in der Tür hinaus. Er war zwar an Kälte gewöhnt, doch für seinen Raubzug hatte er die schwere, warme Jacke zu Hause gelassen, weil sie ihn nur behindert hätte. Bendik stellte sich auf die Zehenspitzen, bekam einen der eisigen Gitterstäbe zu fassen und rüttelte daran. Er gab keinen Millimeter nach, als ob er aus Eisen wäre. Bendik ließ ihn los und stellte fest, dass seine Hand trocken war. Das Eis der Gitterstäbe schmolz auch nicht durch Wärme. Er hatte ebenfalls schon Gerüchte gehört, dass zumindest ein Teil der Priester der Magie mächtig waren. Nun, die Gefängnisse waren auf jeden Fall verzaubert. Ratlos setzte sich Bendik auf sein karges Lager. Der harzige Geruch der Schwarzkieernadeln, mit denen die Matratze gefüllt war, stieg ihm in die Nase. Was sollte er nur tun? Er konnte doch nicht einfach auf seinen Tod warten. Die Augen fielen ihm zu und er merkte, jetzt wo die Aufregung der Gefangennahme verebbte, wie müde er war. Er konnte genauso gut noch ein paar Stunden schlafen, denn im Moment würde er nirgendwo hingehen. Vielleicht hatte er ja morgen eine Idee, wie er sich aus dieser Misere befreien konnte. Mit diesem Gedanken ließ sich Bendik auf das schmale Bett sinken und hüllte sich in die Decken ein. Doch der Schlaf ließ noch eine ganze Weile auf sich warten und er wälzte sich lange auf seinem harten Lager hin und her. Die Gedanken an seine Familie und was der Tempel mit ihnen machen würde, ließen ihm keine Ruhe.

Gerüchte um Bendik

Bendiks Mutter Elin saß am Küchentisch und versuchte mühsam, sich auf das Putzen des Seetangs zu konzentrieren, den es zum Abendbrot geben sollte. Bendik war nun seit zwei Tagen verschwunden und sie machte sich große Sorgen. Sie wusste, dass er nach dem Streit mit seinem Vater zu den Fischteichen gegangen war, um Fische zu stehlen. Er machte das häufig, wenn es Streit wegen des Tempels gab. Einmal hatte er ihr erklärt, dass er dies tat, um dem Tempel zu zeigen, dass er nicht alles mit ihnen machen konnte. Sie begriff dieses Verhalten nicht, denn meist bemerkte der Tempel ja nicht einmal, dass etwas gestohlen wurde. In diesem Punkt konnte sie ihren sonst so vernünftigen Sohn nicht verstehen, ahnte jedoch, dass in ihm ein Hass auf den Tempel brodelte, den sie nicht erfassen konnte. Sie hatte sich so sehr bemüht ihren Kindern beizubringen, dass man mit dem Tempel einfach leben und sein Handeln akzeptieren musste, wenn man überleben wollte. Vielleicht war sie doch zu milde gewesen. Und sie hätte ihre Kinder nicht so oft zu ihrem Bruder Sten gehen lassen sollen, doch Ando hatte seinen Cousin Evin so gern gehabt, dass sie es nicht übers Herz gebracht hatte, ihm den Umgang zu verbieten. Und als Bendik dann Dainas Entführung miterleben musste, hatte er sich eine Zeit lang an Ando gehalten und war so ebenfalls in Stens Einfluss geraten. Ihr Bruder hatte ihre Kinder mit seinem Hass verdorben und sie hatte dies nicht verhindern können. Bendik und Ando waren von der gleichen Starrköpfigkeit wie Sten es gewesen war. Elin seufzte, legte den Tang in die Schüssel, das Messer auf den Tisch, stand auf und ging zum Fenster. Sie hatte heute schon oft hier gestanden und hinausgestarrt, in der Hoffnung, dass ihr Sohn einfach die Straße hinunterkommen würde, müde von der Arbeit. Sie fürchtete sich schon lange vor dem Tag, an dem Bendik geschnappt werden würde. Irgendwann wurden sie alle gefasst. Einige Tränen rannen ihre Wange hinunter. Müde schüttelte sie den Kopf. Warum wollten die jungen Leute nie auf die Alten hören? Noch gab es keine Gewissheit, was mit Bendik geschehen war. Lebte er noch oder war er schon geopfert worden? Elin ging zurück zum Tisch und nahm das Messer wieder in die Hand. Resignation machte sich in ihr breit. Sie trauerte still, denn das war alles, was sie für ihren Ältesten noch tun konnte. Bis jetzt hatte sie Glück gehabt, dass ihre Familie von der Gier des Tempels verschont geblieben war, aber sie hatte sich schon lange damit abgefunden, dass es nicht so bleiben würde. Keine Familie wurde verschont. Was sollte sie auch tun? Der Tempel war zu mächtig. Sie machte sich noch größere Sorgen um Ando. Er hatte sich schon nicht mit Ilvas Entführung abgefunden, das Verschwinden seines Bruders konnte ihn komplett aus der Bahn werfen. Elin wollte ihn nicht auch noch verlieren. Sie hoffte, dass er sich ruhig verhielt, keine Aufmerksamkeit auf sich lenkte. Heute hatte Ulfrik endlich wieder eine Robbe gefangen und wollte sich beim Metzger und in den Geschäften umhören, wo er noch einige Dinge, die sie zum täglichen Leben brauchten, kaufen wollte. Auch Ando und Bendiks Freunde waren nach der Arbeit noch im Dorf unterwegs, auf der Suche nach Informationen. Ein kleiner Schlitten fuhr auf den Hof und Bendiks Mutter lief hinaus, um ihrem Mann beim Abladen des Fleisches zu helfen. Sie sah an seinen herabhängenden Schultern, dass er keine guten Nachrichten mitbrachte. Schnell verstauten sie das frische Fleisch in der Kühlkammer und gingen dann ins Haus. Ulfrik wusch sich die Hände und dann das Gesicht an der Waschschüssel, ging zum Tisch und ließ sich schwer auf einen Stuhl fallen. Seine Frau hatte ihn die ganze Zeit nicht aus den Augen gelassen und setzte sich ihm gegenüber.

„Nun erzähl schon. Was ist mit Bendik geschehen?"
Er seufzte tief und fuhr sich mit der Hand über die Augen.

„Man hat ihn gefangen genommen. Der Koch, der immer beim Metzger einkauft, hat gesehen, wie sie ihn gefesselt in den Tempelbezirk gebracht haben. Er hat sich zu den Zellen geschlichen, einen Blick durch einige der Fenster geworfen und Bendik schlafend in einer entdeckt."

Elin blinzelte mühsam einige Tränen weg, die sich in ihre Augenwinkel stahlen. Bendik war, wie sie befürchtet hatte, beim Stehlen erwischt worden und nun im Gefängnis des Tempelbezirkes verschwunden. Sie seufzte und ihr Mann legte seine Hand auf ihre. Sie sahen sich an und beide wussten, was diese Nachricht bedeutete. Bendik war verloren, es gab nichts, was sie noch für ihn tun konnten. In diesem Moment kam Ando laut polternd zur Tür hinein. Wütend warf er diese hinter sich ins Schloss.

„Er hat ihn verraten!", rief er in den Raum.

„Wer hat wen verraten?", fragte sein Vater und zog einen Stuhl vom Tisch weg, damit Ando sich setzen konnte. Doch der ignorierte den Stuhl und begann, im Raum auf und ab zu laufen.

„Geret! Der Cousin von Mikell. Wir haben gesehen, wie er Reste vom Fisch in die Abfallgrube hinterm Haus warf. Er wollte sich damit rausreden, dass er sie einem Teich im Wald gefangen hatte, aber dafür waren sie zu groß. Mikell hat anhand des Kopfes gesehen, dass es nur ein Fisch aus den Teichen des Tempels sein konnte."

Ulfrik stand auf, fing Ando ein und setzte ihn an den Tisch.

„Man kann diese Fische auch kaufen", wandte er ruhig ein.

Aber Ando schüttelte erregt den Kopf und sprang auf.

„Wir haben Geret überredet, uns zu erzählen, was wirklich passiert ist. Es hat nicht lange gedauert, dann ist er mit der Wahrheit rausgerückt. Für zwei stinkende Fische hat er Bendik ans Messer geliefert!" Tränen liefen ihm nun über die Wangen und er ließ sich wieder auf den Stuhl fallen.

„Erst Ilva und nun Bendik", schluchzte er. „Hört das denn niemals auf?"

Seine Mutter setzte sich neben ihn und zog ihn in ihre Arme. Mit Tränen in den Augen sah sie ihren Mann an, während Ando an ihrer Schulter weinte. Ulfrik schaute seine Frau und seinen Sohn nur traurig an. Er war müde, die schwere Arbeit als Robbenfänger setzte ihm zu. Er wusste, dass er wütend sein sollte, doch was brachte ihm das? Er hatte schon vor langer Zeit gelernt, dass es nur zwei Wege gab: sich mit dem Tempel und seinen Verbrechen abfinden und leben oder sich dagegen auflehnen und auf dem Altar sterben. Er hatte sich, wie Elin auch, für das Leben entschieden. Wie er Ando nun so weinen sah, fragte er sich, ob er nicht bald auch seinen zweiten Sohn an den Tempel verlieren würde. Ando war jung und hitzköpfig. Ulfrik hoffte, dass er rechtzeitig erwachsen und vernünftig werden würde, um einzusehen, dass man gegen den Tempel nichts ausrichten konnte, dass man nur sein Leben und das seiner Angehörigen unnötig riskierte. Jetzt wo sie Gewissheit hatten, dass Bendik wegen Diebstahls gefangen genommen worden war, mussten sie damit rechnen, dass sie künftig stärker beobachtet wurden. Ando musste unbedingt Ruhe bewahren, wenn sie nicht alle im Gefängnis enden wollten. Langsam verebbten Andos Schluchzer und seine Mutter strich ihm noch einmal über die Haare.

„Ich mache dir einen Tee, dann gehst du am besten ins Bett und schläfst dich aus. Du bist völlig erschöpft."

Sie ließ Ando los. Er sah sie mit verquollenen Augen an.

„Wir können doch nicht einfach nichts tun! Wir müssen Bendik helfen! Wir können ihn doch nicht einfach seinem Schicksal überlassen, oder?"

Seine Eltern sahen ihn und dann sich an, doch sie gaben ihm keine Antwort. Ando sprang auf.

„Wenn ihr nichts tut, dann ist es eure Sache, aber ich kann nicht einfach stillsitzen."

Damit rannte er zur Tür, riss sie auf und warf sie krachend hinter sich ins Schloss. Elin wollte ihm hinterherlaufen, aber Ulfrik hielt sie zurück.

„Lass ihn. Er fängt sich schon wieder. Ich werde nachher in der Schänke nachschauen, da werde ich ihn sicher finden."

Elin sah ihren Mann zweifelnd an, ließ es aber dabei. Sie stand auf und sagte:

„Es gibt gleich Abendbrot, zieh die Stiefel aus und setz dich noch einen Augenblick an das Feuer."

Sie ging in die Küche und er schaute ihr hinterher. Der Streit mit Bendik ging ihm durch den Kopf. Seine letzten Worte zu ihm waren gewesen, dass er sich mit dem Tempel abfinden musste. Aber nun wusste er nicht mehr, was er glauben sollte. Er hatte sich sein ganzes Leben abgefunden und nun raubte ihm der Tempel seinen ältesten Sohn und sein Jüngster war auf dem besten Weg, ebenfalls im Gefängnis des Tempels zu landen. Würde er sich auch damit abfinden können? Das war die Frage, die Ulfrik sich stellte. Hatte Bendik vielleicht Recht damit, dass dem Tempel Einhalt geboten werden musste? Und was war dann? Ohne den Tempel konnten sie doch nicht überleben. Die meisten Bewohner Isgorats arbeiteten für den Tempel. Wenn dieser nicht mehr wäre, würde doch alles zusammenbrechen. Wer würde dann die Bevölkerung versorgen?

Schänkengeflüster

Wütend zog Ando die Tür der Schänke hinter sich zu. Seine Augen glitten suchend durch den Raum und machten den Tisch aus, an dem sich schon einige der Verschwörer versammelt hatten. Diesmal waren auch Mikell und Valton da. Sie sahen Ando und winkten ihn zu sich. Er schaute sich auf dem Weg zu ihnen im Schankraum um. Er war gut besucht und niemand achtete groß auf die mit gesenkten Stimmen angeregt diskutierenden Männer an dem großen Tisch in der hintersten Ecke. Ando setzte sich zu ihnen.

„Wir haben gerade erzählt, was wir von Geret erfahren haben", berichtete Valton.

Mikells Gesicht verdüsterte sich bei dem Namen und der Metzger Joran schlug ihm auf die Schulter.

„Du kannst nichts dafür. Der Tempel hat seine Spitzel überall." Joran warf mit zusammengekniffenen Augen einen Blick in den Schankraum. „Wahrscheinlich sitzt gerade wieder einer hier und versucht, uns zu belauschen. Wenn wir nur wüssten, wer."

„Wahrscheinlich." Auch Mikell warf einen scharfen Blick in den Raum. „Wir können nur hoffen, dass Geret auch dicht hält. Wenn er uns verrät, werden die Wachen bald kommen."

„Der wird schon nichts sagen. Ich denke wir haben ihm deutlich gemacht, was ihm und seiner Familie passiert, wenn bekannt wird, dass er Bendik an den Tempel ausgeliefert hat." Valton war sich sicher und starrte die anderen um Bestätigung heischend an.

Joran wiegte besorgt den Kopf.

„Ich hoffe es, denn ich werde euch nicht helfen können, selbst wenn er euch bei mir und nicht direkt im Tempel anzeigen sollte. Bei Gewalttaten hat der Tempel immer das letzte Wort und ihr wisst ja, ich muss Bericht erstatten und irgendwie wissen die immer, wenn ich etwas auslasse."

Mickell klopfte Joran beruhigend auf den Arm.

„Du bist der beste Ortsvorsteher, den wir je hatten. Keiner schlichtet Streit besser und es ist schon eine Meisterleistung, wie du es schaffst die Angelegenheiten vor dem Gesandten des Tempels so herunterzuspielen, dass sie nur noch als Kleinigkeiten erscheinen."

Joran musste bei dem Lob schmunzeln, wurde aber schnell wieder ernst.

„Ich habe gesehen, wie die Tempelwachen heute Morgen Emek aus dem Laden geholt haben."

Valton schlug mit der Faust auf den Tisch.

„Er hat abfällige Bemerkungen über den Tempel gemacht und der Laden war voll gewesen. Verdammt. Ich habe ihm schon einige Male gesagt, dass er vorsichtig sein muss, wann er was sagt. Es muss wirklich jemand gelauscht haben. Der Spitzel muss hier aus dem Dorf kommen. Vielleicht gibt es sogar mehrere."

Auch Valton warf einen misstrauischen Blick in den Schankraum, doch niemand schenkte ihnen Beachtung. Mikell nickte zustimmend.

„Vielleicht, aber die Tempelwachen halten mit Sicherheit auch Ausschau nach Unruhestiftern." Er grinste schief.

„Auch heute habe ich Tempelwachen im Dorf gesehen und die anderen Arbeiter meiner Kolonne erzählen das Gleiche."

„Ja!", stimmte Valton zu. „Sie wollen uns mit ihrer Anwesenheit einschüchtern."

„Und? Lassen wir uns einschüchtern?", fragte Ando in die Runde. Schweigen legte sich über den Tisch.

„Wie haben deine Eltern es aufgefasst?", fragte Mikell dann.

Ando schüttelte mit einem angewiderten Gesichtsausdruck den Kopf.

„Sie haben es abgehakt, als ob er nicht zu unserer Familie gehört. Wahrscheinlich sitzen sie jetzt in aller Ruhe beim

Abendbrot." Tränen traten in seine Augen und er blinzelte sie mühsam weg. „Ich halte das nicht mehr aus!" flüsterte er heiser.

Joran legte seine Hand auf seinen Arm und drückte zu.

„Ich weiß noch nicht, was wir machen können und wie. Aber diesmal geben wir keine Ruhe. Das Maß ist voll."

Die anderen schauten einander schweigend an.

„Was wir brauchen, sind Informationen!", meinte Mikell dann nach einer Weile nachdenklich.

In dem Moment platzte Oma in die Schänke. Sie erspähte Mikell sofort.

„Hier hast du dich versteckt! Wir warten schon seit einer halben Ewigkeit mit dem Abendbrot auf dich. Was fällt dir ein, nicht zu kommen!"

Sie kam erstaunlich schnell an den Tisch, der Beutel in ihrer Hand schwang bedrohlich hin und her. Im Schankraum war es still geworden und Mikell stieg die Röte ins Gesicht. Oma gelang es immer wieder, ihn in Verlegenheit zu bringen.

„Ich wäre gleich gekommen!", sagte er eher zu sich selbst.

„Häh? Ich kann dich nicht verstehen!" brüllte Oma.

Mikell holte Luft:

„Ich …"

Oma hatte in diesem Augenblick einen Mann mittleren Alters an einem Tisch in der Nähe entdeckt. Er versuchte, sich in den Schatten zu verstecken, aber Omas scharfe Augen hatten ihn ausgemacht.

„Hallo Arik!", krähte sie durch den ganzen Raum. „Was machst du hier? Hat Urte dich wieder vor die Tür gesetzt?" Sie kicherte schrill. „Hast eine schöne neue Jacke an, muss teuer gewesen sein. Wovon hast du die denn bezahlt, wo du doch letzte Woche kein Geld für die Salbe hattest?"

Oma beäugte ihn scharf und hatte erfolgreich die Aufmerksamkeit auf den Mann gelenkt.

„Ja, Arik, wo hast du das Geld her?", fragte nun auch Valton und erhob sich.

Arik wurde blass, stand hastig auf und ging rasch in Richtung Tür. Dort wurde er vom Wirt abgefangen.

„Die Pulka ist nicht kostenlos!"

Die Stimme des Wirtes war gefährlich leise. Zitternd suchte Arik in seinen Taschen nach Münzen und verstreute sie auf dem Boden. Während Arik sie einsammelte waren Valton, Ando und der Metzger bei ihm, dicht gefolgt von Oma, Mikell und den anderen.

„Wohin so eilig, Arik?"

„I… Ich mu… mu… muss n… nach Hau… Hause." In seiner Aufregung begann Arik zu stottern.

„Ach wirklich? Ein wenig Zeit hast du doch noch. Wir wollen uns mit dir unterhalten."

Der Metzger packte ihn am Arm und schob ihn zur Tür hinaus. Der Wirt hielt Valton kurz zurück und drückte ihm einen Schlüssel in die Hand.

„Für den Schuppen." Seine Stimme war so grimmig wie sein Gesicht.

Ariks Gejammer wurde ignoriert, während er in den geräumigen Schuppen gestoßen wurde. Sein Atem ging stoßweise und Schweiß lief ihm das Gesicht hinunter, während er zusah, wie er eingekreist wurde. Ando hatte die Fackeln angezündet und nun starrten alle schweigend auf den schwitzenden, verängstigten Mann.

„Wie konntest du nur?", stieß Mikell schließlich hervor.

„Ich w… weiß n… nicht wa… was du m… m… meinst."

Valton platzte der Kragen. Er packte Arik an seiner Jacke und schüttelte ihn.

„Du weißt sehr wohl, was wir meinen. Du spionierst für den Tempel, so wie dein verlogener Sohn auch. Wen hast du schon alles verraten?"

Er stieß Arik zu Boden.

„I… Ich w… w… weiß n…"

Ando trat ihm in die Seite und Arik krümmte sich stöhnend zusammen.

„Geret hat meinen Bruder an die Tempelwachen verpfiffen. Die Fische müssen euch doch prima geschmeckt haben." Er trat noch einmal zu.

„Und woher wussten die Tempelwachen, dass meine Ilva das richtige Aussehen hat? Das muss ihnen doch jemand erzählt haben." Joran war an den am Boden liegenden Mann herangetreten, kniete sich zu ihm hinab und drehte ihn auf den Rücken.

„B... Bitte!", flehte Arik, doch Joran schlug ihm hart ins Gesicht.

„Meinem Mädchen hat Flehen nichts genutzt. Deinetwegen ist sie tot, ist es nicht so?"

„Hast du Emek auch verpfiffen? Und den Wachen gesteckt, welche Kinder sie auf dem Fest einsammeln sollen?" Auch Valtons Faust landete in Ariks Gesicht.

„B... Bitte. I... Ich m... m... musste es t... tun. S... Sie hä... hätten s... s... sonst G... Ge... Geret g... genommen."

Der Freund von Emek trat zu.

„Also lieferst du lieber andere ans Messer?"

Arik krümmte sich unter einem weiteren Tritt zusammen.

„Wer noch?"

„I... Ich w... weiß es n... n..."

Schläge und Tritte prasselten auf ihn ein.

„Wer noch?"

„I... Ich w... weiß e... es nicht!"

Die Männer standen schwer atmend um Arik herum und schauten auf ihn hinab.

„Was machen wir jetzt mit ihm? Der verrät uns doch an den Tempel", fragte Ando.

„N... Nein, b... b... bitte. I... Ich s... s... sage k... kein W... Wo... Wort."

Der Metzger zog ihn hoch.

„Das will ich dir auch raten. Wenn auch nur einer von uns von den Tempelwachen gefangen genommen wird, bist du dran, egal ob du etwas verraten hast oder nicht. Dann werden du und deine Familie wünschen, dass ihr auf dem Altar landen würdet. Dein Sohn wäre zuerst dran. Hast du das verstanden?!" Joran schüttelte den geschundenen Mann und der nickte verzweifelt.

„A… Aber d… die W… Wa… Wachen …"
Joran schüttelte ihn erneut.

„Dann sorge dafür, dass sie glauben, dass alles in Ordnung ist!"
Arik nickte heftig.

„J… Ja, d… das g… geht."
Dann brachten die Männer Arik nach Hause und luden ihn vor seinem Haus ab. Seine Frau hatte schon auf ihn gewartet, öffnete die Tür und kniete mit einem Aufschrei bei ihm nieder.

„Was ist passiert?"

„Er hat zuviel geredet!" Erschrocken sah sie in Jorans grimmiges Gesicht und dann in die ebenso finsteren Gesichter der anderen.

„Besser ihr verschwindet von hier. Verräter haben hier nichts zu suchen."
Sie sah Joran verständnislos an.

„Aber wo sollen wir denn hin?"

„Fragt doch eure Freunde im Tempel!" Damit wandte Joran sich ab.
Ando trat Arik noch einmal in die Seite.

„Kein Wort!" Er warf der Frau noch einen finsteren Blick zu und ging dann zusammen mit Mikell und Valton weg. Auch die anderen ließen Arik bei seiner schluchzenden Frau liegen und zerstreuten sich.
Ando ging nach Hause. Er ignorierte die Frage seines Vaters und ging direkt in das Zimmer, das er sich mit Bendik teilte. Ihm war klar, dass der heutige Abend harte Konsequenzen haben konnte, aber sie hatten zum ersten Mal nicht nur dagesessen und geredet. Sie hatten einen Spion entlarvt

und zum Schweigen gebracht. Dass der Tempel seine Spione in den Dörfern hatte, ahnten sie schon lange. Aber sie hatten sie hinter jedem, der nicht direkt aus dem Dorf kam, vermutet. Die Steuereintreiber, einige der Händler auf dem Markt, von denen man nicht wusste, woher sie kamen. Aber sie hatten nie erwartet, dass jemand aus der Dorfgemeinschaft für den Tempel spionierte. Ando legte sich auf sein Bett. Das war ein Punkt, wo sie ansetzen konnten. Sie mussten herausfinden, wer die Spitzel waren und ihnen das Handwerk legen.

Ismann fragt nach

Bendik wurde von lauten Stimmen vor seiner Zelle geweckt. Gestern Abend hatte man einen weiteren Gefangenen gebracht und ihn in eine Zelle weiter den Gang hinunter gesperrt.

„Beweg dich!", hörte er die Stimme einer Tempelwache durch seine Tür dringen. Mit ein paar Schritten war er dort und legte das Ohr lauschend an das Holz.

„Lasst mich los!"

Bendik zuckte zusammen. Er kannte die Stimme. Sie gehörte zu Emek dem Algenverkäufer. Sein nörgelnder, durchdringender Tonfall war unverkennbar. Ein paar dumpfe Schläge, gefolgt von einem Stöhnen, verrieten, dass die Wachen Emek mit Gewalt Beine machten.

„Los jetzt, der oberste Priester wartet nicht gerne!"

Bendik lief ein Schauer den Rücken hinunter. Emek wurde zum obersten Priester gebracht, das konnte nichts Gutes bedeuten. Ihm fielen gleich mehrere Geschichten ein, die Sten ihm über den obersten Priester und seine Kräfte erzählt hatte. Er lauschte noch eine Weile Emeks Gezeter, das sich langsam entfernte und schließlich verstummte. Mit Sorgenfalten auf der Stirn ging Bendik zurück zu seinem Lager und ließ sich darauf nieder. Emek war schon immer unvorsichtig gewesen, wie sein Onkel Sten. Immer wetterte er gegen den Tempel und scherte sich nicht darum, ob ihn jemand hörte. Er hatte schon einige aus seiner Familie an den Tempel verloren und er war so voller Wut, die dafür sorgte, dass er einfach nicht den Mund halten konnte.

Ismann wartete ungeduldig in dem eigens für Befragungen vorgesehenen Raum, der direkt neben den Gefängniszellen lag. Er hatte extradicke Mauern, die zusätzlich mit dicken Teppichen abgehängt waren, denn er wollte nicht, dass die Schreie der Gefangenen den gesamten Tempel unruhig machten. Er sah sich ein letztes Mal um. Das Becken war mit eiskaltem Wasser gefüllt. Ein Feuer brannte in einem kleinen Kamin, dem einzigen im ganzen Tempel, aber es war nicht da, um Wärme zu spenden. In ihm glühte ein Brandeisen, für den Fall, dass Ismann mit dem Untertauchen nicht weiterkam. Auf einem Tisch lag noch eine Peitsche, an deren Riemenenden je ein Eisendorn eingearbeitet war, sowie eine Schüssel mit Salzwasser, dazu noch ein paar andere Werkzeuge, mit denen man wunderbar schneiden, bohren und quetschen konnte. Zwei ihm treu ergebene Diener standen bereit, um ihm bei der bevorstehenden Befragung zur Hand zu gehen.

Die Tür wurde geöffnet und Ismann wandte sich mit einem bösen Lächeln auf den Lippen den Männern zu, die den Raum betraten. Der Gefangene wurde ihm vor die Füße geworfen und bevor sich dieser aufrappeln konnte, packten ihn die Diener, banden seine Hände auf den Rücken und seine Füße mit dem Ende eines langen Seils zusammen. Dieses wurde durch einen Ring, der über dem Wasserbecken in der Decke verankert war, geführt. Dann wurde Emek von den Dienern in die Höhe gezogen, sodass er kopfüber über dem Wasserbecken hing. Ismann näherte sich ihm und starrte ihn durchdringend an.

„Wie ist dein Name?"

Emek spuckte ihm ins Gesicht.

„Das geht dich einen Scheißdreck an. Lass mich sofort runter!" Emeks Stimme war hassverzerrt und er wand sich heftig, um sich von den Fesseln zu befreien. Ismann nickte den Dienern zu und die ließen Emek kopfüber in das Becken gleiten. Als er krampfhaft zu zucken anfing, zogen sie ihn wieder hoch. Ismann sah ihm mit kalten Augen zu, wie er hustete und Wasser spuckte.

„Wie ist dein Name?"

Emek keuchte, hustete und presste dann die Lippen zusammen. Erneut landete er im Wasser und als er wieder hochgezogen wurde, waren seine Bewegungen schon deutlich lahmer. Ismann packte ihn an den Haaren und hielt ihn fest, sodass er ihm in die Augen sehen konnte.

„Wir können dieses Spiel bis in alle Ewigkeit weitertreiben. Ich will deinen Namen wissen. Du wirst mir sagen, mit wem du dich triffst und worüber ihr redet." Mit Zufriedenheit sah Ismann Angst in Emeks Augen treten. Er konnte sehen, wie die ersten Gesichter in Emeks Gedanken auftauchten, noch verschwommen, aber immer deutlicher. Doch bevor er Genaueres erkennen konnte, senkte Emek die Lider und unterbrach so den Kontakt.

„Mein Name ist Emek und mehr wirst du nicht von mir erfahren!"

Ismann riss an seinen Haaren, sodass Emek vor Schmerz die Augen aufriss.

„Das werden wir sehen. Ich finde schon heraus, was du weißt. Du kannst nichts vor mir verbergen!" Er ließ Emek los und bedeutete den Dienern, ihn vom Seil zu nehmen. „Ich sehe schon, dass du ein besonders harter Fall bist, aber ich werde deine Zunge schon zu lösen wissen."

Die Diener rissen Emek das Hemd vom Oberkörper und fesselten ihn an die Säule in der Mitte des Raumes. Ismann nahm die Peitsche zur Hand und trat vor Emek, damit er gut sehen konnte, was ihn gleich erwartete. Ismann sah ihm tief in die Augen, erkannte aber nur den Hass auf den Tempel und den Schmerz über die verlorenen Angehörigen.

„Wenn du mir sagst, was ich wissen will, dann verschone ich deine Familie." Er starrte Emek gespannt an und sah wie es in ihm arbeitete. Gedanken formten sich, aber dann wurden sie erneut von Hass verdrängt, bevor sie für ihn erkennbar wurden. Emek verzog verächtlich das Gesicht.

„Das glaube ich dir nicht!"
Ismann wurde allmählich zornig.
„Wie du willst!"

Er trat hinter Emek und holte aus. Emeks Schrei, als die Peitsche seine Haut aufriss, war Musik in seinen Ohren. Dieser Mann war anscheinend doch nicht so stark, wie er tat. Immer und immer wieder traf die Peitsche. Als Emeks Stimme langsam heiser wurde, entschied Ismann, dass er wohl genug hatte. Er tränkte den Schwamm mit dem Meerwasser und rieb ihn über die offenen Wunden auf Emeks Rücken. Sein Stöhnen ließ Emeks ganzen Körper erzittern und Ismann einen wohligen Schauer den Rücken herunterlaufen. Wie sehr er diese Befragungen liebte. Nichts machte ihn so lebendig, wie anderen Schmerzen zuzufügen. Aber noch hatte er nicht erfahren, was er wissen musste.

Er packte Emek an den Haaren und zog seinen Kopf hoch. Mühsam öffnete dieser die Augen.

„Mit wem triffst du dich. Wer sind deine Mitverschwörer?" Ismann starrte ihn gebannt an, stellte den Kontakt zu Emeks Gedanken her und sah das Gesicht eines kleinen Mädchens und einer rundlichen, lachenden Frau. Er spürte die Liebe, die der Gefangene zu den beiden empfand. Er zog fester an Emeks Haaren und riss Büschel davon heraus. „Mit wem triffst du dich? Zeig es mir!"

„Zeigen? Wie …?" Emek starrte ihn erst verständnislos an, dann schlich sich Verstehen auf seine Gesichtszüge. Er presste die Lippen zusammen und die Bilder von seiner Familie wurden klarer. Er sah Ismann herausfordernd an und dieser begriff den Fehler, den er soeben begangen hatte. Von diesem Gefangenen würde er nur noch seine Familie zu sehen bekommen. Nur an diese würde er noch denken. In einem Wutanfall griff Ismann erneut nach der Peitsche und schlug auf den Gefangenen ein, bis dieser leblos in den Fesseln an der Säule hing. Immer noch rasend vor Wut, trat er auf ihn ein, bis er Knochen brechen hörte. Dieses Geräusch ließ ihn schließlich innehalten.

„Sollen wir seine Familie herbringen lassen, ehrwürdiger Ismann?"

Einer der Diener war an ihn herangetreten und sah ihn fragend an. Ismann sah auf den zerbrochenen Körper vor sich und schüttelte den Kopf.

„Er ist tot, bevor wir sie hier haben. Nein. Werft ihn in eine Zelle und lasst ihn dort verrecken. Es wird noch andere geben. Diese werden nicht so widerstandsfähig sein." Er sah die beiden Diener an und sein Gesicht verzog sich zu einer grausamen Fratze. „Wir werden in nächster Zeit viel zu tun haben."

Er verließ die Folterkammer und überließ es den Dienern aufzuräumen. Allmählich legte sich seine Wut über seinen Fehler. Es war das erste Mal, dass er ihm unterlaufen war. Aber dieser Gefangene war auch ungewöhnlich widerstandsfähig gewesen und hatte auch sofort begriffen, was seine unbedachten Worte bedeuteten. Ismann blieb stehen, als ihm ein beunruhigender Gedanke kam. Was, wenn alle so waren wie er? Hass hatte ihm Kraft gegeben. Ismann schüttelte den Kopf und ging weiter. Das war unwahrscheinlich, beim nächsten Mal würde er erfahren, was er wissen musste.

Bendik hörte nach langer Zeit, wie wieder Wachen an seiner Tür vorbeigingen. Sie schienen etwas Schweres hinter sich her zu schleifen.

„Hartnäckiger Bursche!"

Bendik konnte den Respekt in der Stimme deutlich erkennen.

„Ja. Er muss nichts verraten haben, sonst hätte ihn der oberste Priester nicht so zugerichtet."

Bendik wurde kalt. Anscheinend wartete hier im Tempel noch ein schlimmeres Schicksal auf die Gefangenen als der Altar. Was hatte man nur mit ihm vor?

Interessante Neuzugänge

Der Schlitten glitt ruhig dahin. Die Weta schlief und Istra hing ihren Gedanken nach. Die Zeit im Sommerpalast hatte sie genutzt, um zur Ruhe zu kommen und ihr Gleichgewicht wiederzufinden. Die Begegnung mit Bendik hatte ihr mehr zugesetzt, als sie sich eingestehen wollte. Und die Eisgöttin selbst machte es schwer, dies zu vergessen. Istra war es ein Rätsel, dass die Eisgöttin soviel Interesse an ihren Erinnerungen zeigte und dabei nicht bemerkte, dass dies sie verwirrte und schwächte. Istra verstand, dass sich die Eisgöttin an schlechten Gefühlen ergötzte, und insgeheim verabscheute sie dies. Aber sie war doch ihr Instrument, ohne die Wächterin konnten die Opferungen nicht stattfinden. Warum also beschränkte sich Ewis nicht auf ihre Opfer, sondern quälte ihre Diener gleichermaßen? Darüber hatte Istra immer wieder nachgedacht und keine Antwort gefunden, außer dass die Eisgöttin nicht so vollkommen war, wie sie sein sollte. Aber diese Gedanken musste sie noch tiefer verstecken als ihre Erinnerungen. Istra war zu dem Schluss gekommen, dass diese regelmäßigen Erforschungen ihrer Gedanken und der damit verbundene Schmerz der Preis für das Amt waren und dass sie das ertragen musste. Sie hatte den Entschluss gefasst, alles in ihrer Macht Stehende zu tun, um diese Aufgabe zu erfüllen. Sie kannte ihren Platz und der war im Tempel. Es gab keine Alternative und ihre Vergangenheit und alles, was damit zusammenhing, war nicht mehr Teil ihres Lebens. Es half, wenn sie sich das nur oft genug sagte. Sie schaute zur Weta hinüber. In den letzten Wochen hatte sie ihre Kontrolle über diese weiter gestärkt. Istra schloss die Augen und dachte über die bevorstehende Aufgabe nach. Sie musste ein Opfer auswählen. Jetzt begann die Zeit der Opferungen. In den nächsten Wochen würde Ewis an jedem Tag vor einem Vollmond zur Mittagsstunde ein Opfer dargebracht werden. Das Gefängnis würden jetzt nach dem Sommer gut gefüllt sein. Ismann hatte sicher dafür gesorgt.

Der Schlitten wurde langsamer und sie konnte hören, dass der Kutscher mit jemandem sprach. Sie zog den Vorhang ein Stück zur Seite und sah, dass sie den Tempelbezirk erreicht hatten. Nach einigen Augenblicken ging es weiter in den Tempelbezirk hinein. Istra lauschte den veränderten Geräuschen, die durch den Vorhang in die Schlittenkabine drangen. Es wurde Zeit, die Weta aufzuwecken. Sie konzentrierte sich und neben ihr begann sich die Weta zu regen. Schatten huschten über ihr Gesicht und wie immer, wenn Istra sie aus der Bewusstlosigkeit holte, kämpfte sie gegen die Wächterin an. Die Weta gab den Kampf nach einer Weile auf und überließ Istra ihren Körper. Gerade rechtzeitig, denn der Schlitten hielt erneut und die Tür wurde geöffnet. Ismann persönlich reichte ihr die Hand und sie nahm sie der Höflichkeit halber. Dann verbeugte sie sich vor ihm und Ismann neigte huldvoll sein Haupt.

„Willkommen im Tempel, Wächterin. Wir haben schon auf Euch gewartet. Das innerste Heiligtum ist für die morgige Opferung bereit. Ihr könnt, nachdem ihr die Weta in ihre Gemächer gebracht habt, ein geeignetes Opfer aussuchen." Sein Blick streifte das nun ruhige Gesicht der Weta. „Wir haben einige interessante Neuzugänge in den Zellen." Damit verbeugte er sich noch einmal knapp vor Istra, warf der Weta erneut einen scharfen Blick zu und verschwand im Tempel. Istra schaute ihm mit gerunzelter Stirn nach. Was sollte das eben? Auch wenn es nicht ungewöhnlich war, dass der oberste Priester die Wächterin und die Weta nach ihrer Klausur im Sommerpalast in Empfang nahm, war sein Benehmen doch sehr ungewöhnlich. Vor allem der Blick, den er der Weta zugeworfen hatte, als ob er auf ihrem Gesicht Regungen erwartete, die nicht da sein sollten. Hatte er etwa von dem Zwischenfall auf dem Weg zum Sommerpalast erfahren? Istra war in dem Glauben gewesen, dass niemand ihre kurze Schwäche bemerkt hatte. Und dann diese Bemerkung über interessante Neuzugänge. Was für eine merkwürdige Wortwahl. Unwillig schüttelte Istra den Kopf, dann straffte sie die Schultern und führte die Weta in ihre gemeinsamen Gemächer. Dort angekommen, ließ sie diese wieder einschlafen. Sie wollte der Sache mit den Gefangenen auf den Grund gehen.

Istra wählt ein Opfer

Die Kapuze tief ins Gesicht gezogen, ging Istra zügigen Schrittes zu den Gefängniszellen. Selten waren alle besetzt, aber das war auch nicht nötig. Sie hatte sich schon vor der Sommerklausur die Insassen angeschaut und sich bereits für ein Opfer entschieden. Ein älterer, untersetzter Mann, der schon seit geraumer Zeit in der Zelle schmachtete. Er hatte im Hafen eine Schlägerei angefangen und dabei seinen Gegner schwer verletzt. Er war ein weitgereister Mann, der viele Erfahrungen und Erinnerungen in sich trug. Ein schönes Geschenk für die Eisgöttin. Istra wusste, dass es den Priestern lieber war, wenn die Gefangenen, die Verbrechen gegen den Tempel begangen hatten, so schnell wie möglich geopfert wurden, als abschreckendes Beispiel. Sie glaubten, dass es der Göttin gleich war, wer ihr geopfert wurde, aber Istra wusste es besser. Je mehr ein Opfer erlebt hatte, desto wertvoller war es für die Göttin. Denn mit jeder schmerzlichen Erfahrung, die ihr geopfert wurde, wuchs ihre Macht über die Menschen. Istra hatte den Gefängnistrakt erreicht. Sie schob ihre Kapuze aus dem Gesicht und gab sich den Wachen zu erkennen. Langsam schritt sie den Gang hinab und sah in jede Zelle. Anfangs waren ihr die Wachen noch gefolgt, doch sie hatte darum gebeten, sich die Gefangenen allein betrachten und mit ihnen sprechen zu dürfen. Und der Wächterin wurde niemals eine Bitte abgeschlagen, so ungewöhnlich sie auch war.
Sie fand ihr ausgewähltes Opfer schlafend in der Zelle, in der er nun schon seit vielen Wochen hauste. Sie atmete erleichtert auf, froh darüber, dass er noch da war und nicht, wie viele Gefangene, wegen der Kälte und Feuchtigkeit in der Zelle krank geworden und gestorben war. Sie ging weiter, weil sie wissen wollte, was Ismann gemeint hatte. Beim Blick in die vorletzte belegte Zelle zuckte sie zusammen, denn als sie das kleine Fensters in der Tür öffnete, hatte der

Gefangene ihr sein Gesicht zugewendet. Nun stand er auf und ging auf sie zu. Istra wich zurück, schloss aber das Fenster nicht, sodass der Gefangene nun zu ihr heraussehen konnte. Es war Bendik. Was machte er hier? Die Wachen hatten ihre Unruhe bemerkt und waren auf dem Weg zu ihr. Doch sie streckte ihnen eine Hand entgegen und schüttelte energisch den Kopf. Zögernd zogen sie sich wieder zurück. Diesen Kampf musste sie allein ausfechten. Sie hob den Blick und sah in Bendiks fragende Augen.

„Du kannst dich an mich erinnern, nicht wahr?" Bendik sah sie fest an, als er ihr diese Frage stellte.
Istra zögerte mit ihrer Antwort einen Herzschlag zu lang.
„Nein!" Ihre Antwort war wie ein Aufschrei.
Ein Lächeln umspielte Bendiks Lippen.
„Doch, das tust du."
Er starrte sie an und sie schaute zu Boden. Langsam, wie unter Zwang wanderten ihre Augen wieder nach oben. Als sich ihre Blicke erneut trafen, durchfuhr es Istra wie ein Blitz. Ungebeten kamen die Erinnerungen, bevor sie in den Tempel verschleppt wurde, in ihr hoch und liefen wie ein Film vor ihrem inneren Auge ab. Sie erlebte die Freude und Unbeschwertheit, die sie beim Spiel mit ihren Freunden empfunden hatte, die Geborgenheit, wenn sie von ihrer Mutter abends zu Bett gebracht worden war. Ihr Atem ging schneller und Panik machte sich in ihr breit, als sie merkte, dass die Weta ihre Schwäche nutzte und versuchte, ihr die Kontrolle über ihren Körper abzuringen.

„Daina!" Bendiks Stimme holte sie aus ihren Gedanken. „Geht es dir gut?"
Istra schwankte und ihr ohnehin schon blasses Gesicht wurde noch farbloser. Sie fing sich nur langsam. Sie wusste, dass sie den jungen Mann vor sich als nächstes Opfer auswählen sollte. Er war gefährlich für sie, für ihre Aufgabe, für alles, was sie aufgebaut hatte. Stumm stand sie vor ihm und starrte ihn an. Sie konnte nicht. Sie konnte ihn nicht opfern.

Dann würden ihre Erinnerungen verschwinden und sie mit ihnen. Und ganz tief drinnen wusste Istra, dass sie dazu noch nicht bereit war. Niemand wusste davon. Selbst, wenn sie zur Eisgöttin betete, verschloss sie diesen Teil in sich. Sie musste jetzt stark sein.

„Mein Name ist Istra. Daina ist schon lange tot!", sagte sie mit kalter, klarer Stimme. Innerlich atmete sie auf. Ja, das war die Istra, die sie sein wollte. Die Weta gab den Kampf auf. Istra wandte sich von Bendik ab, aber der traurige Blick, den er ihr zuwarf, gab ihr einen Stich mitten ins Herz. Sie schaute nicht zurück, sondern schritt gefasst auf die Wachen zu, die am Anfang des Ganges warteten.

„Bereitet den Gefangenen aus Zelle fünf für die morgige Opferung vor!", gab sie mit fester Stimme den Befehl und die Wachen verneigten sich tief vor ihr.

Bendik hatte die Ohren gespitzt und ihren Befehl gehört. Er wusste nicht, welche Nummer seine Zelle hatte, konnte sich aber erinnern, dass er an mehr als fünf Zellen vorbeigegangen war. Er holte erleichtert Luft. Er bekam noch eine Schonfrist. Tränen schossen ihm in die Augen. Daina war für immer verloren. Er hatte in ihrem Gesicht ihren inneren Kampf beobachtet und gesehen, wie das Mädchen Daina gegen die Priesterin verloren hatte. Er hatte sich immer wieder gefragt, was wohl aus ihnen geworden wäre, wenn sie nicht in den Tempel verschleppt worden wäre. Er seufzte und ließ sich schwer auf sein Lager fallen. In Gedanken versunken, merkte er nicht, dass erneut jemand vor seiner Zelle stand.

„He, du, Bursche!"

Bendik schreckte hoch, stand auf und ging zur Zellentür. Vor sich sah er einen alten Priester. Der Farbe seiner Robe nach zu urteilen, musste er in der Hierarchie weit oben stehen. Der Priester musterte Bendik mit kaltem Blick und es kostete Bendik alle Kraft, nicht unbehaglich die Augen niederzuschlagen und wegzublicken. Was wollte der Alte nur?

„Die Wächterin Istra hat sich lange mit dir unterhalten. Worum ging es?" Die Augen des Priesters schienen ihm direkt in sein Innerstes zu schauen.

„Nichts. Ich dachte nur, dass ich sie erkannt habe, von früher." Bendik stockte der Atem. Er hatte das Gefühl, dass unter dem stechenden Blick des Priesters seine Zunge gleich am Gaumen festfrieren würde.

„Und?"

Bendik schluckte und überlegte krampfhaft. Er musste aufpassen, was er jetzt sagte.

„Ich hatte mich geirrt."

Der Priester starrte ihn noch einen Moment lang an und nickte dann.

„Gut!"

Er wandte sich ab, ging den Gang hinunter und ließ einen verwirrten Bendik zurück. Bendik atmete tief ein und aus, um sich zu beruhigen. Allmählich schlug sein Herz langsamer. Doch das ungute Gefühl blieb.

Ismann ging den Gang hinunter auf die Wachen zu. Der Gefangene in Zelle zwölf hatte gelogen. Er hatte es genau in seinen Augen gesehen. Er war gefährlich. Ismann hatte aus einer verborgenen Nische die Begegnung zwischen Istra und Bendik beobachtet und gesehen, was er befürchtet hatte. Seit der Begegnung auf dem Weg zum Sommerpalast, von der ihm die Tempelwachen berichtet hatten, hatte er Bendik unter Beobachtung. Und was vorhin zwischen Bendik und Istra vor sich gegangen war, hatte seine schlimmsten Befürchtungen bestätigt. Dieser Gefangene störte die Konzentration der Wächterin und sie ließ es zu. Ismann erreichte die Wachen, die sich tief vor ihm verbeugten.

„Welchen Gefangenen hat die Wächterin gewählt?"

„Den aus Zelle fünf, ehrwürdiger Ismann." Die Wachen verneigten sich erneut.

„Die Wächterin hat ihre Meinung geändert. Bereitet den Gefangenen aus Zelle zwölf für die morgige Opferung vor."

„Jawohl, ehrwürdiger Ismann!"

Ohne die Wachen noch eines Blickes zu würdigen, machte sich Ismann auf den Weg zu den Gemächern der Weta und ihrer Wächterin. Er musste herausfinden, wie Istra zu dem Gefangenen stand.

Istra schreckte hoch, als es an der Tür klopfte und Ismann, ohne eine Antwort abzuwarten, eintrat. Sie hatte zur Eisgöttin um Stärke gebetet und erhob sich nun rasch von der Kniebank. Sie neigte den Kopf vor Ismann und wartete auf das, was er zu sagen hatte. Ismann kam nie nur so in ihre Gemächer. Wusste er von ihrem Geheimnis? Istra versuchte, ihr Gesicht ruhig zu halten, damit nichts von der Aufgewühltheit, die in ihr herrschte, nach außen drang. Ismann ließ seinen Blick durch das Zimmer schweifen. Die Weta schlief ruhig auf ihrem Lager. Sie war immer noch unter der völligen Kontrolle der Wächterin. Er sah auf Istra nieder, die immer noch mit gesenktem Kopf vor ihm stand.

„Wächterin!"

Istra hob den Kopf und Ismann neigte seinen leicht, als Anerkennung vor ihrem Rang.

„Wie ich sehe, habt Ihr die Klausur genutzt und Eure Macht über die Weta gefestigt."

Istra nickte.

„Ja, das habe ich, oberster Priester. Die Weta ist bereit für den kommenden Opferzyklus."

Ismann sah Istra prüfend an. Ihre Wangen waren bleich und ihre Züge zeigten eine kühle Ruhe. Sie hatte sich vollkommen unter Kontrolle. Sollte der junge Mann in Zelle zwölf ihre Konzentration in irgendeiner Weise durcheinanderbringen, so zeigte sie es nicht.

„Ihr werdet morgen den Gefangenen aus Zelle zwölf opfern. Er ist ein Querulant und gefährlich für die öffentliche Sicherheit."

Istra brauchte alle Kraft, um ihr Gefühle zu verbergen. Sie wusste nun, dass Ismann sie beobachten ließ.

„Mit Verlaub, oberster Priester, ich hatte meine Gründe den Gefangenen aus Zelle fünf zu wählen. Seine Lebenserfahrung ist ein wertvolles Opfer für die Eisgöttin."

Istra sah Ismann offen ins Gesicht, um festzustellen, ob ihre Erklärung seine Bedenken zerstreute. Doch auch er hatte sich vollends im Griff und sie konnte seine Gedanken nicht im Geringsten erahnen.

„Die Eisgöttin ist geduldig. Er wird das Opfer in zwei Monden sein."

Istra neigte den Kopf.

„Wie Ihr wünscht, oberster Priester."

Ismann sah noch einen Augenblick auf Istra hinab, versuchte eine Regung zu erkennen, aber Istra blieb ruhig. Ohne ein weiteres Wort verließ er das Gemach und ließ Istra zurück. Kaum hatte sich die Tür hinter Ismann geschlossen, schnappte sie nach Luft. Blut schoss ihr ins Gesicht und färbte ihre sonst so bleichen Wangen rot. Sie hatte das Gefühl, nicht mehr atmen zu können. Sie stürzte zum Altar und kniete verzweifelt nieder.

„Oh, ewige Eisgöttin, hab Erbarmen mit mir. Warum mussten unsere Wege sich kreuzen, warum konnte nicht alles so bleiben, wie es war?"

Bittere Tränen liefen über ihre Wangen. Hinter ihr regte sich die Weta auf ihrem Lager. Istra fühlte den Kampf, den sie verzweifelt focht. Sie kämpfte um ihr Leben, um ihre Erinnerungen, um sich selbst. Istra schaute die Weta an, war einen Moment versucht, sie einfach gehen zu lassen, doch dann gewann die jahrelange Konditionierung die Oberhand. Die Weta gehörte der Eisgöttin. Jetzt die Kontrolle zu verlieren, hieß zu versagen, die Eisgöttin zu enttäuschen, ja sie zu verraten. Ein Ruck ging durch Istra. Sie war Istra, die Wächterin. Sie war der Prüfung gewachsen, die ihr gestellt wurde. Denn dass es eine Prüfung war, erkannte sie nun. Die Eisgöttin wollte sie ganz für sich, ihren Körper, ihre Gedanken und Gefühle, ihre Seele. Für das Mädchen Daina war kein Platz mehr. Istra wandte sich wieder dem Altar zu und versank in Meditation. Hinter ihr erschlaffte die Weta auf ihrem Lager, sie hatte diesen Kampf wieder verloren. Istra stählte sich für den kommenden Tag, an dem sie für immer mit ihrer Vergangenheit abschließen würde. Sie ließ in sich keinen Platz für Bedauern. Sie öffnete sich ganz der Eisgöttin.

Innerer Kampf

Enttäuscht ließ sich Hanna wieder gegen die Wand ihres dunklen Gefängnisses fallen. So sehr sie auch kämpfte, Istra war stärker. Sie hielt ihren Blick auf den schmalen, hellen Spalt gerichtet, den Istra immer noch nicht geschlossen hatte. Doch seit Bendik das erste Mal in Istras Gedanken aufgetaucht war, hatte die Erinnerung an ihn Istra nicht wieder derart aus dem Gleichgewicht gebracht. Hanna sehnte sich danach, ihren Körper wieder zu spüren, wenn auch nur für einen Augenblick. Aber es war ihr nicht gelungen, so sehr sie sich auch gegen die Tür stemmte. Sie wusste aus Istras Gedanken, dass nun bald die Opferungen wieder losgehen würden. Ihr graute davor, denn dann würde sie wieder die Eisgöttin in ihrem Bewusstsein ertragen müssen. Sie glaubte nicht, dass sie das noch lange aushalten konnte, ohne den Verstand zu verlieren. Aber sie konnte auch nicht einfach aufgeben, das lag nicht in ihrer Natur. Sie hatte lange über die Dinge nachgedacht, die ihr in den letzten Wochen widerfahren waren und die sie aus Istras Gedanken entnommen hatte. Sie war zu dem Entschluss gekommen, dass sie so nicht leben wollte. Sollte sie es je schaffen, die Kontrolle über ihren Körper zurückzuerlangen, musste sie entweder Istra oder sich selbst töten, es gab keinen anderen Weg. Sie wollte kein Mordwerkzeug sein.

Beginn der Opferungen

Bendik schlief noch fest, als die Tür zu seiner Zelle aufgestoßen wurde. Er hatte noch bis spät in die Nacht wach gelegen und nach einem Ausweg gesucht, doch schließlich war er erschöpft eingeschlafen. Ohne große Worte wurde er vom Lager gerissen und ein Priester setzte ihm einen Becher mit einer bitter schmeckenden Flüssigkeit an die Lippen. Bendik musste husten und verschüttete einen Teil des Getränkes. Unter Schlägen in die Seite flößten ihm die Priester den Rest des Trankes ein. Die dunkelbraune Flüssigkeit kippten sie ihm ihm so schnell in den Mund, dass er kaum schlucken konnte, wobei Rinnsale seitlich aus seinen Mundwinkeln liefen und den Kragen seines Hemdes durchtränkten. Langsam wurde er müde und alles vor seinen Blicken verschwamm. Benommen merkte er, dass man ihm seine Kleider auszog und einen weiten Umhang um die Schultern warf. Geräusche drangen wie durch eine dicke Wolldecke zu ihm. Mit festem Griff um seine Oberarme schleiften die Priester ihn aus der Zelle einen Gang entlang. Gesang drang an seine Ohren, düster und unheilvoll. Er konnte nicht ausmachen, woher er kam. Dann versank alles um ihn in Dunkelheit.

Istra lauschte den Gesängen, die sich ihrem Gemach näherten. Sie und die Weta waren bereit, sich der Prozession anzuschließen, die im Gefängnistrakt begann, wo das Opfer geholt wurde, und dann zu den Gemächern der Weta und ihrer Wächterin führte. Sie würde in der Mitte des Zuges, nach den Fackelträgern und dem Opfer, vor den Priestern und Priesterinnen den Gang zum innersten Heiligtum entlangschreiten, getragen von den Gesängen. Sie hatte die halbe Nacht gebetet und meditiert und war nun wieder vollkommen gefasst. Die Tür öffnete sich und Istra und die Weta traten in den nur von den Fackeln der Träger erhellten

Flur. Istra hob ein wenig den Blick und konnte Bendik zwischen den zwei kräftigen Priestern hängen sehen. Er war kaum bei Bewusstsein und sie hielten ihn mit Mühe aufrecht. Nur mit größter Kraft hielt Istra ihr Gesicht ruhig. Obwohl Ismann ihr seine Entscheidung gestern mitgeteilt hatte, war es doch ein Schock zu sehen, dass es wahr war. Istra hatte die halbe Nacht versucht, sich darauf vorzubereiten, aber nun, da sie Bendik an der Spitze des Zuges sah, kamen ihr wieder Zweifel, ob sie dem gewachsen war. Sie war sich bewusst, dass Ismann sie genau beobachtete und dass ihr weiteres Schicksal von dieser Opferung abhing. Sie durfte nicht versagen. Der Zug setzte sich in Bewegung und bog in den Gang, der zum innersten Heiligtum führte.

Istra spürte Ismanns scharfen Blick, aber sie zeigte keine Regung. Sie schritt neben der Weta her. Auch diese wirkte völlig gefasst und kontrolliert. Sie hörte, wie Ismann hinter ihr aufatmete, und schaffte es nur mit Mühe, nicht erleichtert zu lächeln. Sie würde ihm zeigen, welche Stärke in ihr steckte und sein Vertrauen zurückgewinnen.

Istras Entscheidung

Istra betrat nach den Fackelträgern das innerste Heiligtum. Die Priester legten Bendiks Körper auf den Altar. Eine tiefe Trauer überkam sie und sie senkte den Kopf, damit niemand in ihrem Gesicht ihre Gefühle sah, die sie zu überwältigen drohten. Sie spürte Ismanns starren Blick in ihrem Rücken und riss sich zusammen. Sie schaffte das. Nach dem heutigen Tag würde sie ganz der Eisgöttin gehören und zumindest die Qual mit ihrer Vergangenheit würde ein Ende haben. Es gab kein Zurück. Sie durfte nicht versagen. Sie dirigierte die Weta an ihren Platz am Altar und stellte sich neben sie. Die Priester stimmten den Opfergesang an und die Eisgöttin nahm Besitz von der Weta. Istra spürte das Entsetzen der Weta, denn die Gegenwart der Eisgöttin war überwältigend. Istra hatte jedes Mal Mühe, vor Ehrfurcht nicht in die Knie zu sinken. Sie blickte auf Bendik hinab, der mit halbgeöffneten Augen dalag. Sie sah an seinem Gesichtsausdruck, dass die Eisgöttin seine Erfahrungen durchsuchte und dass er sich dagegen wehrte. Dann kehrte die Eisgöttin erneut in Istras Geist zurück und durchforschte ihre Erinnerungen an ihre Entführung und zu Istras Entsetzen fand sie die Verbindung zu dem Opfer auf dem Altar, seine Bedeutung für sie und die Verzweiflung, in die seine Opferung sie stürzte. Es kostete Istra alle Kraft, sich nicht unter der erbarmungslosen Freude der Göttin an ihren Schmerzen zu winden. Sie erkannte, dass mit Bendiks Opferung ihr Leiden nicht vorbei sein, sondern erst beginnen würde, denn von nun an müsste sie dies bei jeder Opferung durchleben. Ewis war zufrieden mit dem, was sie gefunden hatte, und zog sich aus Istras Gedanken zurück. Der Moment der Opferung war gekommen. Istra hielt den Atem an. Sie war im Geist der Weta und nahm so direkt an den Handlungen teil, auch wenn die Eisgöttin im Moment die Kontrolle hatte. Die Weta hob den Dolch und Istra spürte die Vorfreude der Göttin auf Bendiks Blut und die Schmerzen, die Istra fühlen würde. Istra spürte die drohende Ohnmacht. Das Blut rauschte in ihren Ohren, ihr Herz schlug immer schneller und ihr Blick trübte sich. Sie ertrug das nicht. Sie konnte an dieser Opferung nicht teilhaben, sie schaffte es einfach nicht. Vorsichtig zog sie sich aus dem Geist der Weta zurück. Sie würde dorthin zurückkehren, sobald das Opfer erbracht war, noch bevor die Eisgöttin die Weta verließ. Sich dem Gesang der Priester hingebend, hob Istra die Arme und schloss die Augen. Sie hörte ein Rascheln und wurde im nächsten Moment zu Boden geworfen.

Bendiks Stärke

Langsam wurde Bendiks Kopf wieder klar. Die Benommenheit wich allmählich. Er lag fast nackt auf einem kalten, harten Untergrund. Nur mit Mühe unterdrückte er den Impuls, sich zu bewegen. Seine Zehen und Finger schmerzten vor Kälte. Er hörte die Gesänge und sie kamen von allen Seiten, so als ob er sich in der Mitte der Sänger befand. Langsam öffnete er seine Augen einen Spalt, ohne den Kopf zu bewegen, und sah über sich die Decke einer Höhle aus Eis. Er bewegte die Augen unter den halbgeschlossenen Lidern und entdeckte Istra und ein andere Frau, die neben ihm standen. Er schien auf einem Podest zu liegen. ‚Ich liege schon auf dem Altar!‘, durchfuhr es ihn. Es kostete ihn unendlich viel Kraft, ruhig liegen zu bleiben und langsam weiter zu atmen. Nach einigen Augenblicken riskierte Bendik es, sich geringfügig zu bewegen und stellte zu seiner Erleichterung fest, dass er nicht gefesselt war. Offensichtlich glaubte jeder, dass er auch während der Zeremonie halb bewusstlos sein würde. Wieso war er es also nicht? Er erinnerte sich, dass er kaum einen Schluck des Gebräus getrunken hatte, das meiste war verschüttet worden oder aus seinem Mund gelaufen. Seine Gedanken rasten. Wie kam er nur hier heraus? Der Raum war voller Menschen. Er hatte das Überraschungsmoment auf seiner Seite, aber würde das genügen? Und dann? Er wusste nicht, wie er aus dieser Höhle herauskommen sollte. Seine Augen blieben wieder an der ihm unbekannten Frau hängen, die neben dem Altar stand. Das musste die Weta sein. Sie sah ganz normal aus. In Bendiks Vorstellung hatte sie immer etwas Unnatürliches an sich gehabt, wie ein Wesen, das nicht von dieser Welt war. Sein Blick wanderte weiter zu Istra. Sie hatte die Augen geschlossen und das Gesicht in konzentrierte Falten gelegt. Plötzlich schob sich grob eine Kraft in seine Gedanken und begann, in seinen Erinnerungen herumzuwühlen. Der

Schock raubte ihm den Atem und lähmte ihn. Er wehrte sich, war aber machtlos. Dann erreichte das Wesen seine Erinnerungen an Daina und brach diese alte Wunde erneut auf. Bendik spürte die wilde Freude über diese Erinnerungen und bevor er auch nur begreifen konnte, was das Ganze sollte, verließ das Wesen ihn und er gewann die Macht über seinen Körper zurück. Wieder richtete er den Blick auf Istra und sah, wie sie schmerzlich das Gesicht verzog. Er begriff, dass das Wesen nun in ihren Gedanken grub. Dann beruhigten sich Istras Gesichtszüge. Zusammen mit den Priestern streckte sie die Arme in die Höhe und richtete ihren Blick nach oben. Der Gesang verstärkte sich zu einem Crescendo und die Weta hob ein Messer hoch über ihren Kopf, um es mit aller Kraft in Bendiks Körper zu stoßen. Jetzt oder nie! Bendik rollte sich vom Altar, riss dabei Istra und die Weta zu Boden. Die Priester waren so auf den Gesang konzentriert, dass sie im ersten Moment gar nicht wahrnahmen, was geschah. Bendik schnappte sich das Messer, griff dann die Weta am Handgelenk und zog sie hoch. Er warf einen Blick auf Istra und sah in ihre, vor Schreck weit geöffneten Augen, dann packte er die Weta fester und zog sie hinter sich her.

Von der Eisgöttin verlassen

Starr vor Entsetzen sah Istra fassungslos zu, wie Bendik den Opferdolch dem Griff der Weta entwand, sie am Handgelenk fasste und hinter sich herzog. Es ging alles so schnell. Nach dem ersten Moment der Erleichterung, dass er und damit ihre Vergangenheit doch noch nicht tot waren, traf sie die Erkenntnis, dass sie die Weta nicht in ihrer Gewalt hatte, wie ein Schlag. Vor Schreck entfuhr ihr ein lauter Schrei. Sie konnte spüren, wie sich Ewis bereits aus dem Köper der Weta zurückzog. Rasch kniete Istra vor dem Altar nieder, versuchte den Tumult um sich, der gerade ausbrach, auszublenden und eine Verbindung zur Weta herzustellen. Sie hatte den Griff zur Tür von ihrem Verstand bereits in der Hand und wollte diese triumphierend aufstoßen, als jemand sie hart am Arm packte und zu sich herumdrehte. Sie schaute in Ismanns zornig funkelnde Augen.

„Was war das eben? Habt Ihr die Kontrolle verloren?"
Istra machte sich wütend los.

„Ich hatte sie beinahe zurückerlangt, als Ihr mich gestört habt. Während der Zeremonie übernimmt die Eisgöttin die Weta, das wisst Ihr doch! Jetzt ist sie frei, weil Ihr mich unterbrochen habt!"
Ismann presste seine Lippen zu einem Strich zusammen und sein ohnehin bleiches Gesicht wurde noch fahler. Er unterdrückte einen Fluch und versammelte die Priester um sich, um die Verfolgung aufzunehmen.

„Bringt die Weta unter Eure Kontrolle!" schrie er Istra zu und verschwand an der Spitze der Priester aus dem innersten Heiligtum. Istra sackte in sich zusammen. Es war eingetroffen. Sie war einen Moment unachtsam gewesen und hatte versagt. Wenn sie bei der Weta geblieben wäre, dann hätte sie ihre Macht über sie nie verloren. Ismann konnte das nicht wissen, oder doch? Hatten die anderen Wächterinnen mit ihm über sich und ihre Verbindung zur Weta gesprochen? Er hatte nie das Gespräch mit ihr gesucht und sie war mit ihren Fragen und Zweifeln nie zu ihm gegangen. Sie richtete sich wieder auf, legte die gefalteten Hände auf den Altar und betete. Doch sie spürte die Nähe der Eisgöttin nicht. Sie hatte sie heute verraten und würde lange Buße tun müssen, um wieder ihre Gunst zu erlangen. Tief in Meditation versuchte sie erneut, die Weta zu erreichen, doch sie fand sie nicht. Sie hatte die Tür zu ihrem Verstand fest verschlossen. Istra musste warten, bis sie müde wurde, bis sie Schwäche zeigte, dann konnte sie sich wieder Zugang verschaffen. Istra war fest entschlossen, nicht wieder zu versagen.

Verbündete

Bendik umrundete den Altar, die Weta fest im Griff. Er sah sich um und entdeckte an der gegenüberliegenden Seite ein rechteckiges Loch in der Wand. Die Priester erwachten aus ihrer Trance, in die sie ihr Gesang versetzte, als Istra einen spitzen Schrei ausstieß. Das Messer vor sich schwingend, kämpfte sich Bendik den Weg durch die Priester, die sich ihm entgegenstellten. Er stieß zu, traf immer wieder auf Körperteile, setzte seinen eigenen Körper als Rammbock ein. Die ganze Zeit hatte er die Weta in seinem festen Griff. Schwer atmend stürzte er in den Gang und folgte diesem. Hinter sich hörte er Getrappel von vielen Füßen. Er erreichte das Ende des Ganges und stockte. Wohin sollte er sich wenden?

„Nach rechts, da geht es aus dem Tempel hinaus!"
Bendik schaute sich um und blickte in die Augen der Weta, die nun klar waren. Er konnte ihre Worte kaum verstehen und war sich nicht sicher, ob er richtig gehört hatte. Doch zur Bestätigung zeigte sie in die betreffende Richtung.

„Woher weiß ich, dass es keine Falle ist?", zischte er und schaute in den Gang zurück, in dem er bereits das Flackern der Fackeln wahrnahm, das sich rasch näherte.

„Ich bin auch nur eine Gefangene, wie du. Ich will weg von hier, nach Hause!"
Ihre Stimme flehte ihn an. Bendik traf eine Entscheidung und wandte sich nach rechts. Der Gang schien endlos zu sein und ihre Verfolger kamen immer näher. Doch dann spürte Bendik einen Luftzug. Bald darauf kamen sie in einen offenen Gang und sie hatten freien Blick über den Tempelbezirk. Der Wind ließ ihn bis ins Mark erschauern. Er brauchte unbedingt etwas zum Anziehen, sonst würde er nicht weit kommen, ohne sich Erfrierungen zuzuziehen. Verzweifelt schaute er sich um und entdeckte mehrere Türen. Er probierte den Griff der nächsten, doch sie war ver-

schlossen. Auch die nächste Tür ließ sich nicht öffnen. Das Getrappel der Füße kam immer näher. Er ließ die Weta los und warf sich mit aller Kraft gegen die Tür. Beim zweiten Versuch gab sie nach. Er zog die Weta mit sich in den Raum und schloss die Tür gerade rechtzeitig, bevor die ersten Priester an ihnen vorbeiliefen. Die Weta hatte das Ohr an die Tür gelegt und lauschte den Rufen, die auf dem Gang ertönten, während Bendik das Zimmer durchsuchte. Es war einer der Schlafräume der Priester. Er fand eine Robe in der kleinen Kommode, die neben dem schmalen Bett stand. Sie war ihm zu klein. Als er sie anzog, spannte sie an seinen Schultern und ihm war klar, dass sie bald reißen würde, aber es war besser als nichts. Er suchte weiter und entdeckte zu seiner Erleichterung ein Paar feste Stiefel, die ihm nur ein wenig zu klein waren. Er gesellte sich zur Weta. Sie nahm das Ohr von der Tür.

„Sie sind den Gang weiter hinuntergerannt, haben aber, glaube ich, jemanden zurückgelassen."
Sie sah seinen verwirrten Blick und wiederholte langsam ihre Worte. Bendik nickte, als er verstand. Verzweiflung schlich sich in ihren Blick.

„Was machen wir denn nun? Wir kommen hier nie raus!"
Bendik schob sie zur Seite, öffnete die Tür einen Spalt und schaute hinaus. Die Weta hatte Recht. Er konnte den Priester erkennen. Er stand mit dem Rücken zur Tür und starrte auf das Dächermeer unter ihm. Bendik umfasste den Opferdolch fester. Mit einem Ruck riss er die Tür auf, war mit einem Satz bei ihm und zog ihm das Messer über die Kehle. Doch er war zu langsam und der Mann konnte noch einen lauten Schrei ausstoßen, bevor seine Stimme in einem schrecklichen Gurgeln erstarb. Die Weta kam zu Bendik und starrte kreidebleich auf den Mann hinab, der in einer Blutlache lag, die schnell größer wurde.

„Auf die Dächer!"

Bendik packte sie an der Hüfte, hob sie über die Brüstung und ließ sie an den Händen auf das unter ihnen liegende Dach hinab. Dann kletterte er selbst über die Brüstung und sprang neben sie. In dem Moment kamen ihre Verfolger über den offenen Gang zurückgeströmt. Bendik drückte sich und die Weta an die Mauer und hielt ihr den Mund zu. Er wagte es nicht zu atmen, während der Strom der Verfolger sich über ihnen um den getöteten Priester versammelte. Er hörte, dass sie sich aufteilten, wieder die Gänge zurückliefen und an den Türen zu den Zimmern rüttelten. Schnell hatten sie das offene Zimmer gefunden. Nun wussten sie, wie er gekleidet war. Er nahm die Hand der Weta und gemeinsam schoben sie sich über das Dach an der Wand entlang auf die erste Brücke zu, die es mit dem nächsten verband. Dann verließen sie den Schutz der Mauer und liefen über die Dächer auf die Außenmauer des Tempelbezirkes zu. Sie waren noch nicht weit gekommen, als sie einen Ruf hörten. Bendik warf einen Blick über die Schulter und sah, dass sie von den Priestern, die die Zimmer durchsuchten, bemerkt worden waren und diese die anderen zurückriefen.

„Schnell!", drängte er die Weta zur Eile. Sie hasteten über die Dächer und Verbindungsbrücken. Ein Teil der Priester folgte ihnen über die Dächer, die anderen verfolgten ihren Weg über die Straßen. Alarmierte Tempelwachen gesellten sich zu ihnen. Immer wieder mussten Bendik und die Weta umkehren und sich einen anderen Weg suchen, weil die Brücken zu morsch waren. Die Priester, die ihnen über die Dächer folgten, kamen immer näher. Bendik hörte, wie mit lautem Krachen die Tore geschlossen und verriegelt wurden. Tempelwachen kletterten durch die Häuser auf die Dächer und versuchten sie einzukreisen und ihnen den Weg abzuschneiden. Doch Bendik und die Weta erreichten vor ihnen die äußere Mauer und liefen auf ihr bis zu der Stelle, wo der Wald die Mauer des Tempelbezirkes fast erreichte. Ohne Vorwarnung stieß Bendik die Weta die Mauer hinunter in den Schnee, der sich dort angehäuft hatte und sprang hinterher. Die Landung war nicht ganz so weich wie erwartet und Bendik schnappte kurz nach Luft, dann suchte er nach der Hand der Weta. Sie wühlten sich aus dem Schneehaufen heraus und rannten auf den Wald zu. Wütende Rufe folgten ihnen, doch keiner der Priester hatte den Mut, ebenfalls die Mauer hinunterzuspringen. Das Tor nach Tempelhof wurde wieder aufgezogen, doch als die Tempelwachen aus dem Tor strömten, hatten Bendik und die Weta die Deckung des Waldes schon erreicht. Die Bäume wurden dichter und der Schnee lag nicht mehr so dick auf dem Boden. Stellenweise war der Boden nur von herabgefallenen Nadeln bedeckt und ihre Spuren verschwanden. So tief in den Wald konnten die Tempelwachen, die zweifellos bereits auf ihrer Spur waren, sie nicht mit den Schlitten verfolgen. Bendik hielt schwer atmend an und sah sich orientierend um. Seine Zehen schmerzten von den zu kleinen Stiefeln und er spürte den eisigen Wind, der durch seine zerrissene Robe zog. Doch er ignorierte das. Die Weta ließ sich erschöpft auf den Boden fallen.

„Wir können keine Pause machen!", raunte Bendik ihr zu und reichte ihr seine Hand. Die Weta nickte erschöpft und ließ sich hochziehen. „Da vorne ist ein Bach, er fließt sehr schnell und ist noch nicht zugefroren. Dort können wir unsere Spuren endgültig verwischen."
Sie zogen ihre Schuhe aus und stiegen in die Mitte des Baches. Das Wasser war eiskalt und schon nach kurzer Zeit spürten sie ihre Füße nicht mehr. Doch unerbittlich trieb Bendik die Weta weiter. Langsam folgten sie dem Bach, sich aneinander festhaltend, um nicht von der Strömung von den Füßen gerissen zu werden. Schließlich mündete der Bach in den kleinen See, an dessen Ufer sich der Unterstand von Bendik und seinen Freunden befand. Sie stolperten darauf zu und ließen sich auf die Decken fallen, die in ihm lagen. Bendik hoffte, dass sie ihre Verfolger abgeschüttelt

hatten. Aber er glaubte kaum, dass sie ihre Suche aufgeben würden. Seine Beute war zu kostbar. Er schaute auf die junge Frau, die neben ihm hockte.

„Ich bin Bendik", sagte er nach einer Weile, als sich die Stille zu sehr breitmachte. Sie schaute auf und lächelte.

„Ich bin Hanna. Danke, dass du mich mitgenommen hast." Sie richtete sich ein wenig auf, atmete mit geschlossenen Augen tief ein und schaute sich dann um. Bendik war verwirrt. Er hatte immer geglaubt, dass die Weta der Eisgöttin freiwillig diente. Aber Hanna hatte nichts Fanatisches an sich.

„Wo sind wir?", ihre grauen Augen schauten ihn fragend an.

„In Sicherheit, zumindest für eine Weile. Es wird dauern, bis sie uns finden."

Bendik verstummte. Er hatte keine Ahnung, wie es weitergehen und was er jetzt mit Hanna machen sollte. Alleine könnte er sich vielleicht durch den Wald nach Süden durchschlagen. Er hatte gehört, dass es dort Städte gab, in denen die Eisgöttin keine Macht hatte. Er war zu unwichtig, als dass der Tempel allzulange nach ihm suchen würde. Aber mit Hanna sah die Sache anders aus. Zum einen machte sie nicht den Eindruck, als ob sie die Strapazen schaffen würde. Aber vor allem würde der Tempel mit allen Mitteln nach ihr suchen. Bendik verfluchte sich dafür, dass er sie mitgenommen hatte. Doch als er ihr dann wieder in die Augen sah, wusste er, dass er das Richtige getan hatte. Daina hatte er nicht retten können. Aber vielleicht gelang ihm das bei Hanna.

„Ich will nicht wieder zurück und in meinem eigenen Kopf eingesperrt werden", Hanna schaute Bendik panisch an.

„Was meinst du?"

„Diese Frau, Istra, hat sich in meinen Kopf gemogelt, sich in meinem Verstand breitgemacht und mich in die hinterste

Ecke geschoben. Dort bin ich in Dunkelheit dahingedämmert, während sie sich meines Körpers bemächtigt und mich in diese Eishölle geholt hat. Meistens ist sie in meinem Kopf und bewegt meinen Körper, als sei er eine Puppe. Aber manchmal ist da noch etwas anderes, etwas viel Mächtigeres und sehr Böses."

Bendik starrte sie ungläubig an. Sie hatte langsam gesprochen, doch er glaubte, nicht richtig verstanden zu haben. Von solchen Fähigkeiten hatte er noch nie gehört. Wenn das stimmte, dann waren der Tempel und seine Priester noch mächtiger, als er geglaubt hatte.

„Wo kommst du her?"

Hanna schüttelte müde den Kopf.

„Es ist auf jeden Fall viel wärmer." Sie sah sich fröstelnd um, nahm dann eine der Decken und wickelte sich darin ein. „Was machen wir denn jetzt?"

Bendik war mit ihrer Antwort nicht zufrieden.

„Du kommst nicht aus Isgorat, oder? Deine Sprache ist so anders."

Hanna nickte.

„Ja, ich komme aus einer anderen Welt. Bevor diese Leute mich durch dieses Tor hierher geholt haben, hatte ich noch nie etwas von Isgorat gehört. Und mir gefällt es hier auch nicht, es ist viel zu kalt." Hanna sank in sich zusammen und schloss die Augen.

Bendik sah sie nachdenklich an, bemerkte, wie sie unter der Decke zitterte und beschloss, es für den Moment gut sein zu lassen. Er wandte sich dem Kleiderbündel zu und fing an, sich Kleidungsstücke rauszuziehen. Er zog sich in Ruhe an, während er seine Gedanken ordnete.

„Heute Nacht können wir noch hier bleiben und ein wenig schlafen. Aber dann müssen wir weiter, denn der Tempel wird nach dir suchen."

Er setzte sich zu Hanna, das Hemd noch in der Hand und warf einen kurzen Blick auf die Schulter, mit der er die Tür eingerannt hatte. Sie schmerzte und färbte sich allmählich blau. Er bewegte seinen Arm, aber er schien nicht weiter verletzt zu sein. Er verzog das Gesicht, als er sich das Hemd und dann eine Jacke anzog. Hanna hatte ihn die ganze Zeit nur schweigend beobachtet. Nun richtete er seinen Blick wieder auf sie.

„Diese Priesterin, Istra", er schluckte, als er den Namen aussprach, „ist sie noch bei dir?"

Hanna holte tief Luft, als sie das Misstrauen in seinen Augen sah. Dann schüttelte sie vehement den Kopf.

„Sie hat sich bei der Zeremonie aus mir zurückgezogen und mich mit der Eisgöttin ganz allein gelassen. Und dann ging alles so schnell. Ich glaube nicht, dass sie zu mir zurückgekehrt ist, ich kann sie zumindest nicht spüren." Sie sah Bendik flehend an. „Bitte …", sie schluckte und Tränen traten in ihre Augen. „Bitte lass mich nicht allein. Ich weiß nicht, was ich sonst machen soll, und ich ertrage es nicht, wenn sie mich wieder einfängt." Sie schluchzte und verbarg ihr Gesicht in ihren Händen.

Ihre Verletzlichkeit rührte Bendiks Herz und vertrieb die Zweifel. Er nahm sie vorsichtig in den Arm. Hanna ließ es geschehen und weinte offen an seiner Schulter.

„Warum macht sie das nur? Ich habe doch nichts getan!", brachte sie mühsam heraus.

Bendik strich ihr beruhigend über die Haare, wusste aber nichts dazu zu sagen. Seine Gedanken kreisten wie wild. Hanna sprach von Istra, die einmal Daina war, aber das, was sie Hanna antat, das hätte Daina nie getan. War sie wirklich nicht mehr da? Hanna beruhigte sich und löste sich von Bendik, um ihn anzusehen.

„Du hast sie völlig aus dem Gleichgewicht gebracht, weißt du das?"

Bendik schüttelte stumm den Kopf. Hanna wickelte sich fester in ihre Decke, setzte sich bequemer hin und bedeutete Bendik das Gleiche zu tun. Bendik schwirrten so viele

Fragen im Kopf herum, doch er wusste nicht, welche er zuerst stellen sollte. Hanna begann, von alleine zu reden.

„Es fing alles mit den Träumen an. Mein Bruder ist vor langer Zeit bei einem Unfall gestorben und die Zeit danach war sehr schlimm. Ich hatte schon lange nicht mehr daran gedacht und dann fingen die Träume wieder an und mit einmal war Istra in meinem Kopf und hat sich in meinem Verstand ausgebreitet und mich immer mehr in die Ecke gedrängt. Und dann kam dieser Schneesturm und plötzlich war ich hier." Hanna schüttelte mutlos den Kopf. Bendik gab keinen Ton von sich und lauschte atemlos. Ihm war in den Sinn gekommen, dass das, was Hanna zu erzählen hatte, sehr wertvoll sein könnte. „Und dann war da immer wieder dieses andere Bewusstsein, das sich in meinen Kopf gedrängt hat und immer wieder diese alten Erinnerungen aufgewühlt hat. Und das hat es auch bei Istra getan. Ich glaube dadurch ist eine Verbindung zwischen uns entstanden, sodass ich auch ihre Gedanken hören konnte." Hanna sah Bendik an. Er erwiderte aufmerksam ihren Blick. Es war keine Spur von Ungläubigkeit oder gar Spott darin.

„Mit mir ist das Gleiche passiert, als ich auf dem Altar lag."

Hanna nickte.

„Ich glaube, das war die Eisgöttin oder was immer sie auch genau ist. Sie hat in Istra all diese Erinnerungen an ihre Kindheit und an dich heraufgeholt und ihr bewusst gemacht, was sie verloren hat, und sich dann an diesem Schmerz ergötzt." Hanna verzog angewidert das Gesicht, als sie sich daran erinnerte, wie sich die Göttin auch an ihren Qualen erfreut hatte. „Sie hat Istra damit in völliges Chaos gestürzt. Istra hat immer versucht, durch ihre endlose Beterei diese Erinnerungen zu vergessen. Aber irgendwie konnte sie dann doch nicht loslassen. Es ist wirklich verrückt und beinahe tut sie mir leid, dass sie so hin- und hergerissen ist. Aber ..." Hanna zuckte mit den Schultern. „Ich tue ihr ja auch nicht leid, sie tut sich nur selbst leid, weil sie zu schwach ist, um mit ihrer Vergangenheit vollkommen abzuschließen. Und als sie dann dich gesehen hat, hat sie beinahe die Kontrolle über mich verloren. Für eine Sekunde konnte ich wieder meinen Herzschlag spüren." Hanna verstummte, schloss die Augen und horchte in sich hinein. Sie lauschte ihrem Herzschlag, fühlte die kühle Luft in ihren Lungen und die Kälte, die durch die Decke drang.

Bendik betrachtete ihr Gesicht und ließ das eben Gehörte auf sich wirken. Istra wollte ihre Vergangenheit vergessen und damit auch ihn. Traurigkeit machte sich in ihm breit. Hanna öffnete die Augen und sah Bendiks trauriges Gesicht und begriff, was in ihm vorgehen musste. Sanft nahm sie seine Hand.

„Du hast gedacht, dass sie sich noch an dich erinnert und dich immer noch mag, oder?"

Bendik nickte und senkte den Kopf.

„In all den Jahren, habe ich immer wieder an sie gedacht, mich gefragt, was aus ihr geworden ist. Und als ich sie dann gesehen habe, war ich mir sicher, dass sie mich erkannt hat, dass Daina doch noch da war."

Hanna drückte seine Hand und schüttelte dann den Kopf.

„Sie hat dich erkannt, aber für sie bist du nur eine Prüfung für ihre Loyalität zur Eisgöttin. Ich weiß nicht genau, was sie alles mit ihr angestellt haben, aber es muss so furchtbar gewesen sein, dass sie große Angst davor hat, dass sie das wiederholen, wenn sie versagt."

Bendik nickte langsam.

„Und nun, wo sie versagt und die Kontrolle über dich verloren hat …"

„Wird sie alles daran setzen, mich und dich zu finden. Und dann wird sie bei deiner Opferung nicht mehr zögern."

Hanna blickte Bendik fest in die Augen und sah, dass er verstand. Daina war tot und Istra war ihrer beider Feind.

Hanna drückte noch einmal seine Hand und ließ sie dann los.

„Was machen wir nun?"

Bendik sah sie einen Moment ernst an und lächelte dann. Hanna war eine wahre Kämpfernatur. Man sollte meinen, dass sie nach diesen Ereignissen völlig am Boden zerstört war, aber der Kampfgeist war ihr anzusehen.

„Du brauchst auf jeden Fall andere Kleidung. In deiner Robe fällst du zu sehr auf und in Männerkleidern ebenfalls." Bendik sog nachdenklich Luft zwischen seinen Zähnen ein. „Wenn es dunkel wird, dann gehe ich ins Dorf zu meinem Freund und hole uns Kleidung, Proviant und Geld. Und dann machen wir uns gleich bei Sonnenaufgang auf in Richtung Süden. Ich habe gehört, dass es dort Städte gibt, in denen die Eisgöttin keine Macht hat."

Hanna sah ihn skeptisch an.

„Wird das nicht gefährlich, wenn du zurück in dein Dorf gehst? Wenn dich nun jemand sieht?"

„Das Risiko müssen wir eingehen, so kommen wir nicht weiter."

Hanna nickte.

„Was kann ich tun?"

Bendik musste wieder lächeln, weil ihm der Gedanke kam, dass er eigentlich Hanna beschützen sollte und nicht umgekehrt.

„Dich ruhig verhalten und ein wenig schlafen. Du wirst deine Kräfte brauchen."

Hanna warf ihm einen bösen Blick zu und Bendik erkannte, dass Hanna es gewohnt war, für sich selbst zu sorgen, und nicht bevormundet werden wollte und dass ihr ihre Hilflosigkeit gar nicht passte. Sie zog ein saures Gesicht.

„Na schön. Dann warte ich eben. Aber ich glaube nicht, dass ich schlafen kann oder es sollte. Wenn ich schlafe, könnte Istra wieder Zugang zu meinem Verstand finden."

Bendik sah sie skeptisch an.

„Du musst irgendwann schlafen."

Hanna zuckte mit den Schultern.

„Je eher wir hier verschwinden, umso besser."

Sie sah Bendik auffordernd an und der musste nur wieder schmunzeln.

„Schön, dass du nicht aufgibst", meinte er dann sanft und Hanna schnaubte.

„So weit kommt es noch. Die Schlampe kann mich mal!"

Bendik zuckte bei dieser Wortwahl zusammen, da sie eher in den Hafen gehörte, doch sie machte Hanna nur noch interessanter. Er erinnerte sich, dass er hier nicht bei einem Stelldichein war und dass Hanna viele Informationen in sich tragen könnte. Und so fing er an, ihr Fragen über die Priester und die Rituale zu stellen. Hanna beantwortete alles, soweit sie es aus Istras Gedanken erfahren hatte. Und langsam wurde Bendik auch die wichtige Rolle von Hanna und Istra für den Eiskult klar. Alles hing an ihnen. Und wenn auch nur eine von ihnen außerhalb der Rituale sterben würde, könnte der ganze Eiskult besiegt werden. Doch bei dem Gedanken, Hanna oder Istra zu töten, wurde Bendik kalt. Er wusste, dass er das nicht konnte und auch nicht zulassen würde, dass es jemand anderes für ihn tat. Hanna sah in seinem Gesicht, dass ihn etwas schwer bewegte.

„Was denkst du?"

Zwischen ihren Augenbrauen bildete sich eine tiefe Falte. Bendik erzählte ihr, was der Eiskult der Bevölkerung antat. Er erzählte von den Entführungen, den strengen Regeln und der Unterdrückung, die sie durch den Tempel erfuhren. Während Bendik redete, konnte er den Hass, den er auf den Tempel empfand, nicht aus seiner Stimme fernhalten und als er fertig war, herrschte einen Moment Schweigen. Hanna war blass geworden und drückte sich fest an die Wand des Unterstandes.

„Wirst du mich umbringen?", fragte sie irgendwann mit leiser, rauher Stimme.

Bendik zuckte zusammen und Röte stieg ihm ins Gesicht. Er schüttelte den Kopf.

„Solltest du aber." Hannas Stimme wurde fester. „So würde der Zyklus unterbrochen und ihr könntet euch befreien."

Bendik rückte von ihr ab und senkte den Kopf.

„Ich weiß, aber … aber ich kann das nicht." Er sah auf und sah die Erleichterung in Hannas Augen.

„Ich habe lange darüber nachgedacht, als ich eingesperrt war. Es ist die einzige Lösung. Ich oder Istra, eine von uns muss sterben. Nur so kann das Ganze beendet werden. Allerdings …" Hanna lächelte etwas schief. „… wäre es mir lieber, wenn ich nicht sterben müsste." Sie verzog nachdenklich das Gesicht. „Aber so will ich auch nicht leben!" Sie kniff die Augen zu einem Spalt zusammen und sah Bendik ernst und berechnend an. „Du musst mir etwas versprechen!"

Bendik ahnte was jetzt kommen würde.

„Hanna, ich …"

„Wenn unsere Flucht nicht klappt und sie mich einfangen und wieder einsperren und mich wieder diesem bösen Wesen ausliefern, dann musst du mich töten oder zumindest dafür sorgen, dass es jemand tut. Wenn du heute die Sachen holst, erzählst du das alles deinem Freund und wenn wir scheitern, kann er es zu Ende bringen. Eher sterbe ich, als dass ich mich bis an mein Lebensende einsperren und mich für solche Grausamkeiten missbrauchen lasse." Hannas Wangen hatten sich rot gefärbt. Und die Wut ließ ihre Augen funkeln. Bendik starrte sie für einen Moment mit offenem Mund an. Was für eine Frau.

„Wir schaffen das schon, wir …"

„Versprich es mir. Ich würde es ja selbst tun …", Hannas Blick fiel auf das Messer, das Bendik den ganzen Weg über in der Hand gehalten hatte und das nun neben ihm lag. „Aber dazu fehlt mir dann doch der Mut." Hanna sank ein

Stück in sich zusammen und Bendik schob das Messer rasch unter eine Decke, außer Sichtweite.

„Versprich es mir. Bitte!"

Bendik seufzte und nickte dann.

„Ich verspreche es."

Hanna nickte zufrieden und lehnte sich dann an ihn. Vorsichtig hob er den Arm und legte ihn um ihre Schultern. Es fühlte sich gut an und obwohl er tiefe Trauer wegen Dainas Verlust spürte und große Angst vor dem, was vor ihnen lag, war er gerade sehr glücklich. Er sah auf Hanna hinab und in dem Moment schaute sie auf und lächelte ihn an.

Gerüchteküche

Besorgt sah Elin aus dem Fenster. Seit Bendiks Festnahme hatte sie dies immer wieder getan, in der Hoffnung, dass er doch zurückkehren würde. Noch hatte es keine Bestätigung gegeben, dass er geopfert worden war. Der Koch hatte noch einmal unbemerkt zu Bendik in die Zelle sehen können und da war er noch am Leben. Heute sollten die Opferrituale wieder aufgenommen werden und Elin befürchtete das Schlimmste. Sie wusste, dass sie die Hoffnung aufgeben und zum Alltag zurückkehren sollte. Aber sie konnte das nicht. Nicht ohne Gewissheit zu haben. Es war schon später Nachmittag und immer noch waren die Straßen voll von Tempelwachen. Sie waren gegen Mittag aus den Toren des Tempelbezirkes geströmt und patrouillierten seitdem durch die Straßen in den umliegenden Dörfern und am Hafen. Sie waren nach den Krawallen auf den Dorffesten schon präsent gewesen, aber heute war es anders. Es lag eine Spannung in der Luft, die man spüren konnte. Ando war gegen ihren Willen losgezogen, um sich umzuhören und Ulfrik war ihm gefolgt. Sie waren noch nicht zurückgekehrt und allmählich sorgte Elin sich um sie. Sie wandte sich vom Fenster ab und begann zum dritten Mal an diesem Tag die Stube zu fegen. Da öffnete sich polternd die Tür und Ando stürzte in den Raum, lief auf sie zu und umarmte sie. Sein Vater folgte ihm langsamer, mit gerunzelter Stirn.

„Bendik ist entkommen! Stell dir das vor! Er hat schon auf dem Altar gelegen, hat im letzten Moment die Weta als Geisel genommen und ist über die Dächer des Tempelpalastes geflohen. So jedenfalls erzählt es der Koch. Er konnte raus, nachdem sie die Tore wieder geöffnet hatten. Er weiß es von seiner Küchenhilfe, die etwas mit dem Leibdiener von einem der höheren Priester hat."

Ando strahlte seine Mutter an, doch die schaute ihn nur skeptisch an.

„Das ist doch offensichtlich Unsinn, Ando. Das muss es sein. Ich bitte dich, die Weta entführt? So dumm ist Bendik nicht. Sie würden jeden Stein nach ihm umdrehen und wenn sie ihn fänden, würden sie mit ihm noch viel schrecklichere Dinge anstellen, sodass er sich wünschen würde, auf dem Altar geopfert zu werden."

Elin schossen Tränen in die Augen und ihr Kinn zitterte verdächtig. Die Tempelwachen würden nie eine solche Suchaktion für einen entlaufenden Häftling veranstalten, für eine entführte Weta schon. Was hatte sich der Junge nur dabei gedacht? Ando nahm seine Mutter schnell in den Arm.

„Noch haben sie ihn nicht!"

„Aber schau doch nur aus dem Fenster! Es ist bloß eine Frage der Zeit. Wo soll er denn hin und nachts ist es doch so kalt. Oh, mein armer Junge!"

Elin schluchzte auf und Ando drückte sie fest. Er hatte eine Ahnung, wo Bendik sein könnte, aber er musste vorsichtig sein. Die Wachen beobachteten jeden und hielten ständig Leute an, um sie zu durchsuchen und Fragen zu stellen. Es klopfte leise an der Hintertür. Ando ließ seine Mutter los und ging rasch in die Küche, um die Tür zu öffnen. Valton schlich in gebückter Haltung ins Haus, damit kein zufälliger Blick von außen ihn erfassen konnte. Im Flur richtete er sich auf.

„Du hast es auch gehört, oder?", flüsterte Ando.

„Ja", gab Valton genauso leise zurück. „Er ist bestimmt bei unserem See. Wir müssen ihn irgendwie mit Kleidung und Lebensmitteln und ein paar Dingen zum Tauschen versorgen, damit er eine Weile untertauchen kann. Irgendwann wird er bestimmt zurückkommen können."

„Und die Weta?" Ando hatte besorgt die Stirn gerunzelt und sah nach seinen Eltern, ob sie zuhörten. Aber Ulfrik redete leise auf Elin ein und sie achteten nicht auf Ando und Valton.

„Ich hoffe sehr, dass der Koch, was das angeht, übertrieben hat. Ich meine, soweit ich weiß, ist noch nie ein Gefangener aus dem Tempelbezirk geflohen. Ich kann mir gut vorstellen, dass es eine Frage der Ehre ist, ihn wieder einzufangen. Allerdings möchte ich mir nicht vorstellen, was sie dann mit ihm machen. Wir kennen ja ihre Vorliebe für Abschreckungen."

„Also, was machen wir nun?", fragte Ando ratlos.

„Ich schleiche mich noch heute Abend bei Einbruch der Dämmerung hin, nicht dass Bendik auf die dumme Idee kommt, bei Nacht ins Dorf zu kommen. Euer Haus wird bewacht. Ich musste über drei Zäune klettern und mich an einem Misthaufen vorbeidrücken, damit sie mich nicht sehen." Valton starrte missmutig auf seine verdreckte Jacke. Ando nickte.

„Warte hier, ich hole rasch ein paar von Bendiks Sachen und mein Geld, was ich für Ilva …" Andos Augen wurden feucht und Valton legte ihm eine Hand auf die Schulter. „… Ilva und mich gespart hatte. Ich brauche es nicht mehr." Er ließ Valton im Flur stehen, der ein paar Schritte zurück zur Hintertür ging, um aus Elins und Ulfriks Blickfeld zu treten. Kurze Zeit später kam Ando zurück und reichte ihm ein Bündel. „Ich habe auch noch etwas getrocknetes Fleisch und getrocknete Algen reingetan. Damit kommt er einige Tage über die Runden."

Valton nahm es und warf einen kurzen Blick hinein. Er nahm das Geldsäckchen, das gut mit Münzen, mit denen der Tempel seine Arbeiter bezahlte, gefüllt war. In Isgorat wurde so gut wie alles mit diesen Münzen bezahlt. Sie waren aus Silber, das mit den Schiffen kam, und würden auch in anderen Ländern von Wert sein. Valton steckte das Geld in das Bündel zurück und nickte dann.

„Ich sage dir morgen Bescheid, wie es ihm geht."

„Gut. Ich halte weiter Augen und Ohren offen. Vielleicht bekomme ich ja noch etwas heraus. Du solltest jetzt wieder verschwinden. Warte ein paar Minuten, dann schleich dich an der Scheune vorbei zur Straße. Ich muss noch Kohle holen. Ich werde die Stücke einzeln in den Blecheimer werfen. Der Lärm sollte deine Schritte übertönen und die Aufmerksamkeit der Tempelwachen von der Scheune ablenken."

Ando verschwand im Wohnzimmer. Valton hörte, wie er die Tür öffnete und seinen Eltern zurief, dass er noch Kohle fürs Feuer holen wollte. Er huschte aus der Hintertür und gelangte ungesehen zu der kleinen Seitenstraße, die hinter der Scheune von der Hauptstraße abzweigte. Er musste sich zweimal vor den Wachen hinter einer Mauer und einem Zaun verstecken, aber er gelangte ungesehen nach Hause. Dort angekommen, packte er ein zweites Bündel, ähnlich dem was Ando ihm gegeben hatte. Der Weg nach Süden war weit. Seufzend sah Valton auf sein zweites Paar Stiefel und stopfte sie dann in den Beutel. Einige andere, weniger auffällige Kleidungsstücke wanderten hinterher und er zweigte noch ein paar Lebensmittel ab, die seine Mutter fein säuberlich im Küchenschrank aufbewahrte. Seine Eltern waren noch arbeiten, so stellten sie keine Fragen. Viele Wertsachen hatte er nicht, die er beisteuern konnte, aber Ando war großzügig gewesen. Dann wartete er, bis die Sonne begann unterzugehen. Er hatte noch kurz überlegt, auf Mikell zu warten, doch er befürchtete, dann zu spät zu kommen. Er schlich über Umwege zum Wald, sich der beiden großen, auffälligen Bündel schmerzlich bewusst. Er hatte die Wachen immer wieder in Taschen und Beutel schauen sehen. Aber er hatte Glück, niemand beachtete ihn.

Die Wächterin kämpft

Bendik hatte sich ebenfalls in eine der Decken gehüllt und die restlichen beiden um Hanna und sich gewickelt. Dicht zusammengekuschelt lagen sie in der Ecke des Unterstandes, der sie zwar vor dem Wind schützte, aber nicht die Kälte abhielt. Hanna lag mit geschlossenen Augen neben ihm. Er sah die Muskeln in ihrem Gesicht zucken und wusste, dass sie mit der Wächterin um die Herrschaft über ihren Verstand kämpfte. Sollte sie verlieren, würde er sofort von hier fliehen und sie zurücklassen müssen. Aber er wollte das nicht. Er sah im schwindenden Tageslicht auf ihr Gesicht. Es berührte ihn zutiefst, dass sie ihm einfach so vertraut hatte und mit ihm gegangen war. In diesem Moment öffnete Hanna die Augen, sah ihn an und lächelte erschöpft.

„Sie wird gerade vom obersten Priester abgelenkt." Sie atmete tief durch. „Sie hat Mühe, Halt in meinem Verstand zu finden. Sie versucht, die Tür aufzumachen, aber noch kann ich dagegenhalten. Ich glaube, ich werde stärker, je länger ich durchhalte."
Bendik nickte ihr ermutigend zu.

„Je größer die Entfernung zwischen euch ist, desto besser sind deine Chancen von ihr loszukommen, schätze ich."
Hanna schüttelte nachdenklich den Kopf.

„Ich glaube nicht, dass Entfernung eine Rolle spielt. Sie hat ja auch den Kontakt zu mir gehalten, als ich noch in meiner Welt war. Ich hoffe, dass sie, je länger ich durchhalte, die Fähigkeit verliert, sich in meinen Kopf zu mogeln. Als sie mich bei der Zeremonie verlassen hat, hat sie damit irgendwie etwas zerbrochen oder eher …" Hanna suchte nach den richtigen Worten. „Es ist, als ob sie das Halteseil zerrissen hat und nun versucht, das abgerissene Ende zu fassen zu bekommen. Sie steht unter großem Druck und wenn ich zu schwach werden sollte, wird sie es schaffen, fürchte ich."

Hannas Lippen zitterten und ein paar Tränen rollten ihre Wangen herunter. Bendik streichelte sie und drückte sie an sich.

„Sei stark. Auch die Wächterin muss irgendwann mal schlafen, dann kannst du auch ein wenig ruhen."

Hanna schloss die Augen. Sie war müde, aber sie wusste, wenn sie jetzt einschlief, würde Istra wieder Zugang zu ihrem Geist bekommen und erfahren, wo sie war. Sie würde in ihren Erinnerungen den Weg durch den dichten Wald sehen, den Bach, dessen Lauf sie gefolgt waren und den See mit dem Unterstand. Sie würde sie finden, Bendik mit Sicherheit töten und sie nie wieder freilassen. Doch Hanna spürte, dass auch Istra müde wurde.

Hanna schreckte hoch, als eine Hand ihr sanft die Wange streichelte.

„Hast du ein wenig schlafen können?"

Hanna sah in Bendiks müdes Gesicht, antwortete aber nicht. Sie lauschte in sich hinein, hörte aber nichts. Sie suchte in ihrem Verstand nach Istra, aber sie war nicht da, sie rüttelte nicht an der Tür und versuchte nicht, sie aufzureißen. Sie war einfach nicht da. Hanna atmete tief durch und lächelte Bendik an, der sie besorgt beobachtete.

„Ich glaube, die Priesterin hat zumindest für den Moment aufgegeben. Vielleicht ist sie vor mir eingeschlafen und noch nicht aufgewacht."

Bendik kaute nachdenklich auf seiner Unterlippe.

„Oder sie hat bereits gefunden, wonach sie suchte und ist auf dem Weg hierher."

Hanna schüttelte den Kopf.

„Das denke ich nicht. Dann hätte sie mich nicht allein gelassen. Ich habe nach ihr gesucht und immer, wenn ich das getan habe, ist mir sonst schwindlig geworden. Sie ist nicht da."

Bendik sah sie skeptisch an.

„Sie könnte sich zurückgezogen haben, um dich in Sicherheit zu wiegen."

Doch Hanna schüttelte vehement den Kopf.

„Das glaube ich nicht. Sie war fast die ganze Nacht auf und hat gebetet. Sie war noch müder als ich."

Bendik nickte, wenn auch nicht ganz überzeugt.

„Der Mond geht bald auf, dann schleiche ich mich ins Dorf und besorge uns ein paar Dinge. Versuch noch ein wenig zu schlafen und Kraft zu schöpfen."

Im Gebüsch hinter dem Unterstand knackte es und eine leise Stimme rief:

„Bendik, bist du da?"

Istras Prüfung

„Nun?"

Istra hob müde den Kopf und sah Ismann an, der gereizt auf sie herabblickte. Sie kniete immer noch vor dem Altar. Sie hatte den ganzen Nachmittag mit der Weta gekämpft und schließlich war diese eingeschlafen. Sie hatte in ihren Erinnerungen den Weg verfolgt, den die Weta und Bendik gegangen waren und wusste, dass sie an einem kleinen See mitten im Wald rasteten. Sie hatte sich dagegen entschieden, die Weta wieder unter ihre Gewalt zu bringen. Sie hatte sich in einen kleinen Winkel ihres Verstandes zurückgezogen und gewartet, bis die Weta aufgewacht war und nach ihr gesucht, aber nicht gefunden hatte. Es war schon lange her, dass die Weta sie aufspüren konnte, wenn Istra es nicht wollte. Wenn sie wieder die Kontrolle über den Körper der Weta übernommen hätte, wäre Bendik misstrauisch geworden. Sie hatte sich entschieden. Ihr Leben gehörte der Eisgöttin und sie wollte ihr Vertrauen und ihre Gnade unbedingt zurückgewinnen. Das konnte sie, wenn sie Bendik opferte, das war ihr nun klar. Sie hatte die Unterstützung der Eisgöttin bei der Suche gespürt, wenn auch nicht so stark wie sonst. Sie hatte sie noch nicht verlassen.

Ismann wartete immer noch auf eine Antwort.

„Sie sind an einem kleinen See mitten im Wald, ich kann die Wachen zu ihnen führen."

Ismann runzelte die Stirn.

„Warum lasst Ihr die Weta nicht einfach in den Tempel zurückkehren? Oder habt Ihr sie noch immer nicht in Eurer Gewalt?"

Zorn durchfuhr Istra. Ismanns Misstrauen war nur schwer zu ertragen. Nur mit Mühe konnte sie ihre Stimme ruhig halten.

„Ich habe meine Gründe, der Weta im Moment ihre Selbstständigkeit zu lassen. Ich habe Einsicht in ihren Geist und weiß genau, wo ich sie finden kann. Übernehme ich jetzt den Körper der Weta, wird der Gefangene misstrauisch und verlässt sie oder tötet sie sogar. Ich will aber, dass er auf dem Altar endet. Seine Opferung ist das Einzige, was die Eisgöttin wieder gnädig stimmen kann."

Istra sah Ismann fest in die Augen. Dieser nickte schließlich. Sein Gesicht war regungslos. Istra konnte nicht erkennen, was er dachte. Sie hoffte, dass sie seine Zweifel an ihr zerstreut hatte. Sie durfte sich keinen Fehler mehr erlauben.

„Ich werde der Weta weiter vortäuschen, dass ich die Kontrolle noch nicht wiedererlangt habe, und sie so in Sicherheit wiegen. Aber ich muss bald aufbrechen, sonst verlassen sie den Teich. Im Moment ruhen sie sich aus, aber sie wollen bei Morgengrauen weiterziehen."

Ismann presste die Lippen zusammen.

„Ich hoffe, Ihr täuscht Euch nicht wieder, Wächterin!"

Er schickte sich an, das innerste Heiligtum zu verlassen, aber drehte sich am Ausgang noch einmal um.

„Es steht ein Trupp Wachen zur Suche am Westtor bereit. Ich werde veranlassen, dass sie auf Euch warten."

Damit verließ er den Raum und Istra blieb allein zurück. Sie richtete ein letztes Gebet an Ewis und erhob sich dann. Langsam machte sie sich auf den Weg zum Westtor. Sie war unendlich müde, aber die Aussicht, noch heute Nacht sowohl die Weta als auch den Gefangenen zurückzuholen, gab ihr Kraft. Hoch erhobenen Hauptes trat sie den Wachen gegenüber, die sich vor ihr verbeugten.

„Kommt, ich weise euch den Weg."

Ohne auf eine Antwort zu warten, lief sie zielstrebig in den Wald hinein, dem Weg folgend, den sie in den Erinnerungen der Weta fand. Der Mond schien hell und sie sah den Weg genau vor sich. Sie lauschte den Gedanken der Weta und erfuhr, dass sie immer noch am See waren und dort auch noch einige Zeit bleiben wollten. Bendik war bei ihr. Er hatte also vor, mit ihr zusammen zu fliehen. Hätte er sie zurücklassen oder gar töten wollen, dann hätte er es schon lange getan. Die Weta glaubte, dass Istra schlief und Istra ließ sie in dem Glauben. Sie brauchte ihre Konzentration, um den Weg zu finden, und wenn sie dabei nicht mit der Weta kämpfen musste, war ihr das recht. Der Gedanke, wie diese die Erkenntnis treffen musste, dass all ihre Bemühungen vergeblich gewesen waren, bereitete ihr beinahe ein schadenfrohes Vergnügen. Das würde die Weta endgültig zerbrechen und in die Schranken weisen. Und mit Bendiks Opferung würde sie dann auch das letzte Stück von Daina töten. Sollte sich die Eisgöttin doch an diesen Erinnerungen ergötzen. Es würde sie nicht mehr berühren.

Wiedersehen

„Bendik, bist du da?"

Bendik bedeutete Hanna, still zu sein und sie nickte. Dann schaute er langsam um den Unterstand herum und sah direkt in Valtons Gesicht. Der grinste breit und schlüpfte zu ihnen in den Unterstand. Als er Hanna sah, verschwand das Lächeln aus seinem Gesicht.

„Du hast sie wirklich mitgenommen? Du blödes Kalwa! Ich habe echt geglaubt, das Ganze ist nur eine Übertreibung gewesen, aber dass du wirklich ..." Valton verstummte fassungslos und man konnte sehen, wie es in seinem Kopf arbeitete.

„Es schien mir eine gute Idee zu sein und ich habe viele wichtige Dinge von ihr erfahren!"

Valton schüttelte immer noch fassungslos den Kopf und hörte Bendik überhaupt nicht zu.

„Wir müssen sie irgendwie loswerden. Sämtliche Tempelwachen suchen nach dir. Du wirst nicht die geringste Chance haben, solange sie da ist!" Hanna hatte sich in die Ecke des Unterstandes verkrochen und sah nun Bendik ängstlich und gleichzeitig fragend an.

„Sie ist genauso ein Opfer wie ich!", zischte er Valton zu. „Was machst du überhaupt hier? Woher wusstest du, wo ich bin?"

Valton warf Hanna noch einen prüfenden und Bendik einen zornigen Blick zu, dann verschwand er ohne ein Wort aus dem Unterstand und kam nach einer kurzen Weile mit zwei großen Bündeln wieder.

„Wo hättest du sonst sein sollen?" Er fing an, die Bündel auszupacken. Kleidungsstücke und Lebensmittel kamen zum Vorschein. „Das haben wir auf die Schnelle zusammenkratzen können. Du solltest spätestens bei Sonnenaufgang von hier verschwinden. Damit kommst du ein paar Tage weit."

Valton sah unschlüssig zu Hanna.

„Ich brauche auch ein paar Sachen für Hanna. So wie sie angezogen ist, ist sie zu auffällig."

Valton holte tief Luft, um nicht wieder zu explodieren.

„Du kannst sie nicht mitnehmen. Du bist sonst tot!" Er sprach mit Bendik wie mit einem begriffsstutzigen Kind. Doch Bendik schüttelte nur störrisch den Kopf und begann, die Sachen, bis auf etwas getrocknetes Fleisch, wieder zusammenzupacken.

„Und du verstehst nicht." Bendik legte die Bündel zur Seite und sah Valton an. „Der Tempel kann seine Rituale nicht ohne sie ausführen. Ohne sie ist der ganze Kult hinfällig. Sie können nicht mal einen neuen Zyklus ohne sie anfangen. Kein neuer Zyklus, keine Entführungen, keine Macht."

Valtons Gesicht hatte sich weiter verfinstert.

„Und warum lebt sie dann noch? Dann wäre es doch das Beste, sie gleich zu töten. Dann bist du den Ballast los und der Kult ist am Ende. Das wäre für alle das Beste!"

Er zog ein Messer, doch Bendik hielt seinen Arm fest.

„Rühr sie nicht an!"

Valton riss sich los und starrte ihn wütend an. Hanna löste sich aus der Ecke und legte vorsichtig die Hand auf Bendiks Arm.

„Er hat Recht." Sie sah ihn entschuldigend an, doch Bendik schüttelte störrisch den Kopf. „Ich weiß nicht wie lange ich Istra noch standhalten kann und sie wird nicht aufgeben. Und ich ertrage es nicht, wieder zurückzugehen. Ich bin dann sowieso tot. Vielleicht ist es wirklich besser so. So können wir beide entkommen."

Sie drückte Bendiks Arm, doch er nahm ihre Hand und schüttelte den Kopf.

„Nein, wir machen es so, wie wir es besprochen haben. Du kommst mit mir. Ich kann dich beschützen. Sie werden dich nicht wieder kriegen."

Valton sah von Bendik zu Hanna. Dann dämmerte es ihm. Er sah den Blick, mit dem Bendik Hanna bedachte. Dann schlug er die Hände über dem Kopf zusammen, als er verstand.

„Das darf doch nicht wahr sein!", rief er und Bendik hielt ihm rasch die Hand vor den Mund, bevor ihn noch jemand hörte. Valton machte sich los. „Warum habe ich dir nicht einfach Liska überlassen", flüsterte er und Bendik lief mit einem Seitenblick auf Hanna rot an.

„Ich weiß nicht, wovon du sprichst."

„Das glaubst du doch wohl selbst nicht, du blödes Kalwa!", zischte Valton, nun aber deutlich ruhiger. „Warum kannst du dir nicht einfach ein normales Mädchen aussuchen?" Er ignorierte Bendiks wütendes Gesicht. „Ich werde Mikell aus dem Bett holen, damit er dir ein paar Sachen von Enna zusammenpackt." Er warf Hanna einen prüfenden Blick zu. „Ihr Geschmack ist zwar recht grau, meiner Meinung nach, aber die Kleider müssten passen. Mikell kann dir das Ganze dann bringen, sodass ihr euch bei Sonnenaufgang auf den Weg machen könnt." Er stand auf. „Es wäre trotzdem das Beste ...", dann winkte er ab. „Ach, mach doch, was du willst, du ..."

„Es reicht, Valton!"

Valton grinste und verschwand aus dem Unterstand. Sie hörten noch ein paar Büsche rascheln, dann herrschte Stille. Hanna sagte nichts, doch Bendik spürte ihren Blick auf sich.

„Es wäre das Beste gewesen."

Bendik schüttelte erneut den Kopf.

„Nein, das wäre es nicht. Sie haben kein Recht, dir das anzutun und ich werde nicht zulassen, dass dir etwas passiert."

Hanna lachte leise.

„Du hörst dich gerade wie mein Bruder an, als der Nachbarsjunge mir mein neues Fahrrad weggenommen hatte." Sie rückte dicht zu Bendik und legte die Decken um ihn.

„Ich will nicht, dass dir etwas passiert, du hast schon so viel für mich riskiert."

Bendik zog ein wütendes Gesicht.

„Sie schikanieren uns, seit es Isgorat gib. Niemand kann sich erinnern, dass es jemals anders war. Es gibt keine Familie, die keinen Verlust durch den Tempel zu beklagen hat. Sie nehmen sich jeden, den sie haben wollen, ohne Rücksicht auf das Leid, das sie verursachen." Hanna nahm seine Hand, die sich zur Faust geballt hatte, in ihre und legte einen Arm um Bendik. „Dich einfach zu töten, fühlt sich für mich an, als ob sie dann gewinnen würden."

Hanna strich ihm über den Rücken.

„Weil du mich dann nicht gerettet hättest", sagte sie leise und Bendik nickte stumm.

Menschenjagd

Istras Füße schmerzten von der ungewohnten Bewegung, aber sie ließ sich nichts anmerken. Sie gingen gerade am Ufer des kleinen Baches entlang, durch den Bendik und Hanna gewatet waren. Wenn die Wachen daran Zweifel hatten, was sie tat, dann ließen sie es sich nicht anmerken. Die Weta hielt sich immer noch für frei. Istra hatte in ihren Gedanken gesehen, dass Bendik anscheinend Gefühle für die Weta entwickelte. Und diese schien ihn ebenfalls zu mögen. Das freute Istra, denn es bedeutete, dass er sie nun doch aufgegeben hatte. So konnte auch sie endgültig loslassen und seine Opferung würde ihr nicht mehr so schwerfallen. Zudem bedeutete seine Opferung für die Weta einen erneuten Verlust und die Schmerzen würden ihren Widerstand endgültig brechen. Wenn Istra jetzt richtig handelte, konnte sie nicht nur alles wieder gut machen, sondern sie würde gestärkt aus der ganzen Situation hervorgehen. Istra biss sich auf die Unterlippe, bis sie Blut schmeckte. Sie war so müde und erschöpft, doch sie musste stark sein. Sie durfte nicht versagen, sonst waren die Entbehrungen der letzten Jahre vergeblich gewesen. Durch die Ohren der Weta hörte sie, dass Bendik und die Weta bis Sonnenaufgang an dem See bleiben würden. Istra hatte schon befürchtet, dass sie ihnen noch weiter folgen musste. Aber Bendik wollte die Weta nicht zurücklassen und so warteten sie noch auf die Unterstützung seiner Freunde. Istra verzog böse das Gesicht. Sie waren die Nächsten. Sie hatte sich das Gesicht des einen Freundes gemerkt und wenn sie ihn aufspürten, fanden sie auch den anderen. Sie würden es bereuen, dem Tempel und der Eisgöttin Widerstand geleistet zu haben. Sie hatten ihr Ziel beinahe erreicht. Istra konnte durch die Büsche den Unterstand sehen. Es würde ein böses Erwachen für die Beiden werden.

„Leise!"

Sie und die Wachen hielten kurz inne, sahen zu, wie Bendik Wasser aus dem See holte und zum Unterstand zurückging.

„Sie sind völlig ahnungslos. Er hat sich nicht umgeschaut."

Istra spürte unangenehm den Atem des Anführers der Wachen auf ihrer Wange und wich ein Stück zurück. Der Mann gab seinen Kameraden ein Zeichen und sie stürmten auf die Lichtung. Als Bendik sie sah, zog er ein Messer und lief auf sie zu. Die Weta saß einfach nur mit weit aufgerissenen Augen da. Während Bendik mit den Wachen rang, ging Istra mit einem triumphierenden Lächeln auf den Lippen auf sie zu.

„Hast du wirklich geglaubt, du bist frei?", fragte sie spöttisch und schob die Weta dann mit roher Gewalt wieder zurück in den kleinen Winkel ihres Verstandes, in dem sie die letzten Wochen ihr Dasein gefristet hatte. Sie wehrte sich verzweifelt und merkte zu ihrem Entsetzen, dass Istra sie die ganze Zeit getäuscht haben musste.

„Hanna!"

Bendik hatte den Kampf bemerkt. Abgelenkt ließ seine Gegenwehr einen Moment nach. Im Augenwinkel sah er noch das Schwert vorstoßen, konnte aber nicht verhindern, dass es ihn traf. Gleichzeitig schlug ihn einer der Wachen heftig auf den Hinterkopf und er brach zusammen.

„Was habt ihr getan?" Istra war außer sich. „Ich brauche ihn lebend, tot nützt er der Göttin nichts!"

Eine der Wachen kniete sich zu Bendik hinunter und schüttelte ihn. Blut färbte den Schnee rot und lief auch an seinem Kopf hinunter.

„Er hat sich zu sehr gewehrt", entgegnete die Wache.

„Ihr wart drei gegen einen. Ihr könnt mir doch nicht erzählen, dass ihr ihn nicht überwältigen konntet!"

Istra funkelte den Hauptmann wütend an.

Der hielt ihrem Blick einen Augenblick stand und schaute dann zu Boden.

„Ich entschuldige mich nochmals, ehrwürdige Wächterin. Im Eifer des Gefechtes geschehen immer wieder Dinge, die man hinterher bereut."

Istra wandte sich ab. Sie konzentrierte sich nun ganz auf die Weta. Bendik und damit ein wertvolles Opfer war durch diese dummen Tölpel verloren. Sie sah sich noch einmal im Unterstand um und entdeckte das Opfermesser, das unter den zerwühlten Decken hervorschaute. Sie nahm es an sich, froh, dass zumindest dieses kostbare Instrument nicht verloren war. Auf ihren Befehl hin, stand die Weta auf und ging Istra und den Männern voran den Weg zurück, den sie gekommen waren. Istra konnte spüren, wie sie sich wandt und kämpfte, wie sie versuchte, sie mit der Erinnerung an Bendik zu schwächen. Aber das würde Istra nie mehr zulassen. Hinter ihrem Rücken warfen sich die Wachen bedeutungsvolle Blicke zu. Sie hatten noch die Worte des obersten Priesters, dem ihre Loyalität galt, in den Ohren. ,Tötet den Gefangen, er ist zu gefährlich und bringt die Weta unversehrt zurück'.

Valtons Entrüstung

Valton schlich sich im Mondschein zu Mikells Haus. Auf den ersten Blick war alles dunkel und er befürchtete, dass Mikell schon ins Bett gegangen war. Der Mann vertrug auch gar nichts, keinen zweiten Krug Pulka und wenn er nicht ausreichend Schlaf bekam, war er ungenießbar. Valton umrundete das Haus und warf einen Blick ins Schlafzimmer. Und tatsächlich, Mikell hatte sich bereits für die Nacht fertig gemacht und schickte sich an, die Kerze zu löschen. Enna war noch nicht bei ihm eingezogen, da ihre Mutter direkt nach der Hochzeit erkrankte. Sie war bei ihr geblieben, um sie zu pflegen. Valton klopfte ans Fenster und gab Mikell dann ein Zeichen, ihn reinzulassen. Nachdem er sich ein letztes Mal umgesehen hatte, schlüpfte Valton durch die Tür. Beim Anblick von Mikell im Nachthemd konnte er sich ein Grinsen nicht verkneifen, riss sich aber zusammen.

„Du musst ein paar Sachen von Enna zusammenpacken und sie Bendik in den Unterstand bringen. Noch heute Nacht, damit sie bei Sonnenaufgang weiterziehen können."
Er ignorierte Mikells fragenden Blick, ging an ihm vorbei in die Küche und wühlte in den Schränken. Als er die Flasche Kannis fand, nahm er einen großen Schluck und atmete dann heftig aus.

„Sie?" Mikell stand in der Tür und sah wortlos zu, wie sein Freund einen weiteren Schluck nahm. Valton schüttelte angewidert den Kopf.

„Das glaubst du nicht. Ich habe Bendik immer für einen vernünftigen Kerl gehalten, aber er ist das dümmste Kalwa in ganz Isgorat!"
Er setzte die Flasche wieder an. Mikell ging zu ihm und nahm sie ihm weg.

„Würdest du mir bitte erklären, was los ist? Was soll Bendik bitte schön mit Ennas Kleidern anfangen?"

„Das blöde Kalwa hat die Weta tatsächlich entführt!"

207

Mikell starrte Valton an und schluckte hart.

„Du lieber Himmel …"

„Und das ist noch nicht mal das Schlimmste!", fiel Valton ihm ins Wort. „Er hat sich in sie verliebt!"

„Das ist nicht wahr!"

Mikell schüttelte ungläubig den Kopf.

„Doch, ist es. Ich habe es in seinen Augen gesehen und du kannst mir glauben, ich weiß wovon ich rede. Ich bin schon oft genug vor diesem Blick weggelaufen."

Valton ließ sich auf einen der Stühle fallen und streckte die Hand nach der Flasche in Mikells Hand aus. Der nahm selbst einen Schluck, bevor er sie an Valton weiterreichte.

„Sie werden ihn umbringen, wenn sie ihn finden, oder noch Schlimmeres."

Auch er setzte sich und fuhr mit der Hand über sein Gesicht. Valton nickte missmutig.

„Dabei hätte ich mit einem Schlag den Kult vernichten können." Mikell sah ihn fragend an. „Die Weta ist der Schlüssel zu allem. Ohne sie können sie ihre Opferungen nicht durchführen und auch keinen neuen Zyklus beginnen. Ohne sie ist der Kult nichts. Ich hatte das Messer schon gezogen, aber Bendik hat mich zurückgehalten." Valton schüttelte traurig den Kopf und sah Mikell dann entschuldigend an. „Ich konnte nicht, das hätte er mir nie verziehen."

Mikell klopfte ihm auf die Schulter.

„Schon gut. Aber wieso …?"

„Ich glaube, er will bei ihr gutmachen, was er bei Daina nicht geschafft hat, oder so." Valton zuckte mit den Schultern. „Weiber, machen nur Ärger."

Mikell überhörte das und fing an, an den Fingern abzuzählen:

„Also, ich packe jetzt schnell ein paar Sachen zusammen und mache mich dann sofort auf den Weg. Dann können sie schon unterwegs sein, wenn die Sonne aufgeht. Am besten packe ich auch noch ein paar Lebensmittel ein, davon können sie nie genug haben."

Valton nickte nur.

„Aber was dann? Sie werden doch Bendik weiter folgen. Ich glaube, ich habe mal gehört, dass die Weta von der Wächterin unter geistiger Kontrolle gehalten wird. Ich habe es nicht ganz verstanden, aber es hört sich so für mich an, als ob sie miteinander verbunden sind. Wahrscheinlich wissen die Wachen schon, wo sie zu finden sind, und sind vielleicht schon auf dem Weg zu ihnen."

Mikell sprang auf, doch Valton hielt ihn zurück.

„Sie hat da etwas gesagt. Ich glaube, die Wächterin hat die Verbindung verloren und noch nicht wiederhergestellt, oder so in der Art hat sie es gesagt. Darum wollen sie ja auch weg."

Mikell nickte.

„Trotzdem, je mehr ich mich beeile, desto besser ist es."

Valton ließ ihn los und stand auf.

„Und ich gehe jetzt nach Hause, es ist schon spät, selbst für einen Besuch in der Schänke und Mutter wird sich sorgen."

Mikell grinste säuerlich.

„Dir wird schon was einfallen. Wie wäre es mit Liska?"

Valton winkte ab.

„Ach nee, wir hatten neulich einen Streit." Er kaute auf der Unterlippe und schlug dann Mikell ein letztes Mal auf die Schulter. „Ich finde schon eine Ausrede. Wir sehen uns morgen!"

Damit verschwand er aus der Küche und Mikell hörte, wie er die Haustür hinter sich schloss. Er sah auf die Flasche auf dem Küchentisch, korkte sie dann entschlossen zu und machte sich an die Arbeit.

Ein neuer Zyklus beginnt

Müde und erschöpft erreichte Istra mit der Weta den Tempelbezirk. Sie wurden am Tor bereits von Ismann erwartet. Istra fragte sich, wie lange er da schon verharrte. Seine Miene war undurchdringlich. Ein Frösteln, das nichts mit ihrer Müdigkeit zu tun hatte, überkam sie. Wieder einmal hatte sie das Gefühl, dass dieser Mann ihr bis in die hinterste Ecke ihres Verstandes schaute, dass er alles wusste. Sie senkte den Blick.

„Oberster Priester. Meine Mission war erfolgreich, die Weta hat wieder ihren Platz eingenommen. Allerdings wurde der Gefangene getötet."
Sie warf den Wachen einen bösen Blick zu.

„Bringt die Weta in ihre Räume, dann kommt zu mir in mein Gemach."
Istra öffnete den Mund, um zu widersprechen. Sie war müde und brauchte dringend Schlaf. Aber sie überlegte es sich anders.

„Wie Ihr wünscht, oberster Priester."
Ohne ein weiteres Wort wandte sich Ismann ab und verschwand. Istra starrte ihm noch einen Moment nach und setzte sich und die Weta in Bewegung. Sie konnte immer noch ihre schwache Gegenwehr spüren, wie sie immer wieder die Grenzen ihres Gefängnisses abklopfte. Es nervte sie und sie holte mit aller Kraft aus, um die Weta in ihre Schranken zu weisen. Dann war Ruhe. Vielleicht war sie einfach die ganze Zeit zu vorsichtig gewesen, hatte zu viel Mitgefühl mit der jungen Frau gehabt. Doch das war jetzt vorbei. Sie würde sie brechen. Das hätte sie von Anfang an tun sollen. In ihren Gemächern angekommen, ließ Istra die Weta sich niederlegen und einschlafen. Dann zog sie eine frische Robe an, kämmte ihr zerzaustes Haar und spritzte sich etwas Wasser ins Gesicht. Nun war sie bereit, Ismann gegenüberzutreten.

„Herein!"

Istra öffnete die Tür und trat ins Zimmer. Ismann saß an seinem Tisch und blätterte durch ein paar Pergamente. Dann richtete er seinen kalten Blick auf Istra.

„Die letzten zwei Tage waren sehr beunruhigend. Ihr hattet die Kontrolle über die Weta verloren und beinahe wäre der Zyklus unterbrochen worden. Das ist inakzeptabel."

Istra schluckte. Was wollte er damit sagen?

„Ich hatte Euch doch bereits erklärt, dass …"

„Eine Wächterin verlässt die Weta niemals. Niemals! Verkauft mich nicht für dumm. Ich weiß, dass ihr Euch bei dieser Opferung zurückgezogen habt, weil Ihr es nicht ertragen konntet, diesen jungen Mann sterben zu sehen! Ihr habt mich belogen und die Eisgöttin verraten! Das ist unverzeihlich. Ich hatte große Stücke auf Euch gesetzt, sehe aber nun, dass Ihr Eure Schwäche mit Hinterlist und Tücke vor mir verborgen habt!"

Ismann war aufgestanden, um den Tisch herumgegangen und baute sich nun drohend vor Istra auf. Obwohl es im Raum eiskalt war, wurde ihr heiß.

„Das stimmt nicht! Ich gehöre ganz der Eisgöttin, mit meinem Körper und meiner Seele! Sie ist nach wie vor bei mir und hat mir Kraft verliehen, diese Aufgabe zu meistern. Es war eine Prüfung und ich habe sie bestanden. Ich kann dieses Amt ausfüllen!"

Sie sah Ismann fest in die Augen. Sie wollte sich von ihm nicht einschüchtern lassen.

„Ihr habt Euch an Eure Erinnerungen geklammert, wie ein kleines Mädchen an sein Lieblingsspielzeug. Mir ist zu spät klar geworden, dass Eure Konditionierung nicht vollständig war. Ihr habt mit Eurer Schwäche den ganzen Kult bewusst in Gefahr gebracht. Ich hätte Euch nie erwählen dürfen! Aber diesen Fehler werde ich nun ausmerzen. Selbst wenn Ihr glaubt, dass die Eisgöttin nach wie vor zu Euch steht, ich kann Euch nicht mehr vertrauen."

Ismanns Augen sprühten Funken und Istra spürte, wie ihr der Boden unter ihren Füßen weggezogen wurde. Sie ahnte, was jetzt kam und wurde ganz ruhig.

Ismann hatte ihr den Rücken zugewandt.

„In drei Wochen bei Vollmond wird dieser Zyklus beendet. Ihr wisst, was zu tun ist."

Ohne Istra noch einmal anzusehen, ging er zurück an seinen Schreibtisch und blätterte erneut in den Pergamenten. Istra verbeugte sich und verließ bedächtig den Raum. Ismann schaute auf, als die Tür sich hinter Istra schloss. Seit sie aus der Klausur zurückgekehrt war, hatte er sie scharf beobachtet. Die Pergamente, die vor ihm lagen, waren das Verzeichnis, das zu den Entführungen aus dem Volk angelegt worden war. Er hatte die Notizen zu Istras Entführung immer wieder studiert. Er wollte wissen, was schiefgelaufen war, wieso sie überhaupt noch Erinnerungen an ihre Kindheit hatte, und er war zu dem Schluss gekommen, dass man sie bei der Entführung für jünger gehalten hatte, als sie tatsächlich gewesen war. Das kam immer wieder vor, wenn die Kinder klein und zierlich waren. Aber im Allgemeinen zeigte es sich deutlich, wenn die Konditionierung nicht vollständig gelang. Diese Priesterinnen und Priester gelangten nie in ein höheres Amt. Wie hatte Istra verstecken können, dass sie ihr altes Ich nicht komplett vergessen hatte? Wie hatte sie es vor ihm verbergen können? Er hatte die Gabe, nicht nur jede noch so winzige Regung des Gesichtes entschlüsseln zu können, er sah auch immer die Gedanken dahinter. Und erst als dieser junge Mann erneut in Istras Leben getreten war, war ihm ihre Schwäche offenbar geworden. Es war ein Fehler gewesen, ihn auf den Opferaltar zu legen, aber er hatte Istra testen müssen, er musste sich ihrer sicher sein und sie hatte versagt.

Ihn überlief ein Schauer, bei dem Gedanken, dass der Gefangene den Zyklus mit Leichtigkeit hätte unterbrechen können. Um die Macht freizusetzen, mit der sie einen Köper besetzen konnte, musste die Wächterin das Band zwischen ihr und der Weta durchtrennen, indem sie die Weta tötete. Tat dies ein anderer, blieb die Macht in der Wächterin gefangen und konnte bei ihrer Opferung nicht auf die nächste Wächterin übertragen werden. Mit ihrem Tod würde sie verloren gehen. Er würde Ewis erneut davon überzeugen müssen, diese Macht einer Priesterin zu verleihen, und in der Zeit, die das dauern würde, wäre seine Aufmerksamkeit an Ewis gebunden. Chaos würde ausbrechen, wenn er nicht stetig ein Auge auf die Dinge hatte. Alles, was er aufgebaut hatte, würde untergehen. Er wollte nicht mehr auf die Annehmlichkeiten, die er über die Jahrzehnte geschaffen hatte, verzichten.

Er hatte bereits eine neue Wächterin gewählt: Ismila. Bei ihr hatte er keine Zweifel, dass die Konditionierung vollständig war. Sie gehörte der Eisgöttin ganz und sie hatte an ihr während der Reinigungen ebenfalls ein besonderes Interesse gezeigt. Sie war ehrgeiziger als Istra, wollte in der Hierarchie aufsteigen und scheute sich nicht, dafür zu kämpfen. Dies hatte ihn davon abgehalten, sie an erster Stelle zu wählen, denn er duldete keine Konkurrenz. Aber sie war die einzige Alternative, wenn er den Zyklus sofort beenden wollte. Er würde sonst noch einige Jahre warten müssen und er wollte das Risiko, dass Istra erneut versagte, nicht eingehen. Er würde Ismila vermutlich regelmäßig in ihre Schranken weisen müssen, aber das würde sich zeigen. Sie war erfreut über ihre Erwählung gewesen, auch wenn sie versucht hatte, es zu verbergen. Aber sie zeigte kein Mitleid, das hatte er bei einigen Gelegenheiten bei ihrem Umgang mit Untergebenen beobachtet. Sie würde die neue Weta gnadenlos in ihrer Gewalt halten und ihr keine Möglichkeit zur Flucht geben. Sie würde der Aufgabe gerecht werden.

In ihren Gemächern angekommen, kniete Istra vor ihrem kleinen Altar nieder. Alle Mühe war vergeblich gewesen.

Nun, da sie sich endlich von ihrer Vergangenheit gelöst hatte und bereit war, ihr ganzes Ich der Eisgöttin zu schenken, bekam sie keine zweite Chance. Ihr blieb nur, ihre Aufgabe zu vollenden, die Weta zu opfern und sich dann freiwillig der Göttin als Opfer darzubieten. Dies machte ihr keine Angst, denn sie war auf ihren Tod auf dem Altar während ihrer gesamten Zeit im Tempel vorbereitet worden. Mit Bendik war auch ihre Vergangenheit gestorben und mit der Weta würde sie ihren Lebensinhalt verlieren. Es gab keinen Grund mehr weiterzuleben. Aber sie wollte die Eisgöttin und Ismann nicht mehr enttäuschen. Der Eiskult würde mit ihrer Hilfe weiterleben und so war dann doch nicht alles vergebens gewesen. Sie spürte die Gegenwart der Eisgöttin und kurz flammte Wut in ihr auf. Warum ließ sie zu, dass Ismann den Zyklus beendete? Wenn sie Ewis wirklich verraten hatte, wieso war sie dann noch da? Hieß das denn nicht, dass sie sehr wohl ihr Amt weiter verrichten konnte? Doch die Eisgöttin antwortete nicht. Und Istra begriff, dass es ihr egal war, wer das Amt der Wächterin innehatte, Hauptsache sie konnte sich an den schlimmsten Erinnerungen und an dem Blut laben. Istra erhob sich, ging zum Bett, auf dem die Weta lag und sah auf sie herab. Sie schlief nach wie vor. Istra wandte sich ab und legte sich auf ihr eigenes Lager. Zumindest würde der ewige Kampf bald vorbei sein. Mit diesem Gedanken schlief sie ein.

Böses Erwachen

Bendik stöhnte leise auf. Ihm war eiskalt und seine Seite brannte wie Feuer. Er drehte den Kopf und ihm wurde so übel, dass er sich übergeben musste. Er schaffte es gerade so, dass ihm das Erbrochene nicht über die Kleidung lief. Ihm wurde wieder schwarz vor Augen.

Eine Weile später erwachte er erneut, das Gesicht direkt neben seinem Erbrochenen. Er verzog angeekelt das Gesicht und spürte, wie sich sein Magen erneut zusammenzog. Er atmete einige Male tief durch den Mund ein und aus, obwohl die Schmerzen in seiner Seite ihn fast wieder ohnmächtig werden ließen. Auch sein Kopf dröhnte erbarmungslos. Nach einem scheinbar endlosen Kampf, das Bewusstsein nicht wieder zu verlieren, drehte sich Bendik auf den Rücken und wartete ab, bis die Schmerzwelle abebbte, die seinen Körper bei der Bewegung durchflutete. Dann tastete er vorsichtig seine Seite ab. Ein Zischen entfuhr ihm, als er die Wunde berührte. Sie ging bis auf die Rippen, aber anscheinend nicht tiefer. Er konnte sich nur dunkel erinnern, wie er sich im letzten Moment gedreht hatte. Sonst hätte das Schwert ihn glatt aufgespießt. Vorsichtig schob er die Hand unter seinen Kopf und spürte die klebrige Feuchtigkeit. Eine ordentliche Platzwunde, aber auch die würde verheilen, wenn er nicht vorher erfror. Er drehte sich auf den Bauch, machte keuchend Pause und robbte dann langsam auf den Unterstand zu. Dort legte er sich aus Kleidungsstücken einen Verband um seine Seite und seinen Kopf, wickelte sich in die Decken und versank wieder in Bewusstlosigkeit.

So fand ihn Mikell kurz vor dem Morgengrauen. Mit einem Blick erfasste er das Geschehen, sah den zerwühlten, roten Schnee, die Spuren, die zum Unterstand führten.

„Bendik! Du lieber Himmel!"

Er wickelte Bendik aus den Decken und begutachtete die Wunden. Bendik wachte auf und stöhnte leise.

„Mikell?"

„Sch, bleib ruhig, streng dich nicht an!"

Mikell löste die Verbände und sah zu seiner Erleichterung, dass Bendik die Heilsalbe benutzt hatte, von der sie immer einen kleinen Vorrat im Unterstand hatten. Der Schnitt an der Seite war tief, hatte sich jedoch nicht entzündet, was auch für die Wunde am Kopf galt. Bendik ächzte leise, als er sich aufsetzte. Sofort sickerte wieder Blut aus seiner Seitenwunde.

„Sie haben Hanna mitgenommen. Sie hat sich geirrt. Die Wächterin war doch stärker und hat uns die ganze Zeit belauscht. Mich haben sie liegen gelassen. Haben mich wohl für tot gehalten."

Bendiks Stimme war kaum mehr als ein Flüstern.

Mikell drückte ihn wieder sanft auf das Lager.

„Das wirst du auch sein, wenn du hierbleibst, mein Freund."

Die Wunden mussten genäht werden, sonst würden sie nicht verheilen und Bendik musste raus aus der Kälte, anderenfalls würde sein geschwächter Körper dem Fieber nichts entgegensetzen können. Mikell durchwühlte die Kleidung, die er mitgebracht hatte, riss einen von Ennas Unterröcken in Streifen und verband Bendik erneut. Der stöhnte schmerzerfüllt auf, als Mikell die Verbände fest um Kopf und Körper legte. Mikell betrachtete noch einmal kritisch sein Werk. Hilfe zu holen, würde zu lange dauern. Bendik war schon jetzt komplett ausgekühlt und es würde mindestens zwei Stunden dauern, bis er zurück sein würde. Bis dahin konnte Bendik erfroren sein. Er musste ihn an den Waldrand bringen, dann seinen Schlitten holen, unterwegs Oma einsammeln und Bendik in sein Haus schaffen. Er musste sich beeilen, um rechtzeitig zur Arbeit zu erscheinen, sonst würde er unnötig Aufmerksamkeit erregen.

Wahrscheinlich wurden er und Valton beobachtet. Er schaute nach der Sonne, die mittlerweile aufgegangen war. Noch war genug Zeit. Er richtete Bendik auf und zog ihn hoch, legte seinen Arm um seine Schultern und begann, ihn durch den Wald zu tragen. Bendik konnte sich kaum auf den Beinen halten und schon bald ächzte Mikell unter seiner Last. Aber der Hass auf den Eiskult gab ihm Kraft. Sie hatten ihm schon so viel genommen. Seinen besten Freund würden sie nicht bekommen. Am Waldrand angekommen, setzte er Bendik an einen Baum und huschte zu seinem Haus. Er spannte sein Kalwa vor den Schlitten und fuhr zu Oma. Er klopfte an die Tür. Und als sich nichts regte, klopfte er erneut. Schließlich hörte er schlurfende Schritte und Oma, noch im Nachthemd, öffnete die Tür einen Spalt.

„Hast du den Verstand verloren? Ich habe noch geschlafen!"

Oma wollte die Tür wieder schließen, doch Mikell war schneller, schob sie auf, ging an ihr vorbei ins Haus und schloss die Tür hinter sich.

„Du musst mitkommen, Oma!", sagte er laut, doch Oma winkte nur ab.

„Ins Bett muss ich, du Nichtsnutz. Ich bin eine alte Frau und muss viel schlafen. Willst du mich etwa umbringen?"

Mikell verdrehte die Augen. Dass Oma auch immer so ein Theater machen musste. Er stellte sich ihr in den Weg.

„Bitte, Oma. Bendik ist schwer verletzt. Ich habe ihn am Waldrand zurückgelassen, aber du musst ihn versorgen, sonst stirbt er."

Oma sah ihn böse an.

„Ist doch nicht meine Schuld. So schlimm wird es schon nicht sein. Er kann warten, bis ich ausgeschlafen habe. Er tut sowieso nie das, was ich sage, da kann er auch noch ein paar Stunden warten."

Sie wollte ihn zur Seite drängen, doch Mikell gab nicht nach.

„Er ist in einen Kampf mit den Tempelwachen geraten."

Oma hörte auf zu drängeln und sah Mikell mit zusammengekniffenen Augen an.

„Er ist ihnen doch vom Altar gehüpft. Sie haben nur vollendet, was ihm sowieso geblüht hätte."

Mikell wurde allmählich zornig.

„Du hasst den Tempel genauso sehr wie ich. Willst du ihnen diese Genugtuung wirklich gönnen, oder willst du ihnen in den Arsch treten?"

Oma sah ihn böse an.

„Deine Freunde haben einen schlechten Einfluss auf dich. Es wird Zeit, dass Enna endlich bei dir einzieht. Ihre Mutter soll sich eine andere Pflegerin suchen!"

Mikell atmete auf, denn er sah, dass er bei Oma einen Nerv getroffen hatte. Sie würde die Möglichkeit, dem Tempel eins auszuwischen nicht vertun.

„Ich habe noch Schulden bei seinem Vater, die betrachte ich dann als beglichen!"

Damit verschwand sie im Schlafzimmer. Oma tauschte ihre Heilsalbe, die sie aus Algen, Rinden und Kieernadeln herstellte, gegen das, was sie zum Leben brauchte. Ihre Salbe war die beste und auch ihre anderen Heilkenntnisse waren sehr geschätzt. Sie sagte immer, es spiele keine Rolle, ob man Kleider oder Menschen nähte. Oma kam angezogen zurück, ihre Arbeitstasche in der Hand. Sie schloss sorgsam die Tür hinter sich ab und kletterte dann zu Mikell in den Schlitten.

„Dann lass uns den Pechvogel mal einsammeln", grummelte sie noch immer verstimmt.

Bendik saß immer noch so da, wie Mikell ihn zurückgelassen hatte. Oma kletterte umständlich vom Schlitten herunter und untersuchte ihn. Frische Blutspuren waren auf den Verbänden zu sehen.

„Ach, herrje", krächzte Oma und richtete sich auf. „Der ist ja schon fast hinüber."

Mikell zuckte bei ihren herzlosen Worten zusammen, aber Oma hatte sich über die Jahre, in denen sie bei der Robbenjagd Verletzte versorgt hatte, jegliches Mitleid mit den Verwundeten abgewöhnt. Sie kletterte wieder auf den Schlitten.

„Na los, Junge. Pack ihn in den Schlitten. Ich will sehen, ob ich ihn wieder zusammenflicken kann."

Vorsichtig schüttelte Mikell Bendik wach. Er zog ihn hoch und bugsierte ihn in den Schlitten. Ohne groß Aufmerksamkeit zu erregen, erreichten sie Mikells Haus. Die Tempelwachen hatten sich zurückgezogen, nachdem die Weta in den Tempel zurückgekehrt war. Mikell legte Bendik auf sein Bett und zusammen mit Oma zog er ihn aus. Oma untersuchte seine Wunden gründlich und knurrte dann:

„Das sieht schlimmer aus, als es ist. Der wird schon wieder." Sie sah Mikell an, der ihr besorgt zugeschaut hatte. „Was stehst du so herum und glotzt mich an?", fuhr sie ihn an. „Mach mir ein Feuer im Ofen und hol eine Flasche Kannis. Dein nutzloser, schwarzbrennender Schürzenjägerfreund hat hier doch bestimmt ein paar Flaschen versteckt. Und dann wird es Zeit, dass du zur Arbeit kommst, wir wollen doch nicht, dass man dich vermisst."

Sie wandte sich wieder Bendik zu. Mikell tat wie ihm geheißen und machte sich dann auf dem Weg zur Arbeit. Beim Schichtwechsel konnte er mit Valton ein paar Worte wechseln und dieser machte sich nach Arbeitsende sofort auf den Weg zu Mikells Haus. Oma saß noch an Bendiks Seite. Er schlief ruhig und hatte wieder etwas Farbe im Gesicht. Anstatt einer Begrüßung fauchte Oma:

„Na endlich. Ich dachte schon, ihr wollt mich hier verschimmeln lassen. Er schläft jetzt. Den Verband könnt ihr jeden Tag selber wechseln. Salbe und Verbände lasse ich da. Und er muss alle drei Stunden eine Tasse von dem Tee trinken." Sie zeigte auf einen Beutel, der bei den anderen Dingen auf dem Tisch lag. Valton wusste Bescheid, jeder im

Dorf hatte schon mal Omas berüchtigten Tee trinken müssen.

„Und jetzt fährst du mich zum Algenhändler und zum Metzger, ich habe sonst nichts mehr zu essen!", verlangte Oma und erhob sich.

„Aber …", Valton wies auf den schlafenden Bendik. Oma winkte ab.

„Ach papperlapapp! Der kann auch alleine schlafen. Tu gefälligst, was ich dir sage!"

Ohne weitere Worte schnappte sie sich ihre Tasche, ging zur Tür hinaus und kletterte in Valtons Schlitten. Der stand noch einen Moment sprachlos in Mikells Schlafzimmer. Beschloss dann aber, einfach zu tun, was Oma sagte.

Im Algengeschäft wurden sie freundlich begrüßt.

„Na Oma, heute spät dran?!"

„Ach was. Mein nutzloser Enkel hat mich versetzt und stattdessen seinen noch nutzloseren Freund geschickt!"

Valton bemühte sich, nicht beleidigt zu sein. Oma schlug ihm den gerade erstandenen Beutel mit Algen beinahe um die Ohren.

„Da! Willst du wohl einer alten Frau beim Tragen helfen? Fauler Bengel!"

Sie stampfte an ihm vorbei und traf dabei mit ihrem Stock fast seinen Fuß. Valton verdrehte die Augen und der Verkäufer grinste ihn breit an.

Beim Metzger trafen sie Ando. Valton packte ihn am Arm und zischte ihm zu:

„Warte bei Mikells Haus auf mich, aber unauffällig. Verstehst du? Ich muss Oma noch nach Hause bringen."

„Was …?"

„Frag nicht. Mach es einfach!"

Ando nickte verwirrt und verließ den Laden.

„Was tuschelst du da so rum? Ich stehe mir hier schon die Beine in den Bauch!", meckerte Oma. Wortlos nahm Valton den gefüllten Beutel von der Metzgersfrau entgegen, die ihm ein mitleidiges Lächeln schenkte. „Na los! Schlag keine Wurzeln. Ich will heute noch nach Hause!"

Oma stieß Valton mit ihrem Stock in den Rücken und mit einem unterdrückten Fluch setzte er sich in Bewegung. Er brachte Oma nach Hause und trug ihr die Einkäufe in die Küche. Sie schob ihn ohne Dank zur Tür hinaus und schlug ihm diese vor der Nase zu.

„Gern geschehen!", knurrte Valton und machte sich unverzüglich auf den Weg zu Mikells Haus. Ando wartete hinter einem Baum auf ihn und kam hervor, als Valton auf den Hof fuhr.

„Was ist denn los?"

Valton schob Ando wortlos in Mikells Haus und weiter ins Schlafzimmer. Dort nahm er einen tiefen Schluck aus der Kannisflasche, während sich Ando besorgt über seinen Bruder beugte, der immer noch schlief.

„Beim Metzger haben sie erzählt, dass der Entführer tot ist. Und dass die Weta in drei Wochen geopfert werden soll."

Valton trat ans Bett.

„Sie hatten ihn für tot gehalten und liegen lassen. Oma sagt, dass er wieder gesund wird. Er hat großes Glück gehabt. Und es wird Zeit für seinen Tee."

Valton goss eine Tasse auf und als der Tee zum Trinken abgekühlt war, weckten sie Bendik und flößten ihm den Tee ein.

„Los, erzähl genau, was der Koch gesagt hat. Hast du ihn selbst gehört, oder …?"

„Ja", sagte Ando und fuhr fort, „er war ganz aufgeregt, als er Sveja davon erzählt hat. Die Wächterin hat die Weta und Bendik mit ihrer Zauberkraft aufgespürt und es hat einen Kampf gegeben, bei dem Bendik umgekommen sein soll. Ich musste mir alle Mühe geben, um mir nichts anmerken zu lassen. Dann hat er weiter erzählt, dass der Zyklus beendet werden soll. In drei Wochen soll die Weta geopfert werden, wenn der Mond am höchsten steht. Er hatte es gerade in der Küche erfahren. Die Dienerin der neuen Wächterin hatte das verbreitet. Er hat sich so schnell auf den Weg gemacht, wie er konnte, ohne Verdacht zu erregen, um uns zu warnen." Ando schluckte und Valton legte ihm eine Hand auf die Schulter. Er wusste, dass Ando gerade an Ilva dachte. Ando schüttelte fassungslos den Kopf. „Ein neuer Zyklus. Dann geht das Ganze von vorne los. Bald haben wir keine Frauen mehr."

Den Rest des Tages verbrachten sie schweigend an Bendiks Bett und weckten ihn nur, um ihm Tee einzuflößen. Als Mikell am Abend nach Hause kam, schlug Bendik die Augen auf. Sie lagen tief in ihren Höhlen, aber sein Blick war klar.

„Hanna?", fragte er und sah Mikell an. Der seufzte, schüttelte den Kopf und ließ sich auf einen Stuhl fallen.

„Wer ist Hanna?", fragte Ando in die Runde.

„Was ist mit ihr geschehen?", bohrte Bendik weiter, ohne auf die Frage seines Bruders einzugehen.

„Die Weta ist wieder im Tempel und soll in drei Wochen bei Vollmond geopfert werden", sagte Valton schonungslos. Ando klappte der Mund auf.

„Die Weta?"

„Ihr Name ist Hanna!", Bendiks Stimme war kaum hörbar. Er hatte die Augen geschlossen und einige Tränen liefen seine Wangen herunter.

„Es ist meine Schuld. Wir hätten nicht dortbleiben dürfen. Ich hätte …"

Valton schüttelte Bendik und unterbrach sein Gestammel.

„Du hättest sie töten sollen, als du die Chance hattest, oder hättest es mich tun lassen sollen. Nun hat die Wächterin sie überlistet. Sie war doch stärker. Sie hätte euch auf jeden Fall gefunden, egal wie weit ihr fortgelaufen wärt!"

„Kann mich mal jemand aufklären?"

Andos Stimme hatte einen eindeutig ärgerlichen Unterton.

„Bendik hat tatsächlich die Weta entführt und so wie es aussieht, sich in sie verliebt."

Valton verzog säuerlich das Gesicht.

„Nein!"

„Doch!"

Ando schlug sich fassungslos an den Kopf.

„Was bist du doch für ein dummes Kalwa! Da hättest du auch gleich den Altar klauen können."

„Krieg dich wieder ein. Es ist eben einfach passiert." Bendiks Augen waren geöffnet und er sah seinen kleinen Bruder wütend an. Dann versuchte er, sich aufzurichten. Mikell hinderte ihn daran.

„Was soll das werden?"

„Ich muss ihr helfen. Sie wollte doch nur wieder frei sein!"

„Oma hat dich gerade erst zusammengenäht, du bleibst schön liegen, sonst reißt sie uns die Ohren ab." Bendik ließ sich zurück in das Kissen sinken. Seine Gedanken waren bei Hanna und ihrer Zuversicht, den Kampf mit der Wächterin zu gewinnen. Er konnte sie nicht im Stich lassen. Er hatte ihr etwas versprochen.

„Ich werde sie befreien. Entweder helft ihr mir oder ihr geht mir aus dem Weg."

Bendik sah seine Freunde fest an.

„Das ist Selbstmord!", protestierte Mikell und Valton stimmte ihm zu.

„Zuerst müssten wir an den Wachen vorbei. Die werden nicht gemütlich rumstehen und uns durchwinken. Der Koch hat auch gesagt, dass alle Priester im Heiligtum sein werden. Hast du eine Ahnung, durch welche Massen wir uns durchkämpfen müssten?" Valton schüttelte den Kopf.

„Wir können uns über die Dächer anschleichen. Und die Priester werden in Trance sein, wir müssen nur den richtigen Moment abpassen." Bendik ließ nicht locker.

„Und was dann? Nehmen wir mal an, wir schaffen das. Wie willst du die Weta aus der Kontrolle der Wächterin befreien. Du müsstest die Wächterin – Daina – töten. Ist dir das klar?"

Valton beobachtete Bendiks Gesicht genau und sah den Schatten, der darüber wanderte.

„Ich weiß. Aber Daina lebt schon lange nicht mehr. Die Wächterin hat sie getötet. Sie ist Istra."

Valton ließ die Schultern nach unten sacken.

„Das ist Wahnsinn!"

„Es wäre Wahnsinn, nichts zu tun und das Morden und die Entführungen weiter zuzulassen. Wenn wir den Zyklus unterbrechen, wenn wir verhindern, dass sie einen neuen beginnen können …"

Alle schwiegen für einen Moment und gaben sich der Hoffnung hin, die in Bendiks Worten mitschwang.

Wachsamkeit

Ismann wälzte sich unruhig auf seinem Lager hin und her. Informationen, die er gestern erhalten hatte, ließen ihm keine Ruhe. Er gab es auf, schlafen zu wollen, und kniete sich vor den Altar in seinem Gemach. Nachdem die Weta wieder in Sicherheit war, hatte er die Wachen aus den Dörfern abgezogen. Er wollte sie im Tempelbezirk haben, um die Wächterin und die Weta zu bewachen. Bis zur Abschlusszeremonie waren es noch fast drei Wochen und die Unruhe, die in der Bevölkerung Isgorats herrschte, bereitete ihm Sorgen. Die Nachricht über die Flucht des Gefangenen sowie die Entführung der Weta hatte schnell ihren Weg in die Schänken gefunden und wurde dort heiß diskutiert. Er wusste immer noch nicht, wer die undichte Stelle war. Vielleicht gab es auch mehrere. Sein Informantennetz war nach den Unruhen auf den Festen löchrig geworden, doch es reichte noch aus, um ihm die beunruhigenden Nachrichten zu bestätigen. Die Bevölkerung war in rebellischer Stimmung. Ismann ärgerte sich immer noch, dass die Tempelwachen bei den Entführungen der Kinder so ungeschickt vorgegangen waren. Zu allem Unglück hatte auch die Information, dass bald ein neuer Zyklus beginnen sollte, den Tempelbezirk verlassen. Seine Spione berichteten, dass die Bevölkerung keine weiteren Entführungen hinnehmen wollte. Noch wurde nicht offen von Rebellion gesprochen, aber Ismann befürchtete, dass es nur eine Frage der Zeit war. Er hatte noch weitere Gefangene befragt, doch auch von ihnen nichts Genaueres erfahren. Es schien also, als redeten die Menschen im Moment nur, hatten aber noch nichts Konkretes geplant. Er musste handeln, bevor das Ganze außer Kontrolle geriet. Er musste mit entschlossener Härte vorgehen. Er rief nach seinem Diener und ließ von ihm den Kommandeur der Tempelwache holen.

„Kommandeur, die Stimmung in den Dörfern spitzt sich zu. Nach dem unglücklichen Auftreten Eurer Männer auf den Festen …" Er warf dem Kommandeur einen missmutigen Blick zu, den dieser jedoch regungslos erwiderte. „… scheinen die Menschen in rebellischer Stimmung zu sein. Ich will, dass Eure Leute in den Dörfern patrouillieren. Dörfler, die sich verdächtig verhalten, sind zu verhaften. Kontrolliert regelmäßig die Schänken und alle bekannten Treffpunkte. Versammlungen werden unverzüglich aufgelöst. Habt Ihr das verstanden?"

Der Kommandeur nickte knapp.

„Ja, ehrwürdiger Ismann. Wie viele Wachen sollen zum Schutz des Tempelbezirkes zurückbleiben?"

Ismann sah den Mann scharf an. Widersprach er etwa? Aber das Gesicht zeigte keine Regung. Ismann wollte schon eine schneidende Antwort geben, als er sich anders besann. Anscheinend wollte der Mann keinen weiteren Fehler begehen.

„Zehn Mann sollten zum Schutz der Weta reichen. Macht Eure Arbeit diesmal vernünftig. Ich will keine schlechten Nachrichten hören. Eine mögliche Rebellion muss im Keim erstickt werden. Habt Ihr die Wichtigkeit dieser Mission begriffen?"

„Ja, ehrwürdiger Ismann!"

Der Kommandeur verneigte sich erneut.

„Worauf wartet Ihr noch, die Sache regelt sich nicht, wenn Ihr hier nur rumsteht!"

Der Kommandeur straffte die Schultern und verließ dann den Raum. Ismann lehnte sich auf seinem Stuhl zurück und rieb sich die Schläfen. Alles begann, aus dem Ruder zu laufen. Wie konnte das nur passieren? Er stand auf, goss sich ein Glas Wasser ein und trank einen Schluck. Wenn in ein paar Wochen der neue Zyklus begonnen hatte, würde sich alles wieder beruhigen. Die Bevölkerung war immer mal in Aufruhr gewesen, hatte sich aber nie erhoben. Sie würde es auch jetzt nicht tun.

Das Maß ist voll

Ando schaute sich um, bevor er die Tür zur Schänke öffnete und hineinschlüpfte. Die Tempelwachen patrouillierten wieder durch die Dörfer und man musste höllisch aufpassen, um nicht von ihnen gesehen zu werden. Der Wirt winkte ihm zu und schob ihn dann unauffällig in einen Raum neben der Vorratskammer. Der war zum Bersten gefüllt, die Luft stickig und warm. Ando entdeckte Mikell und Valton und gesellte sich zu ihnen. Der Metzger sprach gerade und erzählte den Anwesenden, was er vom Koch erfahren hatte.

„Der jetzige Zyklus wird in gut zwei Wochen beendet, dann beginnt ein neuer und es werden wieder junge Frauen entführt werden!"

Zorniges Gemurmel erhob sich. Ando schaute sich unter den Anwesenden um. Die meisten kannte er nicht, nur einige vom Sehen her. Von ihnen wusste er, dass sie aus anderen Dörfern kamen.

„Woher willst du wissen, dass er nicht lügt?", fragte gerade einer.

Valton verzog verächtlich das Gesicht.

„Ich wusste, es war ein Fehler, diesen Angsthasen einzuweihen. Er wird noch alles ruinieren."

Mikell stieß ihm in die Seite.

„Was hätten wir tun sollen? Ihn bitten wegzugehen? Das hätte ihn nur misstrauisch gemacht."

Valton grunzte mürrisch und Ando begriff, dass dies Arbeiter von den Fischteichen waren.

„Er hat noch nie gelogen!", antwortete Joran gerade ruhig. „Und wenn ich auf ihn gehört und meinem Mädchen nicht ihren Willen gelassen hätte, wäre sie noch am Leben!", setzte er mit Nachdruck hinzu.

„Und was sollen wir machen? Wie sollen wir das verhindern? Die Tempelwachen sind doch überall und bis an die Zähne bewaffnet."

Valton atmete gereizt aus.

„Diese Angsthasen!", flüsterte er Mikell und Ando leise zu, schob sich dann neben Joran und rief in den Raum: „Der Schlüssel ist die Weta und ihre Wächterin. Wenn auch nur eine von ihnen stirbt, bevor der Zyklus beendet ist, dann können sie keinen neuen beginnen, dann ist der Kult am Ende."

Valton sah grimmig in die Runde.

„Willst du etwa, dass wir den Tempel stürmen und die Weta töten?", ertönte eine ungläubige Stimme.

Valton nickte.

„Ganz genau!"

„Du hast doch nicht mehr alle Tassen im Schrank! Das ist doch Selbstmord!"

Valton lief rot an.

„Oh, oh", entfuhr es Mikell und er trat neben Valton, um ihn zu beruhigen.

Doch der redete sich bereits in Rage.

„Heult nur rum, wie ein paar Kalwakälbchen auf der Suche nach ihrer Mama. Macht so weiter, duckt euch weg und vergesst eure Verwandten und Liebsten." Er schüttelte Mikells Hand ab. „Schaut euch nur an, es ist zum Kotzen. Ihr jammert die ganze Zeit rum, tut aber nichts." Er ignorierte das zornige Gemurmel, das langsam aufkam und schimpfte weiter: „Wie lange wollt ihr noch warten und zusehen, wie sie eure Kinder, Schwestern, Brüder, Mütter, Väter rauben, wegsperren und abschlachten, ihr Feiglinge!"

Einer der Männer stürzte sich auf Valton und schlug ihm mit der Faust ins Gesicht.

„Askil ist tot, weil er gekämpft hat!", schrie er und bevor er noch einmal zuschlagen konnte, rissen ihn seine Freunde zurück. Valton wischte sich das Blut von der Lippe.

„Vielleicht wäre er nicht tot, wenn du ihm geholfen hättest." Seine Stimme troff vor Verachtung.

„Wir wissen doch gar nicht, wie wir in den Tempel kommen und wo wir nach der Weta suchen sollen", meldete sich eine ruhige Stimme.

Nun ergriff Mikell das Wort.

„Doch, es gibt jemanden, der den Weg kennt, denn er ist den Priestern im letzten Moment vom Altar gesprungen. Unser Freund Bendik …"

Es klopfte an der Tür und die Männer verstummten. Sie hörten laute Stimmen im Schankraum. Stühle wurden gerückt und barsche Stimmen gaben Kommandos.

„Diese elenden Mörder!" Valtons Stimme war kaum zu hören. „Jede Stunde kommen sie und kontrollieren die Gäste."

Die Stimmen verschwanden, die Tür wurde zugeschlagen und ein Klopfen klärte, dass die Luft wieder rein war.

„Unser Freund Bendik kennt den Weg, der ins Heiligtum führt."

„Hat er nicht die Weta entführt? Warum hat er sie nicht getötet und dem Ganzen ein Ende gemacht?"

„Ja, warum nicht?"

Mikell warf Valton einen Blick zu, der verdrehte genervt die Augen.

„Es ging alles so schnell. Er wollte so viel Informationen wie möglich aus ihr herausholen und dann waren die Wachen schon da, bevor er sie töten konnte."

Mikell lief bei dieser Lüge rot an, aber die Männer gaben sich damit zufrieden. Murmelnd unterhielten sie sich. Mikell versuchte die Stimmung einzuschätzen.

„Sie werden nie etwas tun", murmelte ihm Valton ins Ohr.

„Wo ist Bendik?"

„Er wurde beinahe getötet, als die Wachen die Weta zurückgeholt haben. Sie haben ihn für tot gehalten und einfach liegen gelassen. Er erholt sich noch von seinen Verletzungen."

„Wir wollen es von ihm selbst hören!"

„Äh ..." Mikell wurde blass und Valton kam ihm zu Hilfe:

„Er wird es euch bald selbst erzählen können, seine Wunden heilen gut." Zustimmendes Gemurmel war zu hören. „Aber uns läuft die Zeit davon. Wir haben jetzt eine einmalige Gelegenheit. Die meisten Tempelwachen sind über die Dörfer verteilt. Es werden kaum Wachen im Tempelbezirk sein, wenn sie die Zeremonie abhalten. Während der Zeremonie zum Ende des Zyklus werden alle Priester im innersten Heiligtum sein. Bendik wird euch das alles bestätigen können."

Berrit, der Bruder von Askil, schob sich durch die Menge und stellte sich vor Valton.

„Wir sollen den Tempelbezirk stürmen und alle Priester abschlachten. Das ist der Plan, ja?"

„Hast du einen besseren?"

Valtons Stimme war gefährlich leise und seine Hand ballte sich zur Faust. Der Metzger ging dazwischen.

„Der Tempel ist der Feind, vergesst das nicht. Valton hat Recht. Wir haben jetzt eine Gelegenheit, die sich uns sonst nie wieder bietet. Wollt ihr wirklich noch einmal so viele junge Frauen verlieren? Denkt darüber nach. Bendik wird in einer Woche soweit sein, dass er euch seine Erlebnisse aus erster Hand schildern kann. Bis dahin solltet ihr euch überlegen, was euch das Leben eurer Frauen und Töchter wert ist, ob es sich für sie zu kämpfen lohnt. Wir haben die Chance, unsere Freiheit zu erlangen. Wollen wir sie wirklich verstreichen lassen?"

Es wurde still im Raum. Die Männer sahen sich an.

„In einer Woche!" Berrit nickte Joran zu, bedachte Valton noch mit einem bösen Blick und verließ dann den Raum.

Nach und nach leerte sich der Raum und Mikell, Valton, Joran und Ando blieben zurück.

„Du mit deinem losen Mundwerk. Du machst uns noch alles kaputt. Wenn du dich nicht zusammenreißen kannst, dann schmeiß ich dich das nächste Mal raus!" Das Gesicht von Joran war rot vor Zorn. „Passt das nächste Mal auf ihn auf und sorgt dafür, dass Bendik auch das Richtige erzählt, sonst sind wir schneller auf dem Altar als wir Weta sagen können." Damit verließ auch er den Raum.

„Oh, Mann!" Mikell lehnte sich müde gegen eine Wand. „Was für ein Schlamassel. Bendik …"

„Wird das Richtige erzählen", fiel ihm Valton ins Wort. „Er ist nicht blöd. Er weiß genau, dass es nicht hilfreich ist, zu erzählen, warum die Weta noch lebt."

Mikell stieß die angehaltene Luft aus und nickte.

„Ich hoffe es."

Bendik in der Pflicht

Mikell und Valton fanden Bendik noch wach vor. Er hatte sich aufgesetzt und starrte nachdenklich in die Luft. Die Ankunft seiner Freunde riss ihn aus der Starre.

„Und? Wie haben sie es aufgenommen?"

Mikell schaute sich im Zimmer um und entdeckte die leere Tasse.

„Hast du deinen Tee getrunken?"

Bendik sah ihn scharf an.

„Ja, habe ich."

Mikell nahm die Tasse. „Ich mache dir noch einen." Damit verschwand er aus dem Zimmer.

Bendik richtete seinen Blick mit gerunzelter Stirn auf Valton. Der zuckte mit den Schultern.

„Sie waren misstrauisch und voller Angst. Ich bezweifle, dass wir sie wirklich dazu bringen können, sich uns anzuschließen."

Bendiks Stirn runzelte sich noch tiefer.

„Ich dachte wirklich, dass sie genug haben."

Mikell kam mit einer dampfenden Tasse zurück und stellte sie neben Bendik auf den Nachttisch.

„Sie haben genug, aber sie sind sich auch bewusst, was geschieht, wenn wir es nicht schaffen. Sie haben alle Familie, um die sie sich sorgen."

Bendik nickte nachdenklich, nahm dann die Tasse zur Hand, pustete und trank etwas von dem Tee.

„Sie wollen, dass du ihnen alles erzählst, den Weg in das Heiligtum, alles, was du von der Weta erfahren hast."

Bendik sah über den Tassenrand zu Mikell und bemerkte, dass der bei diesen Worten rot angelaufen war.

„Was habt ihr ihnen denn erzählt?"

Mikell warf Valton einen hilflosen Blick zu.

„Wir haben ihnen erzählt, dass du den Weg in das Heiligtum kennst und dass die Weta und ihre Wächterin der Schlüssel zum Fortbestehen des Kultes sind." Er stockte.

„Und?", bohrte Bendik nach.

„Sie wollten wissen, warum du die Weta nicht getötet hast, obwohl du das wusstest."

Bendik holte tief Luft, wurde erst rot, dann blass, stellte die Tasse ab und ließ sich in das Kissen sinken.

„Ich verstehe", murmelte er und schloss die Augen.

Valton setzte sich zu ihm auf das Bett.

„Jetzt hör genau zu. Wir haben ihnen nicht erzählt, warum du die Weta am Leben gelassen hast!" Bendik richtete sich wieder auf und starrte Valton fragend an. „Mikell hat ihnen glaubwürdig weisgemacht, dass du nicht mehr dazu gekommen bist. Du hast die Weta ausgefragt und bevor du sie beseitigen konntest, waren die Wachen bei euch."

Valton sah Bendik an, in dessen Gesicht es heftig arbeitete.

„Das heißt, wenn sie uns unterstützen, werden sie auch darauf aus sein, die Wächterin und die Weta zu töten."

Valton nickte und warf dann Mikell einen besorgten Blick zu. Bendik sackte in sich zusammen und Tränen sammelten sich in seinen Augen. Eine Weile sagte niemand etwas.

„Ich habe die ganze Zeit darüber nachgedacht. Hanna möchte leben, aber sie hat auch ausdrücklich gefordert, dass wir sie töten, wenn es sonst keine andere Möglichkeit gibt, dem Ganzen ein Ende zu machen. Ich musste ihr das versprechen."

Bendik verstummte. Valton legte eine Hand auf seine Schulter.

„Vielleicht gibt es eine andere Möglichkeit. Ich meine, wir können jetzt viel planen und am Ende läuft es dann doch so, wie es will."

Bendik nickte bedächtig, dann setzte er sich auf.

„Das Letzte, was Hanna will, ist die Ursache für weitere Morde zu sein", sagte er mit fester Stimme. „Hört zu, ich hab mir Folgendes überlegt. Als Erstes müssen wir die Spione finden und mundtot machen. Es dürfen keine Informationen über unser Vorhaben zum Tempel vordringen. Dann in der Nacht, wenn die Zeremonie stattfinden soll, müssen wir zuerst die Wachen ausschalten, die in den Dörfern patrouillieren. Sie sind zu zweit. Wenn wir gleichzeitig zuschlagen, dann können sie sich nicht gegenseitig warnen. Es sollten dann nicht mehr viele Wachen im Tempel sein. Wir sammeln uns an der Mauer bevor die Zeremonie beginnt, die Priester sich aber schon zur Prozession sammeln. Sie müssen bereits voll beschäftigt sein. Wir müssen über die Mauer gelangen und die Wachen überwältigen, ohne dass diese die Priester warnen können. Am besten teilen wir uns dazu auf. Ein Teil übernimmt die Wachen und der Rest geht ins Heiligtum. Wir müssen zuschlagen, wenn sie sich in Trance gesungen haben. Dann werden sie langsam reagieren. Und dann wird es blutig."

Mikell verzog das Gesicht bei dem Gedanken daran, nickte dann aber grimmig.

Bendik fuhr fort:

„Ich fürchte, wir müssen sie alle erledigen und den Altar zerstören. Hanna meinte, dass die Göttin irgendwie damit verbunden ist, sie wusste nicht genau wie, aber ich denke, wenn wir den Altar zerstören, zerstören wir auch die Verbindung zur Eisgöttin und wenn das getan ist …"

Bendik brach ab, sah Valton fragend an und dieser nickte.

„Wenn alle Priester einschließlich der Wächterin tot sind, dann kann Hanna vielleicht am Leben bleiben."

Bendik nickte.

„Vielleicht."

Valton klopfte ihm noch einmal auf die Schulter, unterließ es aber schnell, als er sah, wie Bendik das Gesicht verzog.

„Du solltest trotzdem nicht erwähnen, was die Weta dir bedeutet."

Mikell wiegte nachdenklich den Kopf hin und her.

„Aber ich denke schon, dass du erzählen kannst, dass die Weta ohne die Wächterin nur eine ganz normale Frau ist, die dazu uns mit allen Kräften unterstützt."

Valton schürzte die Lippen und wollte widersprechen, doch Bendik hob die Hand und gebot ihm zu schweigen.

„Ich werde in den nächsten Tagen genau darüber nachdenken, was ich sage. Ich werde nichts Falsches erzählen."

Valton nickte erleichtert.

„Und wir werden weiter Augen und Ohren offen halten."

„Kannst du mir weißes Tuch oder Pergament und einen Stift besorgen?", fragte Bendik Mikell. „Ich will eine Skizze vom Tempelbezirk anfertigen, damit wir uns orientieren können. Kaum einer von uns war jemals in den Mauern und ich habe mich gut umgesehen."

Mikell nickte.

„Ja, das wäre hilfreich."

„Und macht sicher auch Eindruck!", meinte Valton und grinste dann. „Vorausgesetzt die Zeichnung ist entsprechend."

Bendik warf ein Kissen nach ihm und verzog dann schmerzerfüllt das Gesicht. Valton lachte und steckte ihm das Kissen wieder zurück hinter den Rücken. Mikell drückte ihm die Tasse Tee in die Hand.

„Austrinken!", befahl er streng.

„Jetzt hörst du dich schon an wie Oma!", beschwerte sich Bendik, nahm aber einen großen Schluck.

„So wie es aussieht, hängt alles an dir. Du musst sie überzeugen, dass sich das Risiko lohnt."

Quälende Warterei

Die Kapuze tief ins Gesicht gezogen ging Istra den Gang entlang. Sie hatte bewusst einen Weg gewählt, den kaum einer benutzte, doch fühlte sie sich von den wenigen, denen sie begegnete, mit unverholener Neugier und Verachtung angestarrt. Sie verneigten sich zwar noch vor ihr, aber die sonst übliche Verehrung schien zu fehlen. Die Nachricht, dass der Zyklus in zwei Wochen bei Vollmond schon beendet würde, hatte schnell die Runde gemacht und die Gerüchteküche brodelte. Sie hatte ein Gespräch zwischen zwei Dienerinnen belauscht, die sich unbeobachtet fühlten. Ismila würde die nächste Wächterin werden, sie hatte sich damit vor ihrer Bediensteten gebrüstet. Dies erklärte auch das wohlgefällige Lächeln, das sie zur Schau trug. Istra hielt sich die meiste Zeit in ihrem Gemach auf, aber manchmal brauchte sie einfach frische Luft. Nach ein paar Atemzügen hielt sie die Blicke nicht mehr aus und machte sich auf den Rückweg. Istra hielt die Weta die meiste Zeit schlafend und weckte sie nur zum Essen, Trinken und zur Körperpflege auf. Sie hatte sie fest in ihren Verstand eingesperrt und bestrafte jegliche Regung mit weiterem Druck. Das hätte sie von Anfang an tun sollen, dann wären ihre Nerven nicht so strapaziert gewesen und all diese Fehler wären ihr nicht unterlaufen. Doch jetzt war es zu spät. Dennoch konnte sie nicht verhindern, dass ihre Gedanken die ganze Zeit darum kreisten, und nur mit Mühe konnte sie die Wut auf sich selbst und auf Ismann unterdrücken. Ewis war die ganze Zeit bei ihr und ergötzte sich an ihrer Selbstzerfleischung und dafür hasste Istra sie. Nicht einmal in den letzten Tagen ihres Lebens konnte Ewis sie in Ruhe lassen und sie nicht als Futter für ihre Kraft betrachten. Der Zwiespalt, in dem Istra steckte, raubte ihr den Schlaf. Sie wollte allen zeigen, dass sie eine würdige Wächterin war und das hieß, Ewis bis zum letzten Atemzug zu dienen und ihr alles zu geben, was sie verlangte. Doch es regte sich auch Trotz in ihr, denn sie hatte es satt, so hin- und hergeschoben zu werden. In einer der langen Nächte hatte sie erkannt, dass sie genauso wie die Weta nur eine Marionette war, die nach Belieben aus dem Schrank geholt wurde, wenn man sie brauchte. Die wahre Macht lag bei Ismann. Sie selbst hatte nie wirklich Macht besessen. Sie konnte immer nur tun, was man von ihr erwartete oder sterben. Doch bei jedem Sonnenaufgang schwand der Trotz und wich einer Resignation. Sie würde dem Kult nicht schaden und ihre Aufgabe bestmöglich erfüllen. Sie ahnte, dass Ismann auch nichts anderes zulassen würde. Er besuchte sie mehrmals am Tag, nur um sich nach ihrem Befinden zu erkundigen und nach dem Zustand der Weta zu schauen. Sie ließ es zu, dass er ihr dabei in die Augen sah und versteckte ihre Gedanken nicht, damit er ihren Willen, ihre Aufgabe zu erfüllen, auch sah. Sie würde sich die Demütigung ersparen, die letzte Zeremonie ferngesteuert unter Drogen durchzuführen, denn dass dies geschehen würde, hatte Ismann ihr unmissverständlich klargemacht. Eine Wache stand nun Tag und Nacht vor ihrer Tür und ihre Dienerin hielt sich fast ständig in ihren Gemächern auf.

Bendik erzählt

Nervös ging Bendik in dem stickigen Raum auf und ab. Er hatte sich in den letzten Tagen die Worte, die er nun sagen wollte, genau überlegt, wusste aber nicht, ob sie auch so, wie er es meinte, bei den anderen ankommen würden. Er wusste von Valton und Mikell, dass die Stimmung in den Dörfern gemischt war. Einige kleine Gruppen hatten sich gebildet, die sich, wie auch in Waldruh, trafen und diskutierten. Die Wachen hatten mit ihren Überfällen auf die Feste eine unsichtbare Grenze überschritten.

Nach und nach trafen die Arbeiter von den Fischteichen ein. Einige brachten Männer und auch Frauen mit, die Bendik gar nicht oder nur vom Sehen her kannte. Einige begrüßten ihn freudig und zeigten, wie froh sie waren, dass es ihm besser ging. Andere beäugten ihn misstrauisch. Bald war der Raum voll und vibrierte vor Spannung. Doch als Bendik sich auf einen Stuhl stellte, damit ihn alle sehen konnten, wurde es still. Alle starrten ihn an und einen Moment lang glaubte er, dass er kein Wort herausbekommen würde. Er schaute zu Valton und Mikell, die ihm aufmunternd zunickten. Er räusperte sich:
„Für die, die mich nicht kennen. Ich bin Bendik aus Waldruh. Mit vielen von euch arbeite ich bei den Fischteichen." Bendik schaute auf die Menge und sah die meisten nicken. „Vor ein paar Wochen bin ich beim Fischen in eben diesen Fischteichen erwischt worden."
„Selbst Schuld!", tönte es leise aus der Menge.
Bendik lächelte.
„Dies ist meine Art, dem Tempel zu zeigen, was ich von ihm halte. Er stiehlt unsere Leute, also stehle ich ihm sein wertvollstes Handelsgut. Wie dem auch sei, ich wurde verraten und eingesperrt. Auf dem Weg ins Gefängnis habe ich die Augen offen gehalten und alles auf diese Karte gezeich-

net." Er gab Mikell und Valton ein Zeichen und sie hängten das Laken, auf dem er mit Kohletinte den Lageplan des Tempelbezirkes und den Weg in das innerste Heiligtum skizziert hatte, an die Wand hinter Bendik. Interessiertes Gemurmel erhob sich, verstummte jedoch schnell wieder, als Bendik erneut die Stimme erhob:

„Die Kasernen sind hier und hier." Er zeigte mit einem Stock auf die Stellen. „An den Toren befinden sich je zwei Wachen. Man kann zum Tempel gelangen, ohne auch nur einen Fuß auf die Straße setzen zu müssen. Alle Häuser sind über kleine Brücken und Stege verbunden und man kann bequem von der Mauer über die Dächer bis zum Tempel gelangen. Die Mauer selbst ist nicht bewacht, also ist es auch kein Problem auf diese zu gelangen. Von diesem Balkon aus führt ein Gang direkt zum innersten Heiligtum. Es gibt dort keinen zweiten Ausweg."

„Erzähl uns von der Weta!", kam ein Zwischenruf und Bendik erkannte Berrit, Askils Bruder, vor dem ihn Valton bereits gewarnt hatte.

„Ich lag schon auf dem Altar, als ich aus dem Halbschlaf erwacht bin, in den mich der Trank, den sie mir eingeflößt hatten, versetzt hatte. Ich hatte nur einen Augenblick Zeit, um zu entscheiden, was ich tun soll. Ich habe mich vom Altar heruntergerollt und dabei die Weta und die Wächterin umgerissen. Ich habe mir die Weta geschnappt, in der Absicht sie als Schutzschild und als Geisel zu nutzen, um fliehen zu können." Die Männer nickten und lauschten gebannt. „Wir kamen aus dem Gang hinaus an eine Gabelung und sie zeigte mir den richtigen Weg. Sie bat mich, mitkommen zu dürfen, weil sie selbst eine Gefangene sei. Ich weiß nicht, wieso ich ihr geglaubt habe, es war nur so ein Gefühl. Wir sind den eben beschriebenen Weg über die Dächer geflohen zu einem versteckten See im Wald." Bendik stockte und schaute auf die Gesichter vor ihm. Verschiedenste Gefühle spiegelten sich darauf wieder. Er sah auch wie Valton und Mikell ihn beunruhigt ansahen. Er wusste wohl, dass er sich auf einen schmalen Grat begab, aber er hatte sich entschlossen, so dicht an der Wahrheit zu bleiben, wie es ging. Er wollte nur seine wahren Gefühle für Hanna außen vor lassen, aber den Männern vor ihm deutlich machen, dass sie auf ihrer Seite war. „Sie hat mir alles erzählt, was sie wusste. Wie sie von der Wächterin aus ihrer Welt geholt wurde und diese ihren Körper gestohlen hatte. Sie hatte auch durch diese Verbindung den genauen Ablauf eines Zyklus erfahren. Er endet mit der Opferung der Weta und beginnt mit der Opferung der alten Wächterin durch die neue. Die Weta und vor allem die Wächterin sind die Schlüsselfiguren des Kultes. Ohne die Weta können keine Opferungen durchgeführt werden, denn sie ist das Gefäß, das der Geist der Eisgöttin während der Zeremonien ausfüllt und ohne sie hätten sie auch keinen neuen Zyklus beginnen können, denn der alte muss abgeschlossen sein. Wir hatten vor, weit nach Süden zu gehen und so den Kult zu lähmen. Die Weta glaubte, dass die Wächterin die Macht über sie in dem Chaos, dass ich verursachte, verloren hat und sie hat die ganze Zeit darum gekämpft, die Kontrolle über sich selbst nicht wieder zu verlieren. Doch die Wächterin hat sie getäuscht und war bei uns, bevor wir uns auf den Weg nach Süden machen konnten."

„Du hättest sie töten sollen!" Zornige Flecken waren auf Berrits Wangen zu sehen und die Menge murmelte zustimmend.

„Ich weiß", gab Bendik zu. „Sie hat es auch von mir verlangt, als die Attacken der Wächterin immer schärfer wurden. Doch ich konnte nicht, denn sie ist genauso ein Opfer wie wir. Sie zu töten, wäre für mich gewesen, als ob ich einen von euch umbringen sollte."

Stille herrschte im Raum, als Bendiks Worte in die Köpfe der Anwesenden sickerten. Berrit war keineswegs besänftigt, doch Bendik konnte an den Gesichtern der meisten sehen, dass sie sein Handeln nachvollziehen konnten. Sein Vorarbeiter Amund, ein bereits ergrauter, von allen geachteter Mann, räusperte sich:

„Du bist ein guter Mann, Bendik. Ich hätte an deiner Stelle wahrscheinlich genauso gehandelt." Zustimmendes Gemurmel ertönte.

„Aber dennoch sollten wir sie nicht am Leben lassen, nur zur Sicherheit." Berrit ließ sich nicht davon abbringen und einige nickten zustimmend.

Bevor Bendik darauf reagieren konnte, erhob Amund wieder das Wort:

„Alles zu seiner Zeit. Du hast einen Plan, nehme ich an?"

Bendik nickte und erläuterte ihnen den Plan, den er ausgearbeitet und ausführlich mit Valton und Mikell diskutiert hatte.

Die Leute verschwanden wieder und ließen Bendik, Mikell, Valton und Joran allein zurück.

„Was denkt ihr?" Mikells Stimme war nachdenklich. Valton boxte Bendik sachte in den Oberarm.

„Mir ist fast das Herz stehen geblieben. Ich dachte du vermasselst alles."

Bendik grinste schief.

„Ich kann nicht gut lügen. Die Wahrheit erschien mir das Beste und ich hatte den Eindruck, dass es die richtige Entscheidung war."

Joran nickte nachdenklich.

„Der Plan ist gut, aber sie sind noch nicht ganz überzeugt." Sorgenfalten zogen sich über seine Stirn.

„Aber wir haben jetzt alles getan, was wir konnten. Wir können jetzt nur abwarten, ob sie auch mitmachen."

Düstere Vorahnung

Ismann saß an seinem Schreibtisch und starrte dumpf auf das Schriftstück vor sich. Dies war der einzige Bericht seiner Spione seit Tagen und er sagte nichts. Angeblich waren alle Bewohner Isgorats ruhig und gingen ihrer Arbeit nach. Doch Ismann glaubte dies nicht. Angewidert schob er das Pergament von sich, stand auf und begann, im Raum auf und ab zu gehen. Die Stille der Spione bereitete ihm Sorgen. Irgendetwas ging in den Dörfern vor sich und er bekam es nicht mit. In seiner Verzweiflung hatte er sogar die Tempelwachen ausgefragt, die auf sein Geheiß in den Dörfern patrouillierten. Doch die berichteten nur, dass sie von den Dorfbewohnern misstrauisch beäugt wurden, was nicht weiter bedenklich war. Sie durchsuchten, wie befohlen, regelmäßig die Wirtshäuser, doch es gab keine verdächtigen Versammlungen, auch hatten sie nicht bemerkt, dass auffällig viele Menschen in einem Haus verschwunden waren. Ismann schüttelte frustriert den Kopf. Sie wussten eben nicht, worauf sie achten sollten. Für ihn hieß das Schweigen der Spione, dass sie enttarnt und mundtot gemacht worden waren, vielleicht sogar getötet. Etwas geschah und er fürchtete das Schlimmste. Zum ersten Mal seit Bestehen des Tempels wusste er nicht, was er tun sollte. Sollte er alle Wachen während der Zeremonie in den Tempel zurückbeordern? Oder sollte er sie weiter als Abschreckung in den Dörfern patrouillieren lassen? Er fluchte leise vor sich hin. Er konnte ohne Informationen keine Entscheidung treffen. Er hatte von Istra erfahren, dass die Weta freimütig über das geplaudert hatte, was sie über den Eiskult mitbekommen hatte. Und zu allem Unglück hatte nicht nur der Entflohene, sondern auch einer seiner Verbündeten davon gehört. Er suchte verzweifelt nach diesem Freund, doch Istras Beschreibung war zu vage gewesen und dieser Freund schien vorsichtig zu sein. Es machte Ismann rasend, nicht zu wissen, ob dieses gefährliche Wissen um die Schlüsselposition der Wächterin und der Weta für den Kult seinen Weg in die Schänken gefunden, oder ob dieser Freund es noch nicht ausgeplaudert hatte. Es lief gerade alles gründlich schief.

Zwei Zyklen kurz hintereinander zu beginnen, würde ihn bis zum Äußersten erschöpfen. Von der Eisgöttin hatte er keine Hilfe zu erwarten, sie interessierte nur das nächste Opfer. Er raufte sich seinen Bart, während er auf und ab ging. Der Zyklus musste wie beschlossen beendet werden, daran gab es für ihn keinen Zweifel. Istra war zu einem zu großen Risiko geworden. Doch wann würden die Rebellen – und er war sich sicher, dass eine Rebellion bereits im Gange war – zuschlagen? Schon bei der Beendigung des Zyklus? Er hoffte inständig, dass die Zeit für eine solche Organisation nicht reichte. Und um mit einem unorganisierten Haufen untrainierter Bauern und Fischer fertigzuwerden, reichten die Wachen, die im Tempelbezirk stationiert waren, allemal aus. Den Toren konnte man sich nicht ungesehen nähern, sodass die Rebellen, bevor sie den Tempel erreichen konnten, auf geschlossene Tore stoßen würden und auf den schnellen Schlitten würden die Wachen aus den Dörfern rasch zur Verstärkung am Tempel eintreffen. Ismann straffte die Schultern. Je länger er darüber nachdachte, desto geringer erschien ihm eine mögliche Bedrohung. Was sollten diese Dörfler schon ausrichten? Sie waren es gewohnt zu gehorchen, das schüttelte man nicht über Nacht ab. Ismann lächelte grimmig. Das Schweigen der Spione konnte vieles bedeuten. Oft hörte er wochenlang nichts von ihnen. Es schadete nicht, wachsam zu sein. In der Nacht der Zeremonie sollten die im Tempelbezirk verbliebenen Wachen auf den Straßen patrouillieren, anstatt wie sonst gemütlich in der Kaserne zu sitzen. So würden sie frühzeitig eine Bedrohung erkennen und könnten mit den Signalhörnern Hilfe rufen. Und in der Zwischenzeit konnten die Wachen, die im

Tempelbezirk blieben, verstärkt nach denjenigen suchen, die unerlaubt Informationen nach außen trugen. Zufrieden mit diesem Entschluss, schickte er seinen Diener zum Kommandeur der Tempelwache. Er wollte ihm den Befehl persönlich erteilen, um sicherzugehen, dass seinen Wünschen entsprochen würde.

Aufruhr im Tempelbezirk

Holm eilte mit gesenktem Kopf nach Hause und schloss aufatmend die Tür hinter sich. Seine Frau steckte den Kopf aus der Küche, um ihn zu begrüßen, doch die Worte blieben ihr bei seinem ernsten Gesichtsausdruck im Halse stecken. Holm ging zu ihr in die Küche und ließ sich schwer auf einen Stuhl fallen.

„Was ist los?"

Mit einem Stirnrunzeln goss sie Tee in eine Tasse und stellte sie vor Holm auf den Tisch. Der nahm sie in beide Hände und schloss für einen Moment die Augen.

„Die Tempelwachen haben heute die Küche durchsucht und Fragen gestellt. Sie haben Annik mitgenommen."

„Was?" Seine Frau warf das Handtuch auf den Tisch, mit dem sie sich eben die Hände abgetrocknet hatte und setzte sich ebenfalls. „Was fällt denen ein? Wieso …? Das können die doch nicht tun!"

Holm lächelte nur müde und schnaufte abfällig.

„Sie können alles tun, siehst du doch. Annik hat etwas mit dem Diener einer der höheren Priester. Ich habe ihr schon oft gesagt, sie soll die Finger von dem Kerl lassen. Jeder weiß doch, dass weder die Priester und Priesterinnen noch ihre Diener weder zueinander noch mit anderen eine Beziehung haben dürfen. Und wenn sie es doch tun und dabei erwischt werden …" Holm verstummte kurz und schüttelte traurig den Kopf. „Und es ist kein Geheimnis, dass Annik regelmäßig ihre kranke Mutter in Kalwafried besucht. Wahrscheinlich haben sie die auch eingesackt. Ich war gerade in der Vorratskammer …"

Holm verstummte und seine Frau starrte ihn mit aufgerissenen Augen an.

„Meinst du, sie hätten dich sonst auch mitgenommen, weil du regelmäßig einkaufen gehst?"

Holm zuckte mit den Schultern.

„Möglicherweise. Ich achte stets darauf, dass ich nicht zu lange wegbleibe. Und ich glaube nicht, dass irgendjemand weiß, dass Joran mein Vetter ist, ich habe das immer für mich behalten."

Seine Frau nickte.

„Ja, ich habe es auch nicht weitererzählt." Sie griff ängstlich nach seiner Hand. „Was machen wir denn nun?"

Holm drückte fest die Hand seiner Frau.

„Nichts. Wir machen weiter, wie bisher. Sie haben nicht nach mir gefragt. Ich denke, das ist ein gutes Zeichen. Wenn ich jetzt nicht weiter zur Arbeit gehe, mache ich mich verdächtig."

Seine Frau nickte, doch Tränen glitzerten in ihren Augen.

„Manchmal wünschte ich, wir wären nie in den Tempelbezirk gezogen."

„Ja, mein Liebes, aber denk auch daran, was es uns ermöglicht hat. Ich muss gestehen, dass ich die Annehmlichkeiten, die wir uns leisten können, nicht missen möchte. Und in den Dörfern ist das Leben auch nicht freier."

„Glaubst du das wirklich?"

„Nein." Holm trank seinen Tee aus. „Ich gehe in mein Arbeitszimmer. Ich muss noch den Speiseplan für nächste Woche zusammenstellen und die Einkäufe planen."

Damit erhob er sich und ging die Treppe hinauf in die kleine Kammer, die sein Arbeitszimmer war. Dort ließ er sich schwer auf den Stuhl vor seinem Schreibtisch fallen und starrte die kahle Wand an. Die Worte seines Vetters, dem er noch gestern einen Besuch abgestattet hatte, gingen ihm immer wieder durch den Kopf. Es war nur eine Andeutung, die Joran rausgerutscht war. Er hatte nicht nachgefragt, aber bei der Abschlusszeremonie in ein paar Tagen würde etwas passieren. Wollten die Dorfbewohner tatsächlich den Tempel angreifen? Oder interpretierte er jetzt in die paar Worte zuviel hinein? Aber wenn doch, dann würden sie alle Unterstützung brauchen, die sie bekommen konnten. Holm überlegte lange und als seine Frau an die Tür klopfte und ihn zum Abendbrot rief, hatte er einen Plan gefasst.

Annik kam am nächsten Tag nicht zur Arbeit und niemand hatte etwas von ihr gehört. Die Wachen kamen erneut und befragten diesmal auch Holm über seine Fahrten in die Dörfer, aber er konnte ihnen glaubhaft versichern, dass die Fahrten rein geschäftlich waren. Der Blick in die gut gefüllte Vorratskammer und eine Kostprobe, einer neuen Soße, die er gerade entwickelte, überzeugten sie schließlich, dass er dem Tempel ergeben war. Holm fiel ein Stein vom Herzen, doch er ließ sich nichts anmerken. Er bemerkte, wie jeder jeden im Blick hatte. Die Angst, ebenfalls im Gefängnis zu verschwinden, wurde allmählich übermächtig. Er machte seinen täglichen Gang durch die Geschäfte im Tempelbezirk und am Hafen, kaufte Salz, Gewürze und Gemüse. Nun kam ihm zugute, dass er die Einkäufe schon immer persönlich und allein gemacht hatte. Einen Teil der Ware nahm er gleich mit, den Rest ließ er liefern. Manche der Verkäufer kannte er sehr gut und er wusste, wer vertrauenswürdig war und wer nicht. So wechselte hin und wieder, zusammen mit der Einkaufsliste, ein kleiner, zusammengefalteter Zettel den Besitzer. Holm wusste, wenn dies herauskäme, würde es sein Todesurteil sein. Auch seine Soßen würden ihn dann nicht vor dem eisigen Verließ bewahren. Doch er konnte nicht untätig herumsitzen. Es ging schließlich auch um seine Familie.

Letzte Vorbereitung

Istra hatte die Nacht betend vor dem Altar in ihrem Gemach verbracht. Sie spürte die Schmerzen in den Knien nicht, fühlte weder Hunger noch Durst und keine Müdigkeit. Alles war verloren. Ihr blieb nur noch eins: Heute Nacht würde sie das letzte Opfer bringen. Sie selbst würde zum Gefäß für den Geist der Eisgöttin werden. Sie hatte die ganze Nacht meditiert, um die nötige Ruhe dafür zu erlangen. Nur wenn sie frei von Erinnerungen, Gedanken und Gefühlen war, konnte sie ihre Aufgabe heute Nacht erfüllen. Doch sie hatte Angst. Angst, erneut zu versagen. Was war, wenn die Eisgöttin nicht kommen würde, würde das Opfer trotzdem gelingen und den Zyklus vollenden? Diese Zweifel beherrschten sie seit Tagen. Auch wenn sie die Nähe der Eisgöttin spürte, fürchtete sie doch, von ihr im letzten Moment als unwürdig erachtet zu werden. Langsam stand sie auf. Die Sonne ging bereits unter und sie musste sich und die Weta ein letztes Mal für die Zeremonie anziehen. Diese wusste, was auf sie zukam und wehrte sich umso verzweifelter. Egal wie brutal Istra sie auch in den hintersten Winkel ihres Verstandes drückte, die Weta ließ sich nicht brechen. Der kurze Moment der Freiheit hatte ihr mehr Kraft verliehen, als Istra es hätte ahnen können. Sie hätte nie die komplette Kontrolle über die Weta zurückerlangt und Ismann hatte das gewusst. Irgendwie hatte er das gewusst. Verzweiflung durchströmte Istra und ließ sie in ihren Vorbereitungen innehalten. Sie hatte alles falsch gemacht. Von Anfang an. Dabei hatte sie ihr Bestes geben wollen. Sie atmete tief durch und beruhigte sich langsam. Bald war es vorbei. Sie würde sich nicht die Blöße geben und bei den letzten beiden Zeremonien versagen.

Die Sonne versank im Meer und Istra hörte, wie sich die Prozession ihrem Gemach näherte, um sie abzuholen. Diesmal würden sie und die Weta die Prozession anführen.

Istra und die Weta traten vor die Tür. Istra hatte alle Mühe, die Weta ruhig zu halten und sie würdevoll der Prozession vorangehen zu lassen. Sie wollte nicht sterben und sie kämpfte mit aller Kraft gegen die Wächterin. Doch Istra war stärker und sie beabsichtigte, diesen letzten Kampf nicht zu verlieren.

Im innersten Heiligtum ließ Istra die Weta sich auf den Altar legen. Obwohl die Weta nach außen völlig ruhig erschien, konnte Istra die Schweißperlen auf ihrer Stirn erkennen, die von dem Kampf zeugten, der in ihr tobte. Die Wächterin nahm das Opfermesser in beide Hände und sah in die Runde. Die Priester hatten um sie herum ihre Plätze eingenommen und begannen mit dem Eröffnungsgesang für die Schlusszeremonie. Es würde zwei Stunden dauern, bis der Mond seinen höchsten Stand erreicht hatte. Wenn die Göttin bis dahin nicht Besitz von ihr ergriff, würde sie die Zeremonie alleine durchführen müssen. Istra schaute die versammelten Priester noch einmal an und entdeckte neben Ismann die Priesterin Ismila. Die Gerüchte stimmten also, er hatte sie als ihre Nachfolgerin gewählt. Istra schloss die Augen und gab sich dem Gesang hin. Sie ließ ihn ihren Körper in Schwingungen versetzen und rief nach der Göttin.

Der Mut der Verzweiflung

Bendik saß auf dem Bett. Er hatte sich in den letzten Tagen gut erholt. Seine Wunden schmerzten nach wie vor, aber sein Kopf war klar und die ersten Stoppeln bedeckten schon wieder seinen Schädel, den ihm Oma radikal glatt rasiert hatte. Ein fester, stützender Verband lag um seine Seite. Die Fäden hatte ihm Oma bereits gezogen und ihm auf ihre übliche liebenswürdige Art mitgeteilt, dass sie ihn nicht noch einmal zusammenflicken würde. Wenn er sich heute Nacht wieder verletzen sollte, solle er besser gleich sterben oder er könne sich selber nähen.

Alles war vorbereitet, der Plan stand und nun galt es, ihn in die Tat umzusetzen. Der Mond würde in knapp drei Stunden seinen Höchststand erreichen. Sie mussten vorher die Tempelwachen überwältigen und in das innerste Heiligtum gelangen. Sie wussten immer noch nicht, ob die anderen Dörfer sich ihrem Aufstand anschließen würden und ihnen war klar, dass sie alleine nicht bestehen konnten. Doch ans Aufgeben dachte niemand. Sie hatten ihre Pläne nicht im Dorf herumgetratscht. Ihre Gruppe bestand aus Bendik, Valton, Mikell, Ando, Joran, dem Wirt und dem Algenverkäufer. Enna und Oma richteten in dem Nebenraum in der Schänke ein Lazarett ein, für die Verwundeten, von denen sie sicher waren, dass sie kommen würden.

Die Tür zum Schlafzimmer öffnete sich und Valton trat ein.

„Es ist soweit!" Er reichte ihm das Schwert, dass Bendik bei dem Tumult auf dem Sommerfest der Tempelwache abgenommen hatte. „Ich denke, du solltest es tragen."

Bendik nickte und erhob sich. Egal welche Schuld er heute Nacht auch auf sich laden würde, er tat es nicht nur für sich. Er schnallte sich sein langes Messer um, steckte das Schwert in den Gürtel und nahm den gespitzten Holzspieß in die Hand. Valton hatte sich mit einem dicken Knüppel bewaffnet. In den letzten Tagen hatten einige Bäume auffällige Lücken im Geäst erhalten.

Draußen warteten Mikell und Ando auf die beiden. Langsam gingen sie die Straße hinunter und hielten Ausschau nach den Wachen. Es war wichtig, dass sie diese ausschalteten, bevor sie mit ihren Hörnern die anderen warnen konnten. Bendik hatte diese Hörner auf dem Fest gehört und war sich sicher, dass man sie bis in den Tempel wahrnehmen konnte. Sie hörten die Wachen, bevor sie sie sahen und traten schnell in den Schatten einer kleinen Seitenstraße. Die beiden Wachen kamen um die Ecke und einer gähnte herzhaft. Sie unterhielten sich und gaben sich keine Mühe, leise zu sein. Sie gingen an der Seitenstraße vorbei, ohne nach links und rechts zu sehen. Bendik gab Valton ein Zeichen, beide zogen ihre Messer, sprangen von hinten auf die Wachen zu und durchstießen mit großer Kraft die verstärkten Lederwamse, während sie ihnen mit der anderen Hand den Mund zuhielten. Von dem Angriff völlig überrascht, wehrten sie sich nur kurz und starben mit einem leisen Gurgeln. Die Freunde zogen sie in die Seitengasse und Ando schnitt ihnen zur Sicherheit die Kehlen durch.

Sie machten sich weiter auf den Weg zur Schänke, dort wollten sie sich mit ihren Mitstreitern treffen. Sie schauten sich um, bevor sie den Platz betraten und bemerkten ein paar Schatten, die sich hinter dem Schuppen bewegten. Einen Augenblick später kam Joran hinter dem Schuppen hervor und wischte das Messer an der Jacke ab, bevor er es in die Scheide zurücksteckte. Er entdeckte Bendik und winkte ihm zu. Der Algenhändler und der Wirt traten ebenfalls aus dem Schatten. Bei ihnen angekommen, bemerkte Bendik die zufriedenen Gesichtsausdrücke.

„Jetzt müssen wir uns nur noch um zwei kümmern, die müssten jeden Augenblick da hinten um die Ecke kommen." Valton lachte kurz auf und schüttelte den Kopf.

„Das bezweifle ich."

Joran verstand und grinste breit.

„Teil eins des Planes hat also funktioniert. Sie waren völlig ahnungslos. Nach dem, was auf den Festen passiert ist, hätte man zumindest mit ein wenig mehr Aufmerksamkeit rechnen können." Er schüttelte den Kopf, beinahe enttäuscht.

Der Wirt stieß ihm den Ellbogen in die Rippen.

„Los jetzt, den Schlitten habe ich schon angespannt, wir müssen uns beeilen, denn wir müssen ja das letzte Stück laufen, wenn wir von den Wachen an den Toren nicht bemerkt werden wollen."

Die Tempelwachen an den Toren konnten die Straßen weit bis Tempelhof einsehen, denn dieses Dorf lag dicht vor den Mauern des Tempelbezirks. Sie mussten den Schlitten davor stehen lassen und sich durch den tiefen Schnee an die Tempelmauer heranschleichen. Sie hatten sich mit den anderen an einem Punkt an der Mauer verabredet, der von den Toren nicht eingesehen werden konnte. Bis jetzt war alles still, es war nur das Knirschen des Schnees zu hören und das Schnaufen der Kalwas. Sie ließen den Schlitten vor Tempelhof stehen, umrundeten das Dorf und schlichen sich, geschützt von den Büschen, welche die Teiche begrenzten, und einigen Schneeverwehungen, zu der verabredeten Stelle. Valton rieb sich ächzend die Schulter, als er die Leiter ablegte, die er mit Joran den weiten Weg geschleppt hatte. An dieser Stelle stand auch höheres Buschwerk, sodass sie gut warten konnten, ohne gesehen zu werden. Der Mond hatte seinen höchsten Stand noch nicht erreicht, aber es wurde Zeit.

Es war niemand zu sehen, weder Wachen noch Mitkämpfer. Sie lauschten, doch es herrschte Stille. Es raschelte immer wieder leise, doch niemand zeigte sich. Bendiks Enttäuschung wuchs. Keiner kam, um ihnen beizustehen. Bendik sah seine Mitstreiter an. Sie wussten, dass sie losschlagen mussten und dass ihre Aussichten auf Erfolg gering waren, wenn sie es alleine versuchten. Aber dennoch, ihre grimmigen Gesichter drückten ihre Entschlossenheit aus. Bendik nickte ihnen zu, zusammen nahmen sie die Leiter, kamen aus ihrer Deckung hervor und lehnten sie an die Mauer. In dem Moment kamen weitere Gruppen mit Leitern aus ihren Verstecken und kurze Zeit später lehnten sechs Leitern an der Mauer und die Männer scharrten sich um Bendik und seine Freunde. Er sah Leute aus Fischgrund, Kalwafried und Schiffswacht. Er zählte kurz durch und erkannte, dass auch einige aus Eisküste und Eisgrund gekommen waren.

„Wir dachten schon, ihr habt es euch anders überlegt", raunte ihm Berrit zu und Bendik konnte ihn im Mondlicht nervös grinsen sehen. Bendik nickte ihm zu und klopfte ihm auf die Schulter.

„Wo sind die Leute aus Tempelhof?", fragte Bendik leise und in dem Moment ertönte laut ein Horn durch die Nacht. Die Männer duckten sich und starrten wild umher, sich fragend, ob man sie entdeckt hatte. Das Horn ertönte erneut. „Das kommt aus Tempelhof!", raunte Ando und dann hörten sie Waffengeklirr im Inneren des Tempelbezirkes.

„Was machen wir jetzt?" Jorans Stimme war rau.

Bendik überlegte fieberhaft. In nur einem Dorf waren die Wachen nicht überwältigt worden und nun waren die Wachen im Tempelbezirk in Alarm versetzt worden. Doch auf den Mauern waren sie noch nicht aufgetaucht. Noch konnte ihnen die Überraschung gelingen.

„Es dürften deutlich weniger als die Hälfte der Wachen noch leben und sie unterschätzen unsere Kampfkraft. Noch kann uns die Überraschung gelingen, wir müssen leise und rasch über die Mauer auf die Dächer gelangen, dort kann ein Teil von uns sie von oben angreifen und der Rest kümmert sich um die Priester. Wir haben nur diese eine Chance, wenn sie misslingt ..."

Bendik sprach nicht weiter und holte schwer atmend Luft.

„Es wird nicht misslingen."

Joran hatte seine alte Zuversicht zurückgewonnen.

„Also los!"

Schnell und nahezu lautlos kletterten sie auf die Dächer und hatten sich auf halbem Weg dem Tempel genähert, als sie entdeckt wurden.

Joran, der die ganze Zeit dicht hinter Bendik geblieben war, packte ihn am Arm.

„Tu, was du tun musst. Wir kümmern uns um diese Raufbolde!"

Unter Leitung des Metzgers kletterten zwei Drittel der Männer von den Dächern herab und verwickelten die Wachen in Kämpfe. Bendik führte die restlichen Männer den Weg weiter in den Tempel hinein. Die Gänge lagen wie ausgestorben da. Schon aus einiger Entfernung konnten sie den Gesang der Priester hören. Sie sammelten sich am Eingang zum innersten Heiligtum. Bendik warf einen Blick hinein und sah, dass die Priester und Priesterinnen in einem Kreis um den Altar standen und mit erhobenen Armen mit ihrem Gesang die Göttin riefen. Istra stand am Altar, auf dem Hanna lag, und hatte das Messer bereits erhoben. Sie konnte jeden Moment zustoßen.

„Sie sind schon mitten in der Zeremonie. Wir müssen die Wächterin unbedingt davon abhalten, die Weta zu opfern und den Zyklus zu beenden." Bendik sprach hastig.

„Am besten töten wir jeden dort drin, dann sind wir sicher", knurrte Berrit.

Bendik nickte knapp und die Männer strömten ihm hinterher in den Raum. Die Priester und Priesterinnen hatten sich derart in Trance gesungen, dass sie im ersten Moment kaum realisierten, was geschah. Bendik konnte einige Schritte in das Heiligtum machen und zwei der Priester niederstrecken, bevor die ersten aus ihrer Trance erwachten und sich den Eindringlingen entgegenstellten. Istra stand mit erhobenem Messer wie gelähmt vor dem Altar und starrte Bendik an.

Unerwartete Unterstützung

Joran sah Bendik einen Moment besorgt hinterher. Berrit war ihm dicht auf den Fersen und Mordgier hatte aus seinem Gesicht gesprochen. Joran machte sich Sorgen, dass die beiden im Kampf um die Weta aneinandergeraten würden. Er war der gleichen Meinung wie Berrit, doch er kannte Bendiks Starrsinn. Waffengeklirr riss ihn aus seinen Gedanken zurück in die Wirklichkeit. Ein Teil der Männer hatte sich von den Stegen heruntergeschwungen und sich auf die anrückenden Wachen gestürzt. Joran und seine Mitstreiter waren in der Überzahl und konnten zu zweit und zu dritt eine Wache stellen, womit sie ihre mangelnde Kampferfahrung wettmachten. Aber es war ein Unterschied, eine Wache von hinten zu erstechen oder ihr im Kampf gegenüberzustehen. Die ersten Männer gingen bereits getroffen zu Boden, doch die lang aufgestaute Wut und die Kraft der Verzweiflung ließ die Dorfbewohner langsam die Oberhand gewinnen. Dann erhielt Joran aus dem Nichts einen Schlag auf den Kopf und im Fallen erkannte er einen der Tempeldiener, die den Wachen zu Hilfe eilten. Damit hatten sie nicht gerechnet. Noch leicht benommen kam er wieder auf die Beine und konnte nur gerade so einem weiteren Schlag ausweichen. Mit Bestürzung sah er immer mehr Diener auf die Straßen und den Wachen zu Hilfe eilen. Niemand, selbst Bendik nicht, hatte mit einem Eingreifen der Diener gerechnet. Sie hatten sie in ihrer Planung nicht berücksichtigt. Sie hatten sich nur auf die Tempelwachen konzentriert und die Bewohner des Tempelbezirkes völlig außen vor gelassen. Sie hatten die Ergebenheit der Diener der Priester unterschätzt. In den Dörfern kannte man nur einige von ihnen, wie seinen Vetter Holm. Und ohne groß nachzudenken, waren sie davon ausgegangen, dass die Bewohner des Tempelbezirkes einfach abwarten würden, bis das Spektakel vorbei war. Eine fatale Fehleinschätzung. Das Blatt begann, sich zu wenden, als die Diener den Dorfbewohnern mit Knüppeln zu Leibe rückten. Joran schaute sich verzweifelt um und entdeckte den Wirt, der gerade einen der Diener niederstreckte.

„Bent! Lauf zu Bendik, er muss uns helfen!", rief er dem Wirt zu, bevor er sich einer Wache gegenübersah. Aus dem Augenwinkel sah er den Wirt in einem Haus verschwinden. Mit seinem Fleischerbeil wehrte er die Hiebe des Schwertes ab. Als sein Arm zu erlahmen begann, kam ihm Amund zu Hilfe und zusammen überwältigten sie die Wache. Schwer atmend blickte Joran auf und sah Bent auf einer Brücke auftauchen und in Richtung Tempel laufen. Er klopfte Amund auf die Schulter und gemeinsam stürzten sie sich auf den nächsten Angreifer.

Kampf um den Eiskult

Istra versank im Gesang, ließ sich von ihm tragen und schließlich ergriff die Eisgöttin von ihr Besitz. Sie durchsuchte, wie bei jedem Ritual, ihre Gedanken und verweilte bei den Erinnerungen an Bendik, doch diesmal blieb Istra ruhig dabei. Bendiks weißes, totes Gesicht vor Augen, als er leblos im aufgewühlten Schnee dalag, ließ sie nichts mehr empfinden. Sie spürte Ewis' Enttäuschung, doch sie konnte sich nicht überwinden, Gefühle zuzulassen und ihr somit Genugtuung gönnen, denn sonst würde sie die Fassung verlieren. Ewis hatte genug von Istra gesehen und wandte sich nun der Weta zu. Dass die Weta sich nach Kräften gegen die Eisgöttin wehrte, erfreute diese umso mehr. Der Zeitpunkt war nun bald gekommen. Istra spürte Ewis' Vorfreude auf das Blut der Weta. Nur noch wenige Augenblicke und der Moment war gekommen. Doch dann hörte sie ein Geräusch am Eingang. Sie öffnete die Augen, sah eine Gruppe Männer in das Heiligtum stürmen und sich auf die Priester und Priesterinnen stürzen. Innerhalb kurzer Zeit entstand ein Tumult, doch Istra konnte nur wie gelähmt auf ein Gesicht starren. Bendik. Wieso lebte er? Ihr Körper bebte und ihre mühsam aufrechterhaltene Ruhe brach in sich zusammen. Ewis stürzte sich mit lustvoller Grausamkeit auf ihre Schwäche, riss genussvoll alte Wunden auf und wälzte sich in Istras Schmerzen, Verwirrung und Qual.
Bendik kämpfte sich durch die Masse, keuchte auf, als er einen Schlag in die Seite bekam, strauchelte, fing sich kurzerhand wieder, war mit wenigen Schritten am Altar und riss Hanna herunter. Die schaute ihn verwirrt an und sank in sich zusammen. Istra hatte sie immer noch in ihrer Gewalt. Bendik sah den Kampf in Istras Gesicht.
„Tötet sie endlich!", schrie der oberste Priester Istra an und ging zu Boden, als der Algenverkäufer ihn von sich

stieß und ihm dann mit seinem Knüppel auf den Kopf schlug.

Istra zerriss es fast, als Ewis auch auf die anderen Menschen im Heiligtum zugriff, sich an ihren Schmerzen und ihrem Blut berauschte.

„Geh raus aus mir! Ich ertrage es nicht mehr!"

Istra schrie laut auf, Speichel spritzte von ihren Lippen, als sie mit aller Macht versuchte, Ewis aus ihrem Kopf zu drängen. Doch Ewis krallte sich an ihr fest. Der Schmerz wurde unerträglich, raubte Istra den Verstand. Sie hob das Messer und rammte es sich in den Bauch, riss es nach oben, um den Schmerz aus ihrem Herzen zu schneiden und endlich Ruhe zu finden. Als das Messer ihr Herz traf, sackte sie in sich zusammen.

Ismann hatte kurz das Bewusstsein wiedererlangt und sah, was Istra tat.

„Nein!", protestierte er flüsternd, dann sank er zurück in die Bewusstlosigkeit.

Bendik hob Hanna auf. Ihre Augen waren klar und mit einem Aufschrei warf sie sich in seine Arme. Sogleich wurden sie wieder auseinandergerissen. Bendik teilte Hiebe mit dem Schwert aus und versuchte Hanna zu schützen. In dem Getümmel geschah es schnell, dass man von einem Freund einen Schlag bekam. Hanna zog sein Messer und verteidigte sich mit aller Kraft. Plötzlich stand Berrit mit erhobenem Messer vor ihr. Doch bevor er sie erstechen konnte, wurde er von hinten angegriffen. Zwei Priester schlugen auf ihn ein. Einen konnte er niederstrecken, der andere packte ihn am Hals und drückte zu. Ohne lange zu zögern, hob Hanna ihr Messer und erstach den Angreifer. Allmählich legten sich die Kämpfe. Die Priester waren alle tot. Berrit hatte sich vor Bendik aufgebaut und wollte auch Hanna umbringen, doch Bendik hielt ihn mit ausgestrecktem Schwert davon ab.

„Wir sollten sie töten, nur um sicherzugehen." Berrits Augen glänzten im Blutrausch.

„Ich habe dir das Leben gerettet, du Arschloch!", schrie Hanna hinter Bendiks Rücken hervor.

Der Algenverkäufer nahm Berrit am Arm und wand ihm das Messer aus der Hand.

„Sie hat tapfer gekämpft und mindestens zwei Priester getötet. Das hätte sie nicht getan, wenn sie nicht auf unserer Seite wäre!"

„Sie will uns nur täuschen, seht ihr das nicht!" Berrit machte sich los und starrte wütend in die Runde.

„Es ist vorbei, wir haben es geschafft. Begreif das doch!"

„Genau! Ohne die Wächterin ist sie frei und nur eine normale Frau." Valton schob sich neben Bendik. Blut lief ihm aus einer Platzwunde über das Gesicht, aber seine Augen leuchteten. „Jetzt bleibt nur noch eins zu tun!" Er holte mit seinem Knüppel aus und schlug wie von Sinnen auf den Altar ein. Große Eisbrocken brachen ab. Es dauerte nicht lange und der Altar lag in Trümmern.

Bendik sammelte seine Leute ein. Da die Priester nahezu unbewaffnet waren, ihrerseits nur mit kleinen Gürtelmessern, ihren Fäusten und den Fackeln, derer sie habhaft werden konnten, gekämpft hatten, gab es unter Bendiks Leuten keine Toten. Viele waren verletzt, würden sich aber erholen. Hanna hatte sich neben Istra gekniet und schob ein paar Trümmer des Altars von ihr herunter. Ihr Gesicht hatte einen friedlichen Ausdruck angenommen und als Hanna ihr die Augen schloss, sah es fast so aus, als ob sie schlief. Bendik gesellte sich zu ihr.

„Sie hat so mit sich selbst gekämpft, dass sie mir fast leid getan hat", sagte Hanna leise und wandte sich dann Bendik zu, der ihr sanft übers Gesicht strich.

„Jeder der Priester ist irgendwann mal einer von uns gewesen, bevor der Tempel ihn eingefangen hat und zu dem gemacht hat, was sie waren: Menschen ohne Mitleid und

Gewissen. Ich weiß nicht, wie sie es angestellt haben, dass sie alles vergessen haben und sich gegen ihre Familien wenden konnten." Bendik verstummte unbehaglich.

„Mit unaussprechlicher Grausamkeit." Hannas Stimme war kaum zu hören. „Sie haben genauso gelitten wie die Familien, denen sie entrissen wurden, und Vergessen war ihre einzige Möglichkeit zu überleben." Hanna sah sich in dem Raum um. „Aber das ist nun vorbei!" Sie stand auf, ging langsam zum Wasserfall und steckte ihre Hand hindurch. Bendik folgte ihr. „Das ist das Tor, aber ich fürchte, es bleibt nun verschlossen." Tränen liefen über Hannas Wangen.

Bendik drehte sie zu sich um und nahm sie fest in den Arm.

„Es tut mir leid, dass du deine Familie nicht wiedersehen kannst, aber wenn du willst, kannst du eine neue haben."

Hanna schniefte, sah ihn an und nickte vorsichtig lächelnd. Bendik neigte sich zu ihr, um sie zu küssen, doch Valton unterbrach ihn.

„Wir müssen los, draußen ist das Chaos ausgebrochen, wir müssen den anderen helfen."

Sie verließen das innerste Heiligtum und ließen die toten Priester und den zerstörten Altar zurück. Sie bemerkten den schwach pulsierenden Kristall nicht, der inmitten der Trümmer des Altars lag.

Vereinte Kräfte

Joran kämpfte um sein Leben und seine Kräfte erlahmten zunehmend. Er sah den nächsten Schlag kommen und erkannte, dass er ihn nicht aufhalten konnte. Doch dann wurde der Schlag von einem Beil aufgehalten und der Diener sackte nach einem Treffer zusammen.

„Du musst ihnen ihren Eifer nachsehen. Ohne den Tempel sind sie arbeitslos."

Joran schaute auf und sah in das grinsende Gesicht seines Vetters.

„Und was ist mit dir?"

„Ich wollte schon immer eine eigene Wirtsstube haben." Holm holte wieder aus und versenkte sein Beil im Arm eines weiteren Dieners. Joran blickte sich um. Immer mehr Bewohner des Tempelbezirkes griffen in den Kampf ein und stellten sich auf die Seite der Dorfbewohner.

Bendik lief neben dem Wirt den Gang entlang. Dieser hatte ihm knapp berichtet, dass die Tempeldiener den Wachen zu Hilfe eilten. Bendik lief so schnell er konnte. Mit den Tempeldienern hatte er nicht gerechnet und er wollte nicht, dass seine Freunde nun sein Versäumnis mit dem Leben bezahlen mussten. Draußen angekommen sahen sie mit Erschrecken das Chaos, das auf den Straßen herrschte. Von den Wachen waren nur noch einzelne Kämpfer auszumachen. Es sah aus, als ob jeder mit jedem kämpfte. Bendik entdeckte Joran und bedeutete seinen Begleitern, ihm zu folgen. Joran schlug sich zu Bendik durch, verteilte dabei nach links und rechts ein paar Schläge mit seinem Beil. Bei Bendik angekommen, schnappte er nach Luft.

„Was ist passiert?", fragte Bendik.

„Die Diener der Priester haben sich plötzlich auf die Seite der Wachen geschlagen. Ich hatte schon gedacht, dass es um uns geschehen sei, als die Bewohner des Tempelbezirkes uns zu Hilfe gekommen sind." Er zeigte auf den Koch, der gerade, von einem Schlag getroffen, zu Boden ging und im Liegen seinem Gegener vor die Knie trat.

„Wie erkennen wir, wer wer ist?" Bendik fasste sein Schwert fester.

„Ziel auf die grauen Kutten!"
Bendik nickte seinen Männern zu und sie stürzten sich abermals in den Kampf. Bestärkt durch die Unterstützung drängten Bendik und seine Mitstreiter die wenigen Wachen und die Tempeldiener zurück und begannen sie einzukreisen. Plötzlich erklang krächzend eins der Hörner der Tempelwache und übertönte den Kampflärm. Bendik sah sich erschrocken um und befürchtete, dass die Tempelwachen erneut Verstärkung erhielten, doch Hanna stand auf einer Treppe in einem Hauseingang und blies in das Horn, um auf sich aufmerksam zu machen. Die ersten Kämpfer bemerkten sie und zeigten auf sie. Langsam kamen die Kämpfe zum Erliegen.

„Bewohner des Tempelbezirkes", rief sie die Kämpfer an. „Die Priester sind tot, der Altar zerstört, der Eiskult ist Vergangenheit! Es gibt keinen Grund mehr, dass ihr euch umbringt. Die Eisgöttin hat ihre Macht verloren und kann niemandem mehr Leid zufügen. Ihr seid frei, so wie ich es jetzt auch bin!"
Die Leute starrten zu ihr hoch, doch ihre Mienen zeigten Ungläubigkeit.

„Woher wissen wir, dass du nicht lügst?"
Bendik kletterte zu Hanna hinauf und stellte sich neben sie.

„Es ist wahr, ihr könnt euch selbst davon überzeugen!"
Zunächst erklangen nur vereinzelte Jubelrufe, die sich dann wellenartig ausbreiteten. Die Menschen drängten auf die Brücken und Dächer, um sich von Bendik und Hanna den Weg in das innerste Heiligtum zeigen zu lassen. Sie strömten in den eisigen Raum, der nur noch spärlich von vereinzelten Fackeln erleuchtet wurde. Blutgeruch lag in der Luft

und raubte den Schaulustigen fast den Atem. Sie drehten die Toten um, um sich zu überzeugen, dass sie wirklich nicht mehr lebten. Es dauerte einige Zeit, bis die Kämpfer begriffen, dass die Zeit der Unterdrückung nun vorbei war, dass niemand mehr da war, der sie noch unterdrücken konnte. Nachdem sie das zerstörte Heiligtum mit eigenen Augen gesehen hatten, eilten die Rebellen jubelnd wieder heraus. Die wenigen verbleibenden Diener und Wachen gaben endgültig jede Gegenwehr auf.

Ismann

Ismann erwachte, als jemand über ihn hinwegstieg. Mit größter Willenskraft schaffte er es, sich weiter tot zu stellen. Was er hörte, ließ ihm die Haare zu Berge stehen. Lange Zeit wagte er es nicht, sich zu regen. Erst als die Stimmen schon lange verschwunden waren, öffnete er langsam die Augen, richtete sich vorsichtig auf und sah sich um. Alle waren tot. Er rappelte sich hoch, ging nach und nach jeden der Priesterinnen und Priester ab, konnte jedoch keine Lebenszeichen finden. Er war der einzige, der, wie durch ein Wunder, das Massaker überlebt hatte. Er hatte es bis jetzt vermieden, sich die Trümmer des Altars genau anzuschauen, doch sein Gefühl hatte ihn nicht getrogen.
Sie hatten zwar den Altar zerstört, aber der Kristall, an den Ewis gebunden war, war unversehrt geblieben. Rasch nahm er ihn an sich und verbarg ihn in seiner Robe. Er spürte, dass Ewis noch ganz berauscht war. Sie erkannte nicht, dass nun alles vorbei war. Hier würde es keine Opfer mehr geben. Ismann lauschte und schlich dann den Gang entlang, der ihn aus dem Heiligtum führte. An der Kreuzung angekommen drangen noch entfernt Geräusche an sein Ohr. Stimmen, die sich etwas zuschrien und Gepolter, als ob jemand Gegenstände zertrümmerte. Langsam ging Ismann den Flur entlang, der ihn zu seinen Räumen führte. Unterwegs fand er aufgebrochene Türen. Die Räume dahinter komplett verwüstet und die Altäre zerstört. Das Atmen fiel ihm schwer, so sehr schmerzte ihn dieser Anblick. Der Tempel war geschändet, seiner Heiligkeit beraubt. Bei nahezu jedem Schritt musste er sich abstützen, da sein Kopf und der restliche Körper von den erhaltenen Schlägen schmerzte. Seine Robe war mit dem Blut getränkt, das aus einer Schnittwunde am Arm und einer Platzwunde am Kopf lief. Immer wieder hielt er inne und kämpfte damit, sich nicht zu übergeben. Auf dem Weg zu seinem Gemach musste er

auch einen der nach außen offenen Gänge durchqueren. Schon aus einiger Entfernung konnte er den Lärm, den die Menschen auf den Straßen veranstalteten, hören. Ismann warf einen vorsichtigen Blick um die Ecke, als er den offenen Bereich erreichte. Die Menschen lagen sich in den Armen, lachten und sangen. Nicht nur die Dorfbewohner feierten, Ismann konnte auch Bewohner des Tempelbezirkes erkennen. Diese Verräter. Hatte der Tempel nicht immer gut für sie gesorgt? Nun tanzten alle zusammen um einen Haufen aus Herzen aus Eis. Sie mussten jedes einzelne von den kleinen Altären aus den Räumen der Priester geholt haben. Bitterkeit durchflutete ihn. Wäre Istra nicht so schwach gewesen, wäre das alles nicht passiert. Er ging umständlich in die Knie und krabbelte den offenen Gang entlang, von der Brüstung vor zufälligen Blicken geschützt. Er gelangte ungesehen in sein Gemach. Dort angekommen, verband er rasch seine Wunden, zog sich unauffällige Kleidung an, die er immer im Schrank hatte, sollte dieser Tag jemals kommen und begab sich in den Geheimgang, den er beim Bau des Tempels hatte anlegen lassen. Er war sich immer bewusst gewesen, dass Menschen unberechenbar sind und sie eines Tages der Untergang des Eiskultes sein würden. Doch die letzten Jahrzehnte hatten ihn in Sicherheit gewiegt und nachlässig werden lassen. Der Gang führte auf die Rückseite des Tempelbezirkes direkt zu den Ausläufern des Schneegebirges.

In einer kleinen Höhle, tief in den Bergen hinter dem Sommerpalast baute er einen kleinen Altar aus Eis. In sein Inneres schloss er den Kristall ein.

Neues Zeitalter

Die Schänke von Waldruh war zum Bersten gefüllt. Alle Ortsvorsteher Isgorats und ihre Vertreter, die meisten der Verschwörer und Vertreter der Bewohner des Tempelbezirkes waren versammelt.

„Ruhe!", Joran schlug mit der flachen Hand auf den Tisch und langsam legte sich das Stimmengewirr. Er erhob sich und alle Augen richteten sich auf ihn. „Ich begrüße euch zu unserer Versammlung. Ich freue mich, dass ihr alle unserer Einladung gefolgt seid, auch wenn ihr nach den gestrigen Ereignissen sicher noch sehr müde seid." Aufgeregtes Gemurmel erhob sich, doch Joran hob die Hand und es erstarb wieder. „Gestern war der wichtigste Tag in der Geschichte Isgorats, denn wir haben unsere Freiheit erlangt und mein erster Antrag für heute ist, dass wir diesen Tag zum Feiertag erheben!" Lauter Beifall ertönte. „So sei es!" Joran nickte Mikell zu, der neben ihm saß und das Protokoll führte. „Heute müssen wir die Entscheidungen für Isgorats Zukunft treffen. Der Tempel hat bis jetzt unser aller Leben bestimmt und nun müssen wir es selbst in die Hand nehmen. Dazu habe ich auch die Verwalter des Tempelbezirkes eingeladen, wie ihr sicherlich schon bemerkt habt." Er zeigte auf ein paar edel gekleidete Männer, die still an einem Tisch in einer Ecke saßen und von den anderen misstrauisch beäugt wurden. Joran winkte ihnen zu, einer erhob sich, mit einem Stoß Pergamente in der Hand und kam zu Joran. „Das ist Ivar, er ist der Leiter der Verwaltung des Tempels und er hat uns einen Vorschlag zu machen."

„Der will doch nur seine Haut retten!", tönte es aus der Menge und zustimmendes, deutlich zorniges Gemurmel erhob sich. Joran schlug erneut auf den Tisch.

„Hört zu, ich bitte euch. Es geht um die Zukunft Isgorats."

Ivar räusperte sich nervös.

„Zunächst möchte ich Ihnen zur Befreiung Isgorats gratulieren!"

„Heuchler!"

Jorans Hand landete wieder auf dem Tisch und er warf dem Rufer einen zornigen Blick zu.

„Als Verwaltung des ehemaligen Tempels möchten wir Ihnen unsere Dienste anbieten. Wir haben die letzte Nacht und den Tag bis heute genutzt, um folgendes Angebot auszuarbeiten." Nervös fingerte er an seinen Pergamenten herum, ließ einen Teil fallen und musste sich bücken, um sie wieder aufzuheben. Die Stimmung im Raum war gespannt und alles andere als freundlich. Schweiß stand Ivar auf der Stirn, als er seine Papiere ordnete und erneut zu reden begann. „Der Hafen und die Fischteiche sollten unter die Aufsicht eines gewählten Rates gestellt werden. Dessen Aufgabe würde darin bestehen, den Hafen und die Fischteiche weiterzubetreiben. Damit würden alle ihre Arbeit behalten. Die Erträge könnten dann den Bewohnern Isgorats zugutekommen, zum Beispiel durch höhere Löhne oder durch Senkung der Preise für die eingeführten Waren, da gibt es viele Möglichkeiten. Der Tempel könnte zu einem Verwaltungsgebäude umfunktioniert werden ..." Ivar verstummte und sah die Leute unsicher und fragend an. Berrit erhob sich mit vor Zorn gerötetem Gesicht.

„Und ihr glaubt tatsächlich, dass wir euch einfach weiter machen lassen? Wie sollen wir euch vertrauen? Am besten richten wir alle hin, die für den Tempel gearbeitet haben, denen können wir doch nicht trauen!"

Er sah sich nach Zustimmung heischend im Raum um, doch kaum einer nickte zustimmend, die meisten schauten eher peinlich berührt drein. Berrits Tischnachbar zog ihm am Hemd auf seinen Platz zurück und zischte ihm laut hörbar zu, dass er den Mund halten solle. Ivar war blass geworden und zornige Stimmen von dem Tisch, an dem die Bewohner des Tempelbezirkes saßen, waren zu hören.

Holm erhob sich.

„Ich möchte die Anwesenden erinnern, dass ein großer Teil von uns ebenfalls mitgekämpft hat und dass nicht nur die Leute im Tempelbezirk für den Tempel gearbeitet haben, sondern auch die Arbeiter an den Fischteichen. Wenn ich deine Bemerkung richtig verstanden habe, müsstest du dich dann selbst hinrichten!" Holm schaute Berrit direkt an und dessen Gesicht verfärbte sich dunkelrot.

„Das ist was anderes!", rief er. Der Rest seiner Worte ging in dem lauten Stimmengewirr unter, als alle gleichzeitig zu reden anfingen.

Wieder schlug Joran mit der Hand auf den Tisch.

„Ruhe!" donnerte er. „Niemand wird hingerichtet. Alle, die sich direkt an der Unterdrückung Isgorats beteiligt haben, sind tot oder im Gefängnis. Es geht um unsere Zukunft. Da wird jeder gebraucht!" Die Leute beruhigten sich und Joran nickte Ivar zu. „Wir …", damit zeigte er auf seine Mitstreiter aus Waldruh, „finden Ivars Vorschläge hilfreich und gut durchdacht. Es wird nicht ohne die Hilfe der alten Verwaltung gehen, aber wir werden ihnen genau auf die Finger schauen und so sollte jeder etwas davon haben."

Die meisten Zuhörer schauten noch skeptisch drein, doch einige nickten bereits überzeugt.

„Ich denke für heute haben wir genug gehört und sollten erst einmal alles sacken lassen. Ich schlage vor, dass wir uns in zwei Tagen wieder treffen. Bis dahin sollte sich jeder von uns Gedanken machen, wie ein solcher Rat aussehen könnte. Es gibt auch viele weitere Dinge, die geklärt werden müssten, also packen wir es an."

Mit einem Applaus wurde die Sitzung beendet. Joran blieb mit Bendik, Valton und Mikell in der Schänke zurück.

„Was denkst du?", fragte Joran Bendik. Der verzog nachdenklich das Gesicht.

„Es wird noch ein hartes Stück Arbeit werden, aber wenn die Leute erst sehen, dass nicht alles zusammenbricht, wird es uns gelingen."

„Darauf trinke ich!" Valton hob seinen Becher und prostete den anderen zu.

Freiheit

Ächzend hievten Bendik und Valton den letzten Baumstamm vom Wagen. Sie hatten den ganzen Vormittag Bäume gefällt und zur Baustelle am Fischteich gebracht.

„Was für eine Schinderei!" Valton ließ sich auf einem Baumstamm nieder und wischte sich den Schweiß von der Stirn.

Um sie herum wurde ebenfalls emsig gebaut. Zwischen Waldruh und Tempelhof enstand ein neues Dorf, direkt am Fischteich. Bendiks Haus war schon fertig und er half seinem Freund beim Bau seines Hauses, das dieser sich von der Prämie, die jeder Kämpfer erhalten hatte, nun leisten konnte. Bendik und Valton wollten weiter als Fischer an den Fischteichen arbeiten, so wie die meisten ihrer neuen Nachbarn auch. In den letzten Wochen waren die Temperaturen wieder gestiegen und zum ersten Mal seit Isgorats Bestehen war der Sommer zurückgekehrt. Ewis' Herrschaft war eindeutig gebrochen und Mutter Erde hatte das Gleichgewicht wieder hergestellt. Bendik und Valton mussten nun mit Booten auf die Teiche hinausfahren, da das Eis geschmolzen war, aber daran hatten sie sich gewöhnt. Auch die Fische verkrafteten die wärmeren Temperaturen gut und vermehrten sich kräftig.

„Wo ist eigentlich Hanna?"

Valton schaute sich suchend um, denn Hanna sammelte für seine Hütte das Moos, das sie zum Abdichten verwenden wollten. Die Natur lieferte nun alles in Hülle und Fülle, was man zum Häuserbau brauchte.

„Da kommt sie." Bendik zeigte auf eine Gruppe von Frauen, jede mit Körben und Taschen bepackt, die gerade fröhlich schwatzend auf die Baustelle schlenderten. Bendik winkte Hanna zu und nachdem sie ihre Last bei ihnen abgestellt hatte, ließ sie sich von ihm umarmen und auf die

Wange küssen. Dann schüttete sie Valton den Inhalt ihrer zwei Körbe vor die Füße.

„Da. Das müsste erst mal für eine Weile reichen."

Valton zog ein missmutiges Gesicht.

„Ich dachte, du hilfst uns?!"

Hanna schüttelte lachend den Kopf.

„Nein, ich muss noch mal zurück in den Wald."

Sie winkte ihnen zu und lief davon. Valton sah ihr nachdenklich hinterher.

„Sie hat sich gut eingelebt, oder?"

Bendik sah noch lächelnd zu, wie Hanna hinter einem Stapel Baumstämme verschwand.

„Sie vermisst ihre Welt immer noch sehr. Aber ich denke, sie wird zurechtkommen."

Valton zog die Augenbrauen hoch.

„Und wie läuft es zwischen euch? Ich meine, wie überschwängliche Liebe sah das gerade ja nicht aus."

Bendik wurde rot und grinste verlegen.

„Nicht jeder praktiziert sein Liebesleben vor aller Augen, weißt du?"

Valton lachte und klopfte Bendik auf die Schulter.

„Das heißt dann wohl, dass du von der kleinen Kammer in das Bett im Schlafzimmer umziehen durftest. Das freut mich für dich. Doch, das tut es wirklich."

Bendik musste über Valtons Ausbruch lachen. Dann machten sie sich an die Arbeit. Hanna hatte, bis Bendiks Haus fertig war, bei Joran, in dem Anbau am Metzgerladen gewohnt. Bendik hatte ihr Zeit gelassen, selbst herauszufinden, was sie wollte, auch wenn es ihm schwergefallen war. Seine Gefühle für sie hatten sich auch nach dem Fall des Tempels nicht geändert, aber er hatte sie nicht bedrängen wollen. Er hatte regelmäßig Zeit mit ihr verbracht und ihr geholfen, sich in Isgorat zurechtzufinden. Auch Joran hatte sie ins Herz geschlossen, weil sie, wie er meinte, in ihrer Willenskraft seiner Tochter ähnelte. Hanna hätte auch noch länger bei ihm bleiben können, aber sie wollte nicht von ihm abhängig sein. Sie hatte zu Bendiks Freude sein Angebot, bei ihm einzuziehen, angenommen, war aber über seinen Vorschlag, in getrennten Betten zu schlafen, erleichtert gewesen.

Sie machte ihm den Haushalt, während er arbeiten ging, und Bendik fing schon an, sich zu fragen, ob jemals mehr als Freundschaft aus ihrer Beziehung werden würde. Eines Abends hatte er sie in einem dünnen Nachthemd in der Küche überrascht, als sie sich ein Glas Wasser eingoss. Und anstelle im Schlafzimmer zu verschwinden, war sie zu ihm gekommen und hatte ihn innig geküsst. Er war so überrascht gewesen, dass er gar nicht wusste, wo er seine Hände lassen sollte. Noch heute wurde ihm warm, wenn er daran dachte. Immer noch konnte er ihre Worte hören: „Danke, dass du so geduldig mit mir warst, aber jetzt wird es Zeit, dass du mit ins Bett kommst!"

„He Bendik, träumst du?"

Valtons Stimme riss Bendik in die Gegenwart zurück.

„Was?"

„Wir sollten Schluss machen. Unsere Schicht fängt bald an!" Valton grinste wissend. „Du hast sie ja heute Abend wieder." Er lachte, als Bendik wieder rot anlief.

Hanna schloss die Tür zu ihrem Haus auf und warf die dünnen Äste, die sie eben im Wald geschnitten hatte, auf den Tisch. Sie war später als gedacht zurückgekommen, weil sie unterwegs noch Enna, Mikells Frau, getroffen und ein Schwätzchen mit ihr gehalten hatte. Sie hatte sich mit ihr und einigen Frauen aus der Nachbarschaft angefreundet. Enna hatte ihr stolz berichtet, dass sich Mikell gut in seinem neuen Amt im Rat von Isgorat machte, in das er gewählt worden war. Allerdings ließ sein Arbeitszimmer noch zu wünschen übrig, die Bauarbeiten am alten Tempel zogen sich hin. Hanna hatte ihr eine Weile zugehört und sich dann später auf eine Tasse Tee mit ihr verabredet, weil sie ihr noch etwas zeigen wollte, was sie aber erst ausprobieren musste. Sie nahm ihr scharfes Messer zur Hand, kürzte die Ruten ein und spitzte sie auf einer Seite an. Mit kritischem Blick begutachtete sie ihr Werk. Dann holte sie den Korb mit der Wolle, die sie vor zwei Tagen auf dem Markt erstanden hatte, aus der Wohnzimmerecke und machte die ersten Maschen. Die Wolle glitt nicht sonderlich gut über die improvisierten Stricknadeln, aber für eine Demonstration sollte es reichen. Vielleicht konnte der Schmied aus Tempelhof ihr weiterhelfen.

Als sie sich bei Enna in Mikells Haus einfand, hatte sie schon einen Teil der Wolle verstrickt. Enna war ganz begeistert von dem weichen Material, strich immer wieder bewundernd mit der Hand darüber, legte die Wange daran und seufzte wohlig, bis Hanna ihr lachend versprach, dass der erste Schal ihr gehören würde. Seit sie die Wolle auf dem Markt gefunden hatte, arbeitete Hanna an einem Plan. Warum sollte sie ihren Traum von einer Boutique nicht auch in Isgorat erfüllen können? Auch wenn die Leute ihr immer wieder weismachten, dass es im Moment so richtig warm war, war sie doch anderer Meinung. Es würde nicht ewig so warm bleiben und einen schönen Strickpullover konnte jeder gebrauchen.

Am Abend kam Bendik nach Hause und wurde von ihr überschwänglich begrüßt. Beim Abendbrot, bei dem sich Hanna besondere Mühe gegeben hatte, warf er ihr immer wieder fragende Blicke zu und sah sehr wohl, wie sie in ihrem Essen herumstocherte und unruhig auf ihrem Stuhl herumrutschte.

Schließlich hielt er es nicht mehr aus.

„Was ist denn los?“

Hanna wurde rot. Bendik runzelte die Stirn.

„Na los. Spuck es aus!“

Hanna holte tief Luft.

„Ich will einen Laden aufmachen."
Bendik schüttelte verwirrt den Kopf.
„Was …?"
Hanna sprang auf und drückte ihm ihr Strickzeug in die Hand.
„Für Kleidung aus Wolle. Da fühl mal. Ich denke, das wäre das Richtige für die Isgorater, so richtig warm wird es jawohl doch nicht werden. Und ich kann schöne Sachen stricken, für jeden Geschmack etwas." Atemlos hielt sie inne und starrte Bendik erwartungsvoll an.
Der streichelte immer noch über die weiche Wolle, überrascht von ihrer Begeisterung.
„Was sagst du?"
Hanna setzte sich neben ihn, ohne ihn aus den Augen zu lassen.
„Äh, was immer du willst."
Hanna ließ die Schultern hängen.
„Du findest es dumm, oder?"
„Was? Ich? Nein! Hanna warte mal. Du hast mich nur überrascht. Bitte noch einmal von vorne!"
Bendik zog sie zu sich, küsste sie und lauschte dann ihren Worten.

Hanna öffnete die Tür zum Schuppen, den Bendik für sie vor vielen Wochen zum Laden ausgebaut hatte. Sie wartete auf ihre beiden Freundinnen, mit denen sie zusammen ihre Strickstube betrieb, wie sie den Laden getauft hatte. Von Anfang an waren ihr die Pullover nahezu aus den Händen gerissen worden, sodass sie sich bald Verstärkung suchen musste. Heute wollten sie zusammen auf den Markt am Hafen gehen und neue Wolle kaufen. Nach dem wunderbaren, langen Sommer wurden nun die Tage spürbar kürzer und die Nächte deutlich kühler. Der Winter stand vor der Tür und die Auftragsliste war lang. Sie hörte das fröhliche

Lachen ihrer Freundinnen, als diese um die Ecke bogen, und winkte ihnen glücklich zu.

Ismann findet Frieden

Das Licht schwand, als ein Körper den Eingang verdunkelte. Ismann, dick in Felle gehüllt, betrat die Höhle. In der Hand zwei Hasen, die er heute erlegt hatte und die er Ewis opfern wollte. Als das Blut langsam in die Öffnung des Altars lief, spürte er wieder die Eisgöttin in seinen Gedanken, wie sie die alten, quälenden Erinnerungen ausgrub und sich auch an den neuen, schmerzenden Erinnerungen an die Rebellion ergötzte. Istras Gesicht stieg vor Ismanns innerem Auge auf. Wie hassverzerrt und schmerzerfüllt es war, als sie sich das Messer in den Leib rammte und der Frieden, der sich auf ihrem Antlitz ausbreitete, als sie starb. Ismann sah auf den Altar hinunter und dann zum Höhleneingang. Frieden, das war etwas, nachdem auch er sich sehnte, doch sein Hunger nach Macht war bis jetzt stärker gewesen. Er machte einen Schritt zum Höhleneingang. Ewis machte keine Anstalten, ihn aufzuhalten, denn sie war mit dem Blut beschäftigt, das Ismann ihr geopfert hatte. Sie war sich seiner sicher, war er doch immer mit neuen Opfern zu ihr zurückgekehrt. Ismann trat vor die Höhle und sah in der Ferne Grün schimmern. Ein warmer Wind strich die schneebedeckten Hänge hoch und hinterließ einen Hauch von Fülle und Leben. Ismann atmete tief ein und der Wunsch nach Freiheit wurde übermächtig. Er wusste, wenn er Ewis jetzt verließ, würde er sterben, sobald die Energie versiegte, die ihm ewiges Leben schenkte. Doch seine Füße setzten sich von ganz alleine voreinander. Immer weiter entfernte er sich von der Höhle, in die Ewis, nach wie vor an den Kristall gebunden, eingesperrt war. Er ging immer weiter, bis er ihre Gegenwart nicht mehr spürte. Langsam wurde er müde, seine Glieder wurden schwer und seine Kräfte schwanden. Doch mit jedem weiteren Schritt verschwand die Schwere aus seinem Geist. Ihm wurde bewusst, wie schön die bunten Blumen waren, die am Fuß des Schneegebirges wuchsen, wie wunderbar süß sie dufteten. Am Ufer eines Baches machte er Rast, trank von dem klaren Wasser und legte sich in das weiche Gras. Mit einem Lächeln auf dem Gesicht schlief er ein. Er spürte den Ruf, den Ewis nach ihrem Diener aussandte, nicht mehr. Er war frei.

Danksagung

Ich möchte Renate Kalkowski, Susanne Küssner und Kathrin Schary danken, die mit ihren gezielten Fragen so manche Unklarheit ans Licht gebracht haben. Ebenso danke ich meiner Lektorin Tatjana Heinrich für ihre Mühe und ihre sorgfältige Arbeit. Ebenso danke ich ihr für ihre wertvollen Ratschläge, die mir auch bei meiner weiteren Arbeit sehr helfen werden.